Jan Zweyer

Alte Genossen

Kriminalroman

grafit

Der Autor

Jan Zweyer, geboren 1953 in Frankfurt am Main, wuchs in Bad Oeynhausen auf. Mitte der siebziger Jahre zog er ins Ruhrgebiet, studierte erst Architektur in Bochum und Dortmund, dann Sozialwissenschaften an der Ruhr-Universität Bochum.

Zwischen den Studiengängen war er als Lohnschreiber bei der *WAZ* tätig, nach seiner letzten Abschlußprüfung zunächst Drittmittelknecht an der Ruhr-Universität. Heute arbeitet Zweyer in der Verwaltung eines Bergbauunternehmens im Ruhrgebiet. Er lebt mit Frau und Hund in Herne.

1997 erschien sein erster Kriminalroman *Glück auf, Glück ab.*

GrafiTäter & GrafiTote

Leo P. Ard/Michael Illner: Flotter Dreier - Gemischtes Doppel • *Leo P. Ard/ Reinhard Junge:* Der Witwenschüttler - Meine Niere, deine Niere - Die Waffen des Ekels - Das Ekel schlägt zurück - Bonner Roulette • *Dorothee Becker:* Mord verjährt nicht - Der rankende Tod • *Jacques Berndorf:* Eifel-Jagd - Eifel-Rallye - Eifel-Feuer - Eifel-Schnee - Eifel-Filz - Eifel-Gold - Eifel-Blues • *Horst Bieber:* Kaiserhof • *Horst Eckert:* Finstere Seelen - Aufgeputscht - Bittere Delikatessen - Annas Erbe • *Christoph Güsken:* Spiel's nicht noch mal, Henk - Mörder haben keine Flügel - Schaumschlägers Ende - Angsthase, Pfeffernase - Bis dann, Schnüffler • *Harald Irnberger:* Ein Krokodil namens Wanda - Das Schweigen der Kurschatten - Geil - Stimmbruch - Richtfest • *Andreas Izquierdo:* Jede Menge Seife - Das Doppeldings - Der Saumord • *Annette Jäckel:* Talk • *Reinhard Junge/Leo P. Ard:* Das Ekel von Datteln • *Reinhard Junge:* Straßenfest - Totes Kreuz - Klassenfahrt • *Jürgen Kehrer:* Der Minister und das Mädchen - Irgendwo da draußen - Das Schapdetten-Virus - Das Kappenstein-Projekt - Bären und Bullen - Spinozas Rache - Schuß und Gegenschuß - Wilsberg und die Wiedertäufer - Kein Fall für Wilsberg - Killer nach Leipzig - Gottesgemüse - In alter Freundschaft - Und die Toten läßt man ruhen • *Agnes Kottmann:* Tote streiken nicht • *Leenders/Bay/Leenders:* Eulenspiegel - Clara! - Feine Milde - Jenseits von Uedem - Belsazars Ende - Königsschießen • *Fabian Lenk:* Der Gott der Gosse - Mitgefangen, mitgehangen - Schlaf, Kindlein, schlaf - Brandaktuell • *Hartwig Liedtke:* Scharfe Schnitte - Tod auf Rezept - Klinisch tot • *Heike Lischewski/Stefanie Berg:* Bananensplit • *Reiner Nikula:* Tödliches Schach - Ein Stückchen Hirn • *Theo Pointner:* Rechts-Außen - Einer nach dem andern - Scheinheilige Samariter - Tore, Punkte, Doppelmord • *Beate Sauer:* Der Heilige in Deiner Mitte • *Niklaus Schmid:* Der Hundeknochen - Die Wettreise • *Ursula Steck:* Alles im Fluss • *Werner Schmitz:* Nahtlos braun - Dienst nach Vorschuß - Auf Teufel komm raus • *Gabriella Wollenhaupt:* Zu bunt für Grappa - Grappa-Baby - Grappa und die fantastischen Fünf - Killt Grappa! - Grappa und der Wolf - Grappa fängt Feuer - Grappa dreht durch - Grappa macht Theater - Grappas Treibjagd - Grappas Versuchung • *Jan Zweyer:* Alte Genossen - Glück auf, Glück ab

grafit

az_krim1/0199.cdr5

Chemnitzer Str. 31, D-44139 Dortmund
Internet: http://www.grafit.de
E-Mail: Grafit-Verlag@t-online.de

Umschlagzeichnung: Peter Bucker
Druck und Bindearbeiten: Fuldaer Verlagsanstalt
ISBN 3-89425-221-9
1. 2. 3. 4. 5./01 00 99

1

Rainer Esch wartete in seinem Benz am Taxistand gegenüber dem Hauptbahnhof in Recklinghausen schon seit über dreißig Minuten auf zahlende Kundschaft. Es war sehr heiß an diesem Augustnachmittag. Die Luft stand flimmernd über dem Asphalt und die Innentemperatur seines Wagens näherte sich trotz offener Türen und Fenster Saunawerten. Etwas Fahrtwind könnte die gewünschte Abkühlung bringen. Leider waren Kunden bis jetzt Mangelware. Das Geschäft lief nicht besonders gut in der Haupturlaubszeit.

Esch tröstete sich mit dem Gedanken, dass auch sein Urlaub, auf der Insel Mykonos, unmittelbar bevorstand. Melancholisch überlegte er, dass dies seit fünf Jahren der erste Urlaub war, den er ohne seine Freundin Stefanie Westhoff verbringen würde. Seine Beziehung zu Stefanie war seit einiger Zeit merklich abgekühlt, was nicht zuletzt daran lag, dass er seine Neigung zur Rechthaberei und für gemütliche Kneipen nur schwer unterdrücken konnte. Stefanie hatte es kategorisch abgelehnt, mit ihm zu verreisen. Das wiederum hatte ihn veranlasst, das Ibiza der Ägäis als Ferienziel zu wählen. Wenn er schon alleine in den Urlaub fahren musste, dann wollte er wenigstens dorthin, wo der Bär los war. Und auf Mykonos war der Bär los. Behaupteten zumindest seine frisch gekauften Reiseführer.

Esch zündete die nächste Reval an und beruhigte sich mit dem festen Versprechen, demnächst mit dem Rauchen aufzuhören. Das intelligente Bonmot fiel ihm ein: Mit dem Rauchen aufzuhören ist ganz einfach, das habe ich schon hundertmal geschafft.

Das Taxi vor ihm in der Reihe setzte sich in Bewegung. Rainer startete ebenfalls den Motor und ließ seinen Wagen einige Meter nach vorne rollen. Jetzt war er der Erste in der Reihe der wartenden Droschken. Plötzlich plärrte das Funkgerät los.

»Zentrale Krawiecke an Krawiecke vier, bitte kommen.«

Esch erkannte die Stimme Renates, die in der Zentrale des Taxiunternehmens den Funkkontakt zu den einzelnen Fahrzeugen hielt. Renate, deren Nachnamen er trotz jahrelanger Dienste im Interesse der Taxiinnung nicht kannte, war eine etwas pummelige Brünette, die ihm schon häufiger die eine oder andere lukrative Fahrt zugeschanzt hatte. Auch ihr sonstiges Verhalten ließ bei ihm keinen Zweifel daran aufkommen, dass sie mehr als nur ein Auge auf ihn geworfen hatte. Esch tat nichts, um sie in ihrem Anliegen zu bestärken, machte aber auch andererseits keine Anstalten, ihre Avancen unmissverständlich zurückzuweisen. So blieb ihr Verhältnis, sofern man dieses überhaupt so nennen konnte, in einem seltsamen Schwebezustand, der Esch öfter außergewöhnliche Einnahmen sicherte.

»Hier Krawiecke vier, ich höre.«

»Hallo Rainer, wie geht's?«, erkundigte sich Renate.

»Warm.«

Sie lachte. »Glaub ich dir gern. Dann lass dir mal etwas Wind um die Nase wehen. Auf dem Parkplatz auf der A 43 in Richtung Münster vor der Abfahrt Marl-Sinsen steht einer. Der braucht deine Dienste.«

»Auf dem Parkplatz?« Esch staunte. »Wie kommt der denn da ohne Auto hin?«

»Hin ist er schon mit dem Wagen gekommen. Nur nicht mehr auf die Autobahn zurück. Seine Karre ist im Eimer und er hat's eilig. Hat uns über Handy benachrichtigt. Weiß der Teufel, wie der an unsere Nummer gekommen ist. Also setz dich in Bewegung und fahr hin. Ende Zentrale.«

»Also gut. Ich sammle ihn ein. Ende und aus.«

Esch steuerte sein Taxi über die Halterner Straße in nördlicher Richtung auf den Autobahnzubringer, der ihn am Kreuz Recklinghausen-Nord auf die A 43 brachte. Nach fünfminütiger Fahrt auf der Bahn bog er auf den Parkplatz ab. Dort stand ein einsamer dunkelblauer BMW, neben dem ein Mann in einem grauen Anzug wartete.

Esch hielt an und stieg aus. »Tag. Haben Sie ein Taxi bestellt?«

»So ist es. Einen Moment. Ich hole nur noch meine Sachen.« Der Fahrgast öffnete den Kofferraum des BMW und nahm einen Aktenkoffer und einen hellen Sommertrench heraus, den er sich über den Arm warf. Er verschloss seinen Wagen, ging zum Taxi und setzte sich auf die Rückbank hinter den Beifahrersitz. Aktenkoffer und Mantel legte er links neben sich.

»Fahren Sie mich bitte zum nächsten Hauptbahnhof.«

»Nach Recklinghausen?«, fragte Esch.

»Wenn das der nächste ist, dann dahin. Aber schnell. Ich hab's eilig.«

»Klar.« Esch meldete sich bei seiner Zentrale, nannte das Fahrziel, startete das Taxi, schaute in den Rückspiegel und musterte den Mann, den er auf Ende vierzig, Anfang fünfzig schätzte. Sein Fahrgast berlinerte leicht, nicht sehr viel, aber dennoch genug, dass er seine Herkunft aus der Bundeshauptstadt nicht verheimlichen konnte.

»Panne gehabt?«, versuchte Rainer ein Gespräch zu beginnen. Er unterhielt sich gern mit seinen Kunden, sofern diese noch dazu in der Lage waren und nicht durch übermäßigen Alkoholkonsum daran gehindert wurden. So hatte er schon eine Menge interessanter Leute kennen gelernt, unter anderem auch Stefanie.

»Ja«, antwortete der Mann hinter ihm.

»Was ist denn kaputt?«

»Weiß nicht.«

Nicht sehr erschöpfend diese Unterhaltung, fand Esch. Er startete einen erneuten Versuch. »Wie sind Sie denn an unsere Nummer gekommen?«

»Auskunft«, kam die knappe Antwort.

Sehr gesprächsfreudig schien dieser Fahrgast nicht zu sein. Langjährige Erfahrung sagte Esch, dass er die Klappe zu halten hatte. Vom richtigen Gespür für die Stimmungen der Leute, die er durch die Gegend fuhr, hing oftmals die Höhe des Trinkgeldes ab.

Von Zeit zu Zeit warf Esch im Rückspiegel einen Blick

auf seinen Gast. Er hielt seinen geöffneten Aktenkoffer auf dem Schoß, kramte in seinen Unterlagen, rutschte auf seinem Platz hin und her und durchsuchte die Taschen seines Trenchcoats, um ihn dann umständlich wieder neben sich auf die Rückbank zu legen. Manchmal sah der Mann durch die Fondsscheibe nach hinten, als ob er etwas erwartete. Zweimal griff er zum Handy, wählte eine Nummer, brach dann aber nach einem Blick nach vorne den Wahlvorgang wieder ab. Auf Rainer machte er einen unruhigen, fast schon hektischen Eindruck.

Dann sprach ihn der Mann an: »Sagen Sie, wie heißt Ihr Taxiunternehmen?«

»Krawiecke, warum?«

»Und Sie haben Ihren Firmensitz in Recklinghausen?«

»Ja, weshalb interessiert Sie das?«

»Gewohnheit. Ich habe mal was in einem Taxi vergessen. Es ist leichter, das Verlorene zurückzubekommen, wenn man den Namen des Unternehmens kennt. Ihre Wagennummer ist vier?«

»Ach so.« Esch hatte schon vor Jahren aufgehört, sich über die Marotten seiner Fahrgäste zu wundern. »Ja, Krawiecke vier.«

»Danke.« Sein Fahrgast schwieg erneut.

An der Abfahrt Marl-Sinsen verließ Esch die Autobahn und fuhr über die Bundesstraße 225 südlich zurück in Richtung Recklinghausen. Er stoppte das Taxi direkt vor dem Haupteingang des Hauptbahnhofes und stellte den Taxameter auf null.

»Zweiunddreißigachtzig, bitte.«

Der Mann gab ihm zwei Zwanzigmarkscheine. »Stimmt so.«

»Vielen Dank. Auf Wiedersehen.«

Grußlos verließ sein Fahrgast den Wagen. Esch war die Unhöflichkeit völlig egal. Bei einem solchen Trinkgeld verzieh er fast alles. Er sah den Mann im Bahnhofsgebäude verschwinden und reihte sich mit seinem Fahrzeug wieder hinten in die Schlange der wartenden Taxis ein.

»Krawiecke vier an Zentrale, bin frei am Hauptbahnhof.«

»Verstanden Krawiecke vier. Rainer, warte auf den Interregio aus Münster.«

»Renate, für dich tu ich doch fast alles.«

»Leider nur fast. Aber ich komme trotzdem darauf zurück. Ende.«

Esch lehnte sich zurück, fingerte eine Reval aus der Packung und inhalierte mit Genuss. Nach einigen Minuten sah er auf seine Armbanduhr. Kurz vor Sechs. Der Interregio musste jeden Moment einlaufen und Kundschaft ausspucken. Er schaute zum Eingang des Bahnhofes. Dann stutzte er. Sein Fahrgast von vorhin verließ gerade das Bahnhofsgebäude wieder, schaute sich suchend um und betrat eine der Telefonzellen neben dem Eingang. Esch beobachtete, wie der Mann sein Handy aus der Jackentasche nahm, wählte und dann mit dem Gerät am Ohr gestikulierend sprach. Augenscheinlich war der Mann sehr erregt.

Bevor Esch sich jedoch die Frage beantworten konnte, warum sich jemand bei dreißig Grad im Schatten mit einem Handy in eine stickige Telefonzelle quetscht, rief ihn seine Taxizentrale.

»Krawiecke vier, vergiss den Zug. Das hübsche Mädel von der *Flamingo-Bar* will zur Schicht. Hol sie zu Hause ab. Aber schön sauber bleiben, klar?«

Rainer grinste. Auf Renate war Verlass. Die Thekenchefin des Nachtclubs auf dem platten Land zwischen Dorsten und Wulfen war für ihre großzügigen Trinkgelder bekannt. Gelebte Solidarität der Nachtarbeiter. Die deutsche Gewerkschaftsbewegung war nichts dagegen.

»Keine Angst. Außerdem stellt sie nur den Schampus hin. Die restlichen Arbeiten erledigen ihre Kolleginnen. Krawiecke vier fährt nach Suderwich. Ende.«

»Schon sehr eigenartig, was du so alles arbeiten nennst. Zentrale Ende.«

2

Einige Minuten, nachdem Rainer Esch mit seinem Taxi den Bahnhofsvorplatz verlassen hatte, beendete der Mann in der Telefonzelle sein Gespräch, verstaute sein Handy und ging in Richtung Innenstadt. Er kreuzte den Grafenwall, bog rechts in die Kunibertistraße ein, um dann links der Kampstraße bis zum Löhrhofcenter zu folgen. Er setzte sich an einen Tisch vor der Eisdiele und bestellte nach einem Blick in die Karte einen Eiskaffee.

Nach etwa einer Stunde bezahlte er, überquerte den Löhrhof und erreichte über die Herren- und Schaumburgstraße den Markt. Dort orientierte der Mann sich wieder, ging zum östlichen Ende des Platzes, um zwischen der Boutique *New Yorker* und dem Tabakwarengeschäft *Mühlensiepen* den Kirchplatz hinter der Petruskirche zu betreten.

An der Plastik, die die ehemalige Trennung Deutschlands symbolisierte, wartete er. Auf der Wiese vor der Kirche spielte eine junge Frau mit ihrem Hund, auf den Bänken etwas weiter entfernt saßen mehrere ältere Leute und genossen die abkühlende Luft der frühen Abendstunden.

Nach einiger Zeit näherten sich aus Richtung Münsterstraße zwei gut gekleidete Männer. Der eine von ihnen war dunkelblond, etwa einsfünfundachtzig groß und schlank. Er trug einen grauen Zweireiher im Stil der zwanziger Jahre: breites Revers, großer Schlag, breiter Umschlag am Hosenbein. Dazu ein hellblaues Hemd mit einer roten Krawatte. An der linken Hand stellte er einen schweren, protzigen Siegelring zur Schau, der nicht recht zur sonst so distinguierten Erscheinung passen wollte. Sein Begleiter hatte schwarze Haare, war etwas kleiner als der andere Mann und konnte einen leichten Bauchansatz nicht verbergen. Er war mit einem traditionellen blauen Anzug, braunen Schuhen und einem weißen Hemd bekleidet. Unterhalb des rechten Auges hatte er einen etwa markstückgroßen Leberfleck. Der mit dem Leberfleck sprach den Wartenden an.

»Guten Abend. Haben Sie die Unterlagen dabei?«, fragte er.

Der Angesprochene, der die beiden nicht hatte kommen sehen, zuckte erstaunt zusammen und drehte sich um. »Was wollen Sie denn hier?«

Der Mann im blauen Anzug griff in die Seitentasche seines Sakkos, ohne auf die Gegenfrage einzugehen, und zog eine Pistole. Ein Knall, nicht lauter als das Entkorken einer Weinflasche, war zu hören.

Der Mann, den Esch zum Bahnhof gebracht hatte, blickte ungläubig auf die Waffe. Es ploppte ein zweites Mal. Der Getroffene ließ die Aktentasche fallen und stöhnte auf. Sein Trenchcoat rutschte zu Boden. Mit weit aufgerissenen Augen und einem wie vor Überraschung offen stehenden Mund sank er langsam nach hinten. Auf seiner Brust bildete sich ein roter Fleck.

Der zweite Mann hielt das Opfer fest und drückte es zurück an das Kunstwerk hinter ihm. So verhinderte er, dass der Verletzte seitlich zu Boden fiel. Der Schütze trat nah an den Sterbenden heran, hielt die Waffe in die Herzgegend und drückte ein drittes Mal ab. Der Körper zuckte kurz auf und wurde dann schlaff.

Die Täter durchsuchten rasch die Kleidung des Mannes, nahmen seine Brieftasche an sich, schnappten den Aktenkoffer und entfernten sich zügig, aber ohne Hast, zurück in Richtung Münsterstraße.

Wenig später schnupperte der Hund einer jungen Frau an der Leiche. Seine Besitzerin näherte sich, nachdem ihr Liebling auf ihr Rufen nicht reagierte, dem Denkmal.

»Pfui, Felix, pfui.« Sie wandte sich an den Toten, den sie zunächst nur von der Seite sah. »Entschuldigen Sie bitte, das macht er sonst nicht. Aber er tut nichts. Felix, hierher, Felix ...«

Die Frau beugte sich zu ihrem Hund hinunter, um ihn am Halsband zu greifen. Dabei entdeckte sie den roten Fleck, der sich auf dem Erdreich gebildete hatte. Sie verfolgte mit ihren Blicken die Blutspur über das rechte Hosenbein des Opfers nach oben bis zum blutüberströmten Brustkorb, sah den offenen Mund und dann die aufgerissenen Augen. Sie erstarrte. Und schrie hysterisch auf.

3

Hauptkommissar Rüdiger Brischinsky und sein Kollege, Kommissar Heiner Baumann, trafen gegen halb acht ein. Zwei Fotoreporter waren eifrig damit beschäftigt, die Leiche auf Zelluloid zu bannen. Zahlreiche Schaulustige drängten sich auf dem Kirchplatz. Drei Streifenwagenbesatzungen bemühten sich redlich, die nach vorne drängenden Passanten auf Distanz zu halten.

»Was ist das hier für eine Scheiße? Sind wir hier auf einem Volksfest, oder was?«, brüllte Brischinsky, als er sich dem Chaos näherte. »Wer hat hier die Einsatzleitung?«

Ein uniformierter Beamte in seiner Nähe zuckte zusammen. »Eigentlich keiner, Herr Hauptkommissar, wir haben gewartet, bis Sie ...«

»Denkt hier keiner von euch mit? Wartet ihr nur auf eure Pension? Baumann«, schrie Brischinsky, »Baumann ...«

»Du brauchst nicht so zu brüllen, Chef, bin ja hier.«

»Hast du so was schon mal gesehen? Kommen die alle frisch von der Polizeischule? War einer von euch«, er sah seine Kollegen von der Schutzpolizei provozierend an, »überhaupt da drauf?«

Bevor sich Protest regen konnte, griff Baumann ein. »Sie«, er sprach den direkt neben ihn stehenden Beamten an, »rufen noch Verstärkung. Und Sie und Sie«, er zeigte auf zwei weitere Uniformierte, »sichern den Tatort, so gut es geht. Und schaffen Sie die Reporter da weg.«

»Gut gemacht«, lobte Brischinsky seinen Kollegen. »Und du suchst nach Zeugen, die was gehört oder gesehen haben. Oder beides. Ich will zunächst die beiden von der Presse sprechen. Pronto, wenn ich bitte darf.«

Die beiden Reporter waren alles andere als begeistert, als sie von einem Polizeibeamten mit mehr oder weniger sanftem Zwang zu Brischinsky geleitet wurden.

»Abend, meine Herren. Darf ich mal Ihre Presseausweise sehen?«, begrüßte sie der Hauptkommissar.

Beide Journalisten griffen in ihre Taschen und zückten ihre Papiere.

»Aah ja. Die *WAZ* und die *Recklinghäuser*«, stellte der Kripomann fest. »Darf ich mal fragen, wie Sie so schnell hier sein konnten? Wohl den Polizeifunk abgehört? Oder sind Sie hier rein zufällig mit Ihren Kameras beim Einkaufsbummel gewesen?«

Er blockte ihren aufkeimenden Widerspruch mit einer Handbewegung ab. »Ich mache Ihnen ein Angebot. Und das nur einmal. Sie geben mir Ihre Filme. Wir entwickeln die. Und morgen haben Sie Ihre Ausbeute wieder. Wenn Sie einverstanden sind, haben Sie übermorgen Ihre Bilder im Blatt und ein hoffentlich nach wie vor ungestörtes Verhältnis zur Polizei. Wenn nicht, haben Sie zwar schon morgen exklusiv Fotos in Ihren Zeitungen. Nur ist dann zukünftig unsere doch recht gute Zusammenarbeit beeinträchtigt, empfindlich beeinträchtigt. Habe ich mich klar und deutlich ausgedrückt?«

Er hatte. Und die Filme hatte er auch.

»Was ist mit dem Absperrband? Muss ich mich hier eigentlich um alles kümmern? Da passiert ein Mord in unserer Stadt und diejenigen, die den Schutz des Rechtsstaates übernehmen sollen, ähneln einem aufgescheuchten Hühnerhaufen. Ihr steht alle kurz vorm Innendienst.« Brischinsky dachte nach. »Nein, Quatsch, das hättet ihr wohl gern. Nachtschicht. Ab sofort.«

»Chef, nun mal halb lang.« Baumann trat wieder an seine Seite. »Wir haben den Platz schon geräumt. Absperrband kommt sofort. Ich habe die Zeugen, die eine Aussage machen können. Sie warten drüben im Gemeindehaus. Ihre Adressen sind schon aufgenommen.« Er zeigte auf ein Gebäude links am Rand der Grünanlage. »Der Pfarrer war so freundlich, uns ein paar Räume zu überlassen.«

»Was ist mit der Spurensicherung?«

»In Marsch gesetzt, muss gleich hier sein.«

»Und der Tote?«

»Der Notarzt sagt, das Opfer ist noch nicht lange tot. Die Leiche ist noch körperwarm. Kann aber auch an der Außentemperatur liegen.«

Brischinsky sah seinen Kollegen missbilligend an.

»'tschuldigung. Sollte 'n Witz sein.«

»Selten so gelacht. Hast du schon mit den Zeugen ...«

»Habe ich. Nur ...«

»Was nur?«

»Na ja, ich konnte ja nur kurz mit denen sprechen. Sehr ergiebig erscheint mir das alles nicht.«

»Wieso? Die waren doch nur wenige Meter entfernt?«

»Das schon Chef, aber leider ...«

»Was leider?«

»Komm, red selbst mit denen.«

Brischinsky folgte seinem Kollegen in das Gemeindehaus.

Der Pfarrer begrüßte ihn. »Schrecklich, Herr Hauptkommissar, schrecklich. Der arme Mann. Ich habe schon für ihn gebetet.«

»Das wird ihn freuen«, rutschte Baumann heraus. Er erntete einen bösen Blick seines Vorgesetzten.

»Vielen Dank, Herr ...« Brischinsky sah den Geistlichen fragend an.

»Holst. Weinolf Holst«, antwortete der Pastor.

»Herr Holst. Wo sind die Leute?«

»Bitte hier.« Holst öffnete eine Tür.

In einer Art Warteraum saßen eine jüngere Frau, zwei ältere Damen und drei ältere Männer. Als Brischinsky den Raum betrat, redeten alle durcheinander auf ihn ein.

»Ich habe das genau gesehen, Herr Hauptkommissar ...«

»Herr Wachtmeister, der ist nach hinten gefallen ...«

»Die Frau hat geschossen.«

»Quatsch. Das war der alte Mann.«

»Den Hund haben sie mitgenommen, Herr Inspektor ...«

»Blödsinn, das war mein Hund. Der ist jetzt bei meiner Schwester.«

»Aber die Frau ...«

»Die drei Täter waren schwarz. Ich hab das ganz deutlich ...«

»Spinnen Sie? Russen waren das. Die Russenmafia. Die haben so komisch geredet.«

»Sie verstehen doch ohne Hörgerät kein Wort. Wie wollen Sie da ...«

»Ruhe«, brüllte Brischinsky, »bitte sofort Ruhe.«

Erschreckt wandte sich die Runde dem Hauptkommissar zu.

»Meine Herrschaften. Ich bedanke mich für Ihre Bereitschaft, uns Ihre Beobachtungen mitzuteilen. Aber ich muss Sie bitten, nicht alle durcheinander zu reden.« Er wandte sich an den Pfarrer. »Können wir hier irgendwo ungestört ...?«

»Selbstverständlich.« Der Pastor zeigte den Kriminalbeamten den Weg in ein Nebenzimmer. »Wenn Sie mit meinem Büro vorlieb nehmen möchten?«

»Danke. Vielen Dank.«

»Meine Frau bringt Ihnen gleich einen Kaffee. Sie trinken doch Kaffee?«

Brischinsky lächelte. »Ja, gerne.«

Der Kirchenmann verließ den Raum. Baumann sah seinen Chef fragend an. »Du schickst mir die junge Frau rein. Dann kümmerst du dich um die Spurensicherung. Frag nach, ob die schon was sagen können. Wenn sich hier was für die Fahndung ergibt, sag ich dir sofort Bescheid.«

Baumann nickte.

»Dann los!«

Als Baumann zwei Stunden später erneut das Büro des Pfarrers betrat, stützte Brischinsky seinen Kopf in beide Hände. Resigniert sah er seinen Mitarbeiter an. »Na?«

»Der Tote wurde erschossen.«

»Ach nee. Was du nicht sagst.«

»Etwa eine halbe Stunde oder weniger vor unserem Eintreffen. Papiere haben wir noch nicht entdeckt. Die Leiche wurde schon erkennungsdienstlich behandelt.«

»Gut.«

»Wir haben zwei Patronenhülsen gefunden. Wenn der Notarzt mit seiner ersten Diagnose Recht hat, sind es drei Einschüsse. Alle aus nächster Nähe. Wir suchen nach der dritten Hülse. Aber es wird langsam dunkel.« Baumann zuckte mit den Schultern. »Der Tote ist jetzt zur Obduktion. Morgen haben wir das Ergebnis. Und bei dir?«

»Sechs Zeugen, sieben Aussagen. Nein, im Ernst. Die älteren Leutchen kannste vergessen. Da vermischt sich Wahrnehmung mit Vermutung und Erinnerung an den letzten Krimi im Fernsehen. Einer der älteren Herren hat deutlich eine Maschinengewehrsalve wie vor Stalingrad gehört, konnte mich aber nur dann verstehen, wenn ich ihn angeschrien habe. Dafür konnte er aber wunderbar erklären, warum General Paulus viel eher die Front hätte begradigen müssen.«

»Wer ist General Paulus?«, fragte Baumann.

»Mein Gott, was lernt die Jugend heute eigentlich im Geschichtsunterricht? Es dauert nicht mehr lange, da wird Hitler für den Bauingenieur gehalten, der die Autobahnen geplant hat.«

»Hat Hitler nicht die Autobahnen ...«

»Nein«, unterbrach ihn Brischinsky, »er hat nicht. Aber ich bringe dir morgen das aktuelle Angebot der Volkshochschule Recklinghausen mit. Das ist der schöne Bau an der Krim, der mit viel Efeu; da gibt's bestimmt geeignete Kurse. Na gut. Du kannst ja nichts dafür, hoffe ich zumindest. Der nächste Zeuge war zwar fast blind, hat aber die Mörder klar als dunkelhäutig identifiziert. Zwei bis fünf Täter. Eine Mischung zwischen Süditaliener und Zulu. Der dritte Mann stritt gerade mit einer der älteren Damen darüber, ob Dodi nun hat oder nicht hat, und hat deshalb nichts mitbekommen.«

»Wer hat was?«

»Dodi.«

»Kapier ich nicht.«

»Macht nichts.«

»Was ist Dodi?«

»Vergiss es. Du dürftest der Einzige unter etwa fünf

Milliarden Menschen sein, der das nicht weiß. Wirklich außergewöhnlich. Na, dafür verzeih ich dir den Paulus. Die Letzte der älteren Frauen hat zumindest zwei potentielle Täter gesehen. Leider ist sie sich bezüglich des Alters nicht sicher. Ihre Angaben schwanken zwischen zwölf und dreiundachtzig.«

»Dreiundachtzig?«

»Dreiundachtzig. So alt ist sie nämlich. Ungefähr so alt wie ich kann der eine gewesen sein, Herr Wachtmeister. Das waren ihre Worte. Einzig brauchbar ist die Junge mit dem Hund.«

»Und?«

»Na ja, die Frau hat zwei Männer gesehen, gut gekleidet, Anzug und so.«

»Und sonst? Spuck's schon aus. Was hat die noch gesehen?«

»Nichts.«

»Das war alles?«

»Das war alles.«

»Ich hab's befürchtet. Scheiße.«

»Das kannst du laut sagen. Da wird in der Hauptgeschäftszeit hier bei uns in Recklinghausen in direkter Nachbarschaft der Einkaufszone ein Mann umgenietet, sechs Leute sitzen in unmittelbarer Nähe, wir sind eine halbe Stunde später am Tatort, und was haben wir? Nichts haben wir. Absolut nichts. Scheiße. Wirklich totale Scheiße.«

4

Kurz vor acht Uhr traf Rainer Esch mit seinem Taxi auf dem Betriebshof des Taxiunternehmens Krawiecke in der Hochstraße 26 im Recklinghäuser Stadtteil Grullbad ein. Wie erwartet, hatte ihm die Bardame der *Flamingo-Bar* zum Abschied nicht nur ihr schönstes Lächeln, sondern auch dreizehn Mark Trinkgeld geschenkt. Esch war fest entschlossen, Renate bei Gelegenheit als Dank zum Essen einzuladen.

Da um acht Schichtwechsel war, parkten schon einige Wagen auf dem Hof. Esch steuerte sein Taxi auf einen freien Platz und stieg aus. Der dicke Kalle, seine abendliche Ablösung, kam gerade mit Hans Krawiecke, dem Inhaber, aus der Zentrale. Beide steuerten auf ihn zu. Krawiecke öffnete die Fahrertür, um den Tagesstand des Taxameters abzulesen.

»'n Abend, Kalle. Wagen ist in Ordnung. Musst nur bald tanken.«

»Hallo, Rainer, alles klar, danke.«

Esch wollte an den beiden vorbei gehen.

Krawiecke warf einen flüchtigen Blick ins Wageninnere.

»Halt wart mal, Rainer. Das da«, er zeigte auf ein Stück Papier hinter dem Beifahrersitz, »nennst du in Ordnung? Eine Schweinerei ist das, wie du meine Fahrzeuge übergibst.« Krawieckes Stimme wurde lauter. »Das ist der reinste Saustall hier. Den machst du jetzt erstmal sauber. Und zwar sofort.« Der Unternehmer hatte sich mit krebsrotem Gesicht vor Rainer aufgebaut. Der Taxiinhaber stand kurz vor einem seiner berühmt-berüchtigten cholerischen Anfälle.

Hans Krawiecke hatte nach Eschs unmaßgeblicher Meinung noch nicht realisiert, dass die Feudalgesellschaft durch den entwickelten Spätkapitalismus abgelöst worden war. Er behandelte seine Mitarbeiter wie Leibeigene – oder versuchte es zumindest von Zeit zu Zeit. Heute schien wieder einer dieser Momente zu sein. Rainer hätte schon längst die Initiative ergriffen, in diesem Laden einen Betriebsrat zu installieren, wenn es nur ausreichend Festangestellte für einen solchen revolutionären Akt gegeben hätte. Leider waren fast alle Kutscher so genannte geringfügig Beschäftigte und Studenten, die ihr Bafög oder den elterlichen Scheck mit Taxifahren aufbesserten. Esch machte da keine Ausnahme. Allerdings unterschied er sich in zwei nicht ganz unerheblichen Details von seinen Kolleginnen und Kollegen. Zum einen war er an der Universität nur deshalb noch eingeschrieben, um die hohen Sozialversicherungsbeiträge zu minimieren und nicht um zu studieren, zum anderen war er der dienstälteste Fahrer bei Krawiecke, was ihm eine gewisse Unangreifbarkeit verlieh. Er wusste, dass Krawiecke wusste, was er wirklich alles wusste, und Rainer hätte keine Sekunde gezögert, dieses Wissen, beispielsweise über schwarzarbeitende Arbeitslose, einzusetzen. Und da Krawiecke auch das wusste, genoss Esch besonderen Kündigungsschutz.

»Sofort habe ich gesagt, und ich meine sofort«, brüllte Krawiecke ihn an.

Esch grinste. »Reg dich nicht künstlich auf. Da liegt doch nur ein Stück Papier. Keiner hat die Karre voll gekotzt, keiner Schokoladenflecken auf die Polster geschmiert. Take it easy, Mann.«

Krawieckes Hals schwoll noch mehr. Rainer starrte sein Gegenüber bewundernd an.

»Du, du, du ..., was du da erzählst, geht bei mir hier rein und da raus.« Krawiecke zeigte erst auf sein linkes, dann rechtes Ohr. »Hier rein und da raus«, wiederholte er wütend.

»Kein Wunder«, antwortete Esch, »ist ja auch nichts dazwischen, was den Schall aufhalten kann.« Für einen Moment glaubte er, zu weit gegangen zu sein. Er erwartete jeden Moment einen körperlichen Angriff Krawieckes.

Da schaltete sich Kalle ein.

»Warte, Hans, ich mach schon.« Kalle öffnete die hintere Tür und fischte den Papierfetzen aus dem Wagen. »So, das war's. Ich fahr dann. Bis morgen, Rainer.«

»Bis dann, Kalle.«

Esch ließ den nach Luft schnappenden Inhaber auf dem Platz stehen und machte sich auf den Weg in die Zentrale.

Kurz vor der Tür drehte er sich um und rief Krawiecke zu: »Wenn du dich abgeregt hast, kannst du dich mit deinen Daten mal her bemühen. Ich hab Feierabend und keine Lust, hier Wurzeln zu schlagen.«

Wutentbrannt folgte der Taxiunternehmer seinem Fahrer ins Innere des Gebäudes, um die Tageseinnahmen abzurechnen.

Eine halbe Stunde später saß Rainer Esch in seinem Golf, der schon erheblich bessere Tage gesehen hatte, und steuerte seine Karre Richtung Westerholter Weg im Recklinghäuser Westviertel, wo seine Wohnung lag. Er schaltete das Autoradio ein und ärgerte sich über die Musik, die Radio FiV über den Äther schickte. Mit dem Technogehämmere konnte er nichts anfangen. Er stand auf die Stones, Who, Doors und die anderen Rockgiganten aus den sechziger und frühen siebziger Jahren.

Rainer rekapitulierte die Einnahmen des heutigen Tages. Neben seinem Lohn für die zwölfstündige Hitzeschlacht hatte er über siebzig Mark Trinkgeld erhalten, so dass er um rund zweihundertfünfzig Schleifen reicher als heute Morgen war. Esch beschloss, seinen Freund Cengiz Kaya anzurufen und ihn zum Essen einzuladen.

An der nächsten roten Ampel beugte er sich vor und kramte sein Handy aus dem Handschuhfach. Er drückte die Kurzwahlnummer und wartete, bis sein Freund sich meldete.

»Kaya.«

»Hi. Rainer hier. Wie wär's mit Essen gehen? Ich lade dich ein.«

»Hast du im Lotto gewonnen? Oder hat *Look und Listen* wider Erwarten Geld abgeworfen?«

Der Hinweis seines Freundes auf die Erfolglosigkeit seines zweites Standbeins, die Detektei *Look und Listen,* schmerzte.

Vor gut einem Jahr hatte Esch, geblendet von der erfolgreichen Überführung der Mörder des Bruders seiner Freundin, im Recklinghäuser Süden eine Detektei gegründet. Er hatte gehofft, dass Stefanie und Cengiz sich an dem Laden beteiligen und sie gemeinsam eine rasante Ermittlerkarriere starten würden. Leider hatten seine Freunde ihn damals nicht nur ausgelacht und die Mitarbeit verweigert, sondern auch noch Recht behalten.

Look und Listen war ein absoluter Reinfall, die Pleite schlechthin. In zwölf Monaten hatte lediglich eine Kundin seine Dienste in Anspruch genommen. Und die zahlte ein Erfolgshonorar von sage und schreibe fünfzig

Mark, als er ihren entflogenen Kanarienvogel aus dem Geäst des nächsten Baumes gerettet hatte. Das war's.

Rainer hielt den Laden nur deshalb aufrecht, um seinen Freunden und vor allem aber sich selbst sein Scheitern nicht eingestehen zu müssen. Rückblickend musste er zugeben, dass sie ihren damaligen Erfolg mehr einer Kette von Zufällen zu verdanken hatten und nicht konsequenter Ermittlungsarbeit. Im Gegenteil, Cegiz und er wären ohne die Unterstützung der Recklinghäuser Polizei wohl nicht so unbeschädigt aus der Angelegenheit herausgekommen.

»Das muss ja jetzt nicht sein, oder? Also, was ist? Kommst du mit?«

»Gern. Wohin?«

»Mir egal. Ich sitz im Auto, kann auch nach Herne kommen.«

»Gut, komm nach Herne. Ins *Neokyma*.«

»Zum Griechen? Ein Türke zum Griechen? Hast du keine Bedenken, dass sie dir die Okkupation Zyperns heimzahlen wollen?«

»Quatsch keinen Scheiß. Außerdem, ich kenn nur ein einziges türkisches Restaurant in Herne, und das taugt nicht viel. Dann lieber griechisch essen. Die Küche hat eh türkische Wurzeln, auch wenn die Griechen das nicht wahrhaben wollen. Und im Übrigen bin ich Deutscher, wie du weißt.«

»Meinst du. Nur weil du seit sechs Wochen einen deutschen Pass hast, vergess ich doch nicht, dass du Schafhirte aus dem hintersten Winkel Anatoliens stammst.«

»Arsch, ich komm aus Istanbul«, regte sich sein Freund auf.

»Weiß ich doch, Cengiz. War Spaß. Nur die Retourkutsche für *Look und Listen*. Frieden?«

»Frieden.«

»Also gut, bis gleich im *Neokyma*.«

Das Restaurant in Herne war kein typisches griechisches Restaurant. Es gab zwar diverse Grillteller mit Bergen von Fleisch, aber auch die etwas andere griechische

Küche, feiner und origineller. Die Küchencrew offerierte auf einer großen Schiefertafel darüber hinaus das, was Markt und Küche aktuell an frischen Erzeugnissen zu bieten hatten. Im Winter war das *Neokyma*, besonders in der Nähe des Eingangs, chronisch zugig, im Sommer häufig zu warm. Trotzdem war es besonders an den Wochenenden schwer, abends ohne vorherige Reservierung einen Tisch zu bekommen.

Esch, der den zweiten halben Liter trockenen Demestica in sich reingeschüttet hatte, fragte nach dem Essen: »Hör mal, Cengiz, fahren ist nicht mehr. Kann ich bei dir ...?«

»Ich dachte es mir fast. Ja, du kannst. Aber ich muss morgen früh auf Schicht. Ich vermute, du gehst nicht zur Uni?«

»Nein, morgen nicht.«

»Und fährst auch nicht Taxi?«

»Nee, erst Freitag wieder.«

»Aha. Hinterlass bitte nicht so ein Chaos in der Küche wie das letzte Mal, sonst war's für dich das selbige, klar?«

»Logo. Du kennst mich doch.«

»Eben.«

»Hör mal, Cengiz, was ich dich fragen wollte ...?«

»Wenn du mich anpumpen willst, solltest du mich nicht vorher zum Essen einladen. Das passt irgendwie nicht zusammen.«

»Nee, Unsinn. Sag mal, hättest du nicht Lust, mit mir nach Mykonos zu kommen?«

Kaya sah seinen Freund verblüfft an. »Und was soll ich da? Bei dir Händchen halten, damit du den Frust mit Stefanie vergisst? Ich bin da wahrscheinlich ein schlechter Ersatz. Aber du dürftest auf Mykonos sehr schnell Anschluss finden, hab ich gehört.«

»Wieso? Sind da so viel alleinreisende Frauen?«

»Nee, Männer.«

»Spinner. Nein, im Ernst, ich hab irgendwie so recht keine Lust, allein in den Urlaub zu fahren.«

»Jetzt pass mal auf, Rainer. Du wirst dich wohl oder übel mit der Tatsache abfinden müssen, dass du bei Stefanie im Moment nur schlechte Karten hast, was ein glückliches Liebesleben angeht. Und das Beste wäre, du akzeptierst das bald. Sonst sind irgendwann alle Frauen, die nicht Stefanie heißen, vergeben und du bist so ein alter Knacker, dass du nur noch mit 'ner vollen Brieftasche bei einem hübschen und halbwegs intelligenten Mädel landen kannst. Und da du nie eine volle Brieftasche haben wirst«, Kaya grinste, »jedenfalls nie für sehr lange, würdest du als Eremit enden. Was mir ehrlich Leid täte.«

»Da lad ich dich zum Essen ein und du beleidigst mich unentwegt. Du bist vielleicht 'n Kumpel.«

»Bin ich auch. Merkt man nur nicht immer sofort. Und du sowieso nicht. Und jetzt kipp deinen Wein runter und zahl. Ich muss morgen im Gegensatz zu dir arbeiten.«

»Okay.«

Der Kellner brachte die Rechnung und Esch bezahlte. Er hob sein Glas. »Let's drink to the hard working people.«

»Rolling Stones«, stellte Kaya lakonisch fest. »Let it bleed?«

»Nee, Beggars banquet. Salt of the earth. Aber das wird jemand, der Rock für ein weibliches Kleidungsstück gehalten hat, während ich die Stones im Gelsenkirchener Parkstadion live gesehen haben, ohnehin nie kapieren. Gehen wir.«

5

Hauptkommissar Rüdiger Brischinsky hatte seine beiden Füße auf dem Schreibtisch drapiert, einen vollen Kaffeepott neben sich und studierte aufmerksam die Berichterstattung beider Recklinghäuser Lokalzeitungen über den Mord des Vortages. Die Journalisten spekulierten über das Motiv der Täter und vor allem über die Identität des Opfers.

Die, dachte Brischinsky, würde ihn auch interessieren, sehr sogar. Er nahm einen tiefen Schluck aus der Tasse, zog an seiner Zigarette und widmete sich dann den Fotografien, die die beiden Journalisten gemacht hatten. Sie unterschieden sich nur in Nuancen von den Bildern ihrer eigenen Spurensicherung.

Der Hauptkommissar beschloss deshalb, die Bilder den Zeitungsreportern unverzüglich zurückzugeben. In diesem Moment schellte das Telefon.

»Morgen, Herr Brischinsky, Rutter hier.«

Rüdiger Brischinsky schmeckte der Kaffee nicht mehr. Rutter von der *Bildzeitung* war ein Reporter, der für eine gute Story über Leichen ging. Brischinsky konnte ihn nicht ausstehen. »Was wollen Sie denn?«

»Informationen, was denn sonst, Herr Hauptkommissar.«

»Den Hauptkommissar können Sie sich schenken. Wir haben unsere Ermittlungen gerade erst aufgenommen, da gibt es noch keine Informationen. Warten Sie's ab. Möglicherweise geben wir heute noch 'ne Pressekonferenz.«

»Aber Sie wissen doch sicher ...«

»Nein«, unterbrach ihn Brischinsky grob, »ich weiß nichts. Absolut nichts. Wiederhören.« Er legte auf, ohne die Antwort seines Gesprächspartners abzuwarten.

Baumann betrat das Dienstzimmer und knallte seinem Chef einen Stapel Akten auf den Schreibtisch. »Haben alle prima gearbeitet, wirklich. Gestern Abend ist der Mord passiert, heute schon erste Ergebnisse. Hier, der vorläufige Obduktionsbericht.« Er suchte einen Aktenordner aus dem Stapel und legte ihn offen auf den Tisch vor Brischinsky und halb auf dessen ausgestreckten Beine. »Mensch, nimm doch mal deine Haxen hier weg.«

»Immer langsam mit die jungen Pferde«, antwortete sein Kollege, nahm aber die Haltung ein, die ein deutscher Steuerzahler von einem arbeitenden deutschen Beamten erwartete.

»Und das hier ist das ballistische Gutachten. Zwar auch vorläufig, aber immerhin. Haben uns die Bochumer Kollegen heute Morgen geschickt.«

Brischinsky sah seinen Assistenten mit Interesse an. Solcher Arbeitseifer am frühen Morgen war normalerweise nicht seine Art. Entweder fesselte ihn der Fall ganz besonders, oder er war scharf auf eine positive Beurteilung.

»Das Beste kommt aber noch. Diese Unterlage«, Baumann wedelte vor Brischinskys Augen mit einem Blatt herum, »ist eben gekommen. Per Fax vom Bundeskriminalamt. Wir wissen nun, wer der Tote ist. Die Fingerabdrücke waren in unserem Computer. Der so unsanft vom Leben zu Tode Gekommene ist für uns kein Unbekannter. Was sagst du nun?«

Brischinsky sagte gar nichts, sondern nahm Baumann das Fax des BKA aus der Hand und überflog es. Mit fünfundneunzigprozentiger Wahrscheinlichkeit waren die Fingerabdrücke, die der Erkennnungsdienst dem Toten abgenommen hatte, identisch mit denen eines Jürgen Grohlers, geboren am 16. April 1946 in Bernsdorf.

»Wo, zum Teufel, ist Bernsdorf?«, fragte der Hauptkommissar seinen Mitarbeiter. »Hast du das schon ermittelt?«

»Hab ich. In Sachsen. Nordöstlich von Dresden.«

»Aha.«

Brischinsky las weiter. Grohlers war zuletzt in Berlin-Pankow, Morapromenade 8, gemeldet und stand seit 1992 unter dem Verdacht, an einem Betrug beteiligt gewesen zu sein. Während dieser Zeit kurzzeitig festgenommen, war er damals auch erkennungsdienstlich behandelt worden. Zu einer förmlichen Anklage war es bis heute jedoch nicht gekommen. Das würde auch, ergänzte Brischinsky in Gedanken, zukünftig nicht mehr erforderlich sein.

»Hast du schon unsere Kartei befragt? Haben wir was über diesen Grohlers?«

»Nein, nichts. Ist für uns ein absolut unbeschriebenes Blatt. Bei uns nie in Erscheinung getreten.«

»Was sagt die Gerichtsmedizin?«

»Nichts wesentlich Neues. Drei Schüsse haben Grohlers getroffen. Der erste war ein glatter Durchschuss der Lunge, eigentlich hätte der schon gereicht. Doch die Täter wollten auf Nummer sicher gehen. Die zweite Kugel hat die Herznebenkammer zerfetzt. Und Nummer drei traf ebenfalls ins Herz. Grohlers war praktisch sofort tot. Dass es so schnell ging, war für ihn möglicherweise ein Segen.«

»Was?«

»Ja, Grohlers hatte Krebs. Lungenkrebs. Endstadium, sagt der Doktor. Der wäre keine zwei Jahre älter geworden.«

»Ich bitte dich, Heiner.«

»Mein ja nur. Die fehlende Patronenhülse haben wir übrigens gefunden. Lag im Gras. Haben die Kollegen zunächst übersehen. Zwei der drei Kugeln waren im Körper. Steckten an der Wirbelsäule. Die dritte Patrone mussten wir aus dem Denkmal ausgraben.«

»Was sagen die Bochumer Kollegen zur Tatwaffe?«

»Da haben wir Glück gehabt. Die Ballistiker waren noch im Dienst, als der Kurier mit den Patronenhülsen kam. Und die haben dort einen Kollegen zur Fortbildung, der aus den neuen Bundesländern stammt. Der hat die Hülsen identifiziert. Sie stammen von einer Tokarew 32 mit Schalldämpfer, Kaliber 7,62.«

»Ist das sicher?«

»Sicher ist der Tod. Um absolut sicher zu sein, benötigen wir die Waffe. Da steht nämlich drauf, was das für eine ist. Und dann feuern wir mit der einen Schuss ab und vergleichen diese Kugel mit unseren Kugeln aus dem Körper des Toten. Erst dann ...«

Brischinsky unterbrach Baumann barsch: »Sag mal, willst du mich verarschen? Das weiß ich selbst. Ich will wissen, ob sich unsere Kollegen sicher sind.«

»Ja. Weitgehend.«

»Gut. Und lass zukünftig diese Scherze. Was ist das für eine Waffe? Warum heißt die Tokarew?«

»Nach ihrem Konstrukteur. Steht im Lexikon. Fjodor Wassilewitsch Tokarew. Der war der dritte große russische Waffenkonstrukteur neben Kalaschnikow und Makarow.«

»Aus Russland?«

»Die Knarre ist heute im Ostblock nicht mehr so weitverbreitet. Sie wurde überwiegend von den dortigen Geheimdiensten wie dem KGB eingesetzt. Im Gegensatz zur Makarow. Die hat die NVA benutzt. Die Makarow ist sozusagen der Volkswagen der dortigen Handfeuerwaffen. Mit etwas Glück kannst du solche Dinger auch in Berlin auf dem Flohmarkt in der Oranienburger Straße kaufen. Die sind gar nicht so teuer, meinen die Bochumer. Das geht so, seitdem viele Offiziere der ehemaligen glorreichen Roten Armee mit Waffenverkäufen ihren kargen Sold aufbessern. Von denen kannste alles kriegen. Vom AK 47 bis zum Kampfpanzer. Kein Problem. Für Panzer allerdings brauchst du einen Zwischenhändler. Und du bekommst die nicht in Deutschland. Übrigens, den endgültigen ballistischen Bericht erhalten wir in den nächsten Tagen.«

Brischinsky musterte Baumann zum zweiten Mal an diesem Morgen. »Woher weißt du das alles?«, fragte er.

»Ich hab dir doch erzählt, dass die in Bochum einen neuen Kollegen aus Dunkeldeutschland haben. Der hat von den Wummen aus Russland echt Ahnung. Mit dem hab ich mich unterhalten.«

»Gut. Pass auf.« Brischinsky suchte in dem Stapel Fotos, bis er sich für eins entschied, auf dem das Gesicht des Ermordeten am besten zu erkennen war. »Das Bild hier sollen unsere beide Zeitungen auf jeden Fall morgen veröffentlichen. Mit der Bitte, dass sich diejenigen, die den Toten kennen oder Auskünfte zu seiner Person machen können, unverzüglich bei uns melden.« Er drückte Baumann das Bild in die Hand. »Heute Nachmittag geben wir um zwei eine Pressekonferenz. Etwas Blabla und so. Sag der Pressestelle Bescheid. Und frag bei den Berliner Kollegen nach, ob die noch mehr über den Grohlers wissen.«

»In Ordnung.«

Das Faxgerät neben Brischinskys Schreibtisch klingelte. Die beiden Beamten sahen zu, wie ein Schriftstück in den Ablagekorb fiel.

Der Hauptkommissar angelte sich den Brief und las. Nachdenklich legte er seine Stirn in Falten. »Von der

Sonderkommission Vereinigungskriminalität des BKA im Auftrag der Zentralen Ermittlungssstelle für Regierungs- und Vereinigungskriminalität. Was für ein Name! Es geht um den Mord an Grohlers. Die wollen alle Gutachten zum Fall haben, und zwar sofort. Dazu einen schriftlichen Bericht über unsere bisherigen Ermittlungen. Unser Vorgesetzter Kriminalrat Wunder ist bereits informiert.«

»Die SoKo Vereinigungskriminalität? Ich denke, die kümmern sich um Unterschlagungen der Treuhand?«

»Nicht nur darum. Besorg dir mal die Akten über den Betrugsfall, in den Grohlers verwickelt war. Frag von mir aus beim BKA nach.«

»Aber was haben die von der SoKo mit unserem Fall zu tun?«

»Das«, sagte Brischinsky, »wüsste ich auch gern.«

6

Gegen neun Uhr morgens versuchte Rainer Esch, von den Toten zu den Lebenden zurückzukehren. Er richtete sich mit einem Stöhnen auf der Liege auf, die sein Freund leichtsinnigerweise Gästebett nannte. Nach Rainers Meinung war Folterbank die angemessene Bezeichnung. Ihm tat jeder Knochen weh, was angesichts der Tatsache, dass er sich mit seinen fast Einmeterneunzig auf eine höchstens einmeterfünfzig lange Liege gebettet hatte, nicht weiter verwunderte. Als besonders heimtückisch empfand er, dass je zehn Zentimeter des zur Verfügung stehenden Platzes links und rechts von senkrecht hoch stehenden Armlehnen in Beschlag genommen wurden, die – unverstellbar – natürliche Hindernisse für einen Körper darstellten, der sich im Schlaf wohlig ausdehnen wollte.

In Rainers linkem Bein tobte ein Wadenkrampf, sein rechter Arm war eingeschlafen. Ein Schlagzeuger jagte rhythmische Trommelwirbel durch seinen Schädel. Esch widerstand der Versuchung, auch dafür Cengiz' Couch die Schuld zu geben und räumte selbstkritisch ein, dass er besser daran getan hätte, nach ihrem Eintreffen in der Wohnung seines Freundes wie dieser das Bett aufzusuchen. Stattdessen hatte er sich, wie schon häufiger, über die nicht sehr üppig bestückte Hausbar hergemacht, die, wenn er sich recht erinnerte, nun völlig geplündert war. Er hoffte, dass die gestrige Einladung Cengiz' Unwillen über seinen Raubzug etwas mildern würde.

Mühsam schleppte sich Rainer in das Badezimmer und öffnete jede Schranktür auf der Suche nach Kopfschmerztabletten. Er fand keine. Entweder war Cengiz ein Heiliger oder er hatte nie Kopfschmerzen. Vermutlich Letzteres.

Bedauerlicherweise hatte Esch auf Grund seiner spontanen Einladung am Vorabend seine Zahnbürste nicht dabei. Der Versuch, mit den Fingern Zahncreme in seinem Mund zu verteilen, scheiterte kläglich. Er erwog einen Moment, die Bürste von Cengiz zu benutzen, ließ es dann doch, aber nicht etwa, weil er sich vor Kaya ekelte. Im Gegenteil. Er würde sich ekeln, wenn jemand mit einem solchen Geschmack im Mund, wie Rainer ihn spürte, seine Bürste benutzen würde. Das ließ in Esch den Entschluss reifen, an den Stellen, an denen eine Spontanübernachtung denkbar war, dieses wichtige Utensil vorsorglich zu hinterlegen. Er duschte ausgiebig, suchte seine Klamotten zusammen und zog sich an.

Eingedenk der Warnung Cengiz' beseitigte er den übervollen Aschenbecher, die Schnaps- und Weingläser sowie die leeren Flaschen und verzichtete darauf, ein Frühstück einzunehmen. Der verursachte Sachschaden war schon groß genug. Er wollte nicht maßlos wirken.

Esch brachte die Couch so gut es ging in Ordnung, warf noch einen Blick in Bad, Küche und Wohnzimmer und verließ einigermaßen zuversichtlich, wenngleich mit pochenden Kopfschmerzen und einer leichten Grundübelkeit die Wohnung.

Auf dem Weg zu seinem Fahrzeug, das er in der Nähe des Griechen vermutete, erstand er Brötchen, Margarine, etwas Käse und Zigaretten. Angesichts seines zweifellos reichlich vorhanden Restalkohols überlegte er einen

Moment, die U-Bahn zu nehmen, verwarf diesen Gedanken jedoch schnell wieder. Er fühlte sich sicher genug zu fahren und setzte darauf, dass er weder Opfer einer Routinekontrolle der Polizei noch in einen Unfall verwickelt werden würde.

Im Auto entschied sich Esch dafür, im Büro seiner Detektei in der Uferstraße in Recklinghausen-Süd nach dem Rechten zu sehen.

Sein Büro im Haus Nummer zwei lag im Erdgeschoss rechts. Lediglich das Namensschild auf der Klingel wies darauf hin, dass in diesem Gebäude die Detektei *Look und Listen* ihre Bleibe gefunden hatte. Esch öffnete den überdimensionierten Briefkasten und Berge von Papier fielen ihm entgegen. Enttäuscht stellte er bei der ersten flüchtigen Durchsicht fest, dass es sich ausnahmslos um Werbung handelte. Er packte sich den Papierberg unter den Arm. Im Büro würde er ihn sorgfältig daraufhin durchsehen, ob sich nicht zwischen Baumarktwerbung und Supermarktsonderangeboten doch noch das eine oder andere Interessante verbarg.

Esch schloss die Tür zu seinem Büro auf und betrat den Raum. Ein modriger, leicht fauliger Geruch schlug ihm entgegen. Er schüttelte sich, schmiss das Altpapier auf einen Kiefernschreibtisch Marke IKEA und beeilte sich, das Fenster weit aufzureißen. Suchend blickte er sich um und entdeckte schließlich die Ursache des Modergeruches. Bei seinem letzten Besuch in seiner Detektei vor einigen Wochen hatte er sich eine Currywurst mit Pommes Rot-Weiß reingezogen. Die Wurst jedoch war ungenießbar gewesen und die Kartoffelstäbchen in einem Öl frittiert worden, das direkt einem Altmotor entnommen sein musste. Er hatte deshalb fast die gesamte Mahlzeit dem Papierkorb überantwortet, wo sie nun seit Wochen vor sich hin schimmelte.

Seine Übelkeit verstärkte sich, als er die Metamorphose einer Currywurst mit Pommes in etwas Lebendiges näher betrachtete. Angewidert verzog Rainer das Gesicht, schnappte sich mit der einen Hand den Müllbeutel und hielt sich mit der anderen die Nase zu, um so die Überreste des Fastfood-Produktes in die Mülltonne zu transportieren.

Sein Büro bestand aus zwei Räumen. Esch ging in die Küche und begann zwischen leeren Flaschen, dreckigen Kaffeetassen und Gläsern nach sauberem Geschirr zu fahnden. Nach einigen Minuten erfolgloser Suche musste er sich der Tatsache stellen, dass ohne umfangreiche Reinigung der Küche ein Frühstück in seinem Büro nicht möglich war.

Nach fast einer Stunde waren Büro und Küche so weit wiederhergestellt, dass Esch seine Brötchen schmieren und einen Kaffee kochen konnte. Kaffeekochen war etwas übertrieben, da seine einzige Aktivität darin bestand, Wasser zu erhitzen und es dann in eine Tasse mit Instantkaffee und Trockenmilch zu gießen.

Esch setzte sich an seinen Schreibtisch, die Brötchen und den dampfenden Kaffee vor sich, baute den Stapel, den er seinem Briefkasten entnommen hatte, neben dem Computer auf und schaltete den Anrufbeantworter ein, um ihn abzuhören. Das Ergebnis war enttäuschend. Mit der Ausnahme eines Anrufes von Cengiz vor zwei Wochen war nur das nervende Besetztzeichen und das Knacken zu hören, das ein unterbrochenes Gespräch anzeigte.

Der Briefkasteninhalt war ebenso desillusionierend. Neben einer, zugegeben sehr niedrigen Telefonrechnung fanden sich nur Schreiben vom Vermieter und vom Finanzamt. Der Vermieter teilte ihm mit, dass er erstens die Kündigung erwägen müsse, wenn Esch nicht seinen vertraglichen wöchentlichen Flurreinigungsverpflichtungen nachkomme und zweitens die Miete ab November um dreißig Mark auf zweihundertvierzig Peitschen steigen würde. Das Finanzamt forderte ihn ultimativ auf, seine Gewinnermittlung für die Detektei im Rahmen seiner Einnahmen-Ausgaben-Rechnung vorzulegen, da ansonsten seine zu versteuernden Einnahmen geschätzt würden.

Esch seufzte tief. Den freien Tag im Freibad oder der Gartenkneipe *Boente* zu verbringen, konnte er vergessen.

Er erzeugte noch einen Instantkaffee, zündete eine Reval an und startete den Computer, um mittels eines Shareware-Programmes dem Finanzamt klar zu machen, dass außer einem Honorar von fünfzig Mark lediglich Ausgaben in nicht unbeträchtlicher Höhe angefallen seien, die seine Steuerlast bis unter den Nullpunkt reduzieren würden. Das einzige Problem bestand darin, dass Rainer in der Vergangenheit noch nie regelmäßig Lohn- oder Einkommenssteuer gezahlt hatte und seine momentane Lebensplanung auch nicht vorsah, dieses Prinzip zukünftig außer Kraft zu setzen. Und genau diesen simplen Sachverhalt weigerte sich die Software zu Kenntnis zu nehmen, was wiederum dazu führte, dass Esch versuchen musste, das Problem mit einer geklauten Kopie eines Tabellenkalkulationprogrammes manuell zu lösen.

Da sich seine negative Grundeinstellung gegenüber Computern nie geändert hatte, warf er nach etwa zwei mühseligen Stunden das Handtuch, suchte seine Belege zusammen und fuhr zum Finanzamt.

Der für ihn zuständige Beamte war anfangs freundlich, später genervt, dann verzweifelt und schließlich physisch und psychisch reif für einen längeren Sanatoriumsaufenthalt. Aber Rainer Esch hatte die schriftliche Bestätigung, seine Unterlagen fristgerecht eingereicht zu haben, und die mündliche Zusage, steuerfrei auszugehen.

Diesen Erfolg beschloss er mit einigen Gläschen Wein und dem einen oder anderen Veterano im *Drübbelken*, der Recklinghäuser Szene-Kneipe, zu feiern.

7

»Wie die Geier lauern sie da«, meinte Kommissar Heiner Baumann nach einem kurzen Blick in das Sitzungszimmer des Polizeipräsidiums Recklinghausen, in dem sich etwa zehn Vertreter der Printmedien, des Lokalradios und des Lokalfernsehens sowie einige Vertreter überregionaler privater und öffentlich-rechtlicher Fernsehanstalten und Agenturen versammelt hatten. »Möchte mal wissen, warum dieser Auftrieb hier überhaupt stattfindet?«

»Werbung in eigener Sache«, antwortete Rüdiger Brischinsky, »Bürgernähe. Gläserne Polizei. Berechtigtes Informationsbedürfnis der Öffentlichkeit. Außerdem brauchen wir die«, er bewegte seinen Kopf in Richtung Tür, »ja auch von Zeit zu Zeit.«

»Tag, meine Herren. Dann wollen wir mal.« Kriminalrat Wunder kam wie immer einige Minuten zu spät. Brischinsky hatte den begründeten Verdacht, dass das absichtlich geschah, um die Bedeutung seiner Person zu unterstreichen.

»Tag, Herr Wunder«, antwortete der Hauptkommissar.

»Guten Tag, Herr Kriminalrat«, sein Assistent.

Sie betraten den Raum. Das Stimmengewirr verstummte. Die drei Kriminalbeamten nahmen an der Stirnseite des Raumes Platz. Kriminalrat Wunder stellte Brischinsky und seinen Kollegen vor, lobte die überaus erfolgreiche Zusammenarbeit mit der Presse und übergab die Gesprächsführung an den Hauptkommissar.

»Meine Dame, meine Herren«, begann Brischinsky, »gestern Nachmittag gegen neunzehn Uhr wurde auf dem Kirchplatz in Recklinghausen der deutsche Staatsbürger Jürgen Grohlers aus Berlin, Alter 51 Jahre«, die Journalisten machten sich Notizen, »von mindestens zwei noch unbekannten Tätern erschossen. Die Fahndung nach den Tätern läuft, hat aber bis jetzt noch kein greifbares Ergebnis erbracht. Wir werden Ihnen im Anschluss an diese Konferenz Fotos des Ermordeten übergeben mit der Bitte, diese in Ihren Presseerzeugnissen zu veröffentlichen. Dazu erhalten Sie von uns eine kurze Pressemitteilung, in der wir die Bevölkerung um sachdienliche Hinweise bitten. Vielen Dank.«

Im Saal wurde unzufriedenes Gemurmel laut.

Kriminalrat Wunder schaltete sich ein. »Selbstverständ lich ist Herr Hauptkommissar Brischinsky gerne bereit, Ihre Fragen zu beantworten. Bitte. Ja, Sie dort bitte.«

»Meier. *WAZ* Recklinghausen. Ich war gestern am Tatort und habe dort viele Zeugen gesehen. Was haben sie ausgesagt?«

»Sie werden verstehen, das wir im Interesse der laufenden Ermittlungen nicht bekannt geben können, was die Zeugen im Detail ausgesagt haben. Es waren einige Hinweise darunter, denen wir im Moment nachgehen«, antwortete Brischinsky. Und dachte das Gegenteil.

»Können Sie uns etwas zum Motiv sagen? Wissen Sie, warum Grohlers umgebracht wurde? Zublick von Radio Funk im Vest.«

»Nein, Herr Zublick, wir tappen diesbezüglich noch völlig im Dunkeln. Aber das ist auch nicht verwunderlich, die Tat liegt ja noch keine vierundzwanzig Stunden zurück.«

»Melcher, Westdeutscher Rundfunk, Landesstudio Dortmund. Das Opfer wurde erschossen, oder?«

»Ja. Drei Schüsse aus nächster Nähe in die Brust und Herzgegend, von denen mindestens zwei absolut tödlich waren.«

»Eine Nachfrage bitte. Wenn die Schüsse aus nächster Nähe abgegeben worden sind, ist es dann möglich, dass sich Täter und Opfer gekannt haben?«

»Ob sie sich gekannt haben, ist eine durch nichts bewiesene Vermutung, aber die Möglichkeit besteht natürlich. Das Opfer hat die Täter sehr nahe an sich rangelassen. Das ist richtig.«

Brischinsky sah, dass sich Rutter meldete. Das hatte ihm gerade noch gefehlt.

»Rutter. *Bild*, Redaktion Essen. Stimmt es, dass Grohlers mit einer Waffe erschossen wurde, die normalerweise vom KGB benutzt wird?«

Ein Raunen ging durch den Saal. Die anderen Journalisten schauten aufmerksam auf Brischinsky. Der blickte vorwurfsvoll zu seinem Assistenten. Baumann schüttelte unmerklich mit dem Kopf.

»Dazu kann ich Ihnen leider beim gegenwärtigen Stand der Ermittlungen nichts sagen.«

»Eine Nachfrage noch. Ist meine Information richtig, dass das Opfer Verbindung zur Stasi hatte?«

Brischinsky hatte Mühe, seine Verblüffung zu verbergen. Woher hatte der Kerl bloß diese Hinweise? »Nein, nach dem gegenwärtigen Stand der Ermittlungen können wir diese Information nicht bestätigen.«

»Gegenwärtiger Stand der Ermittlungen, gegenwärtiger Stand der Ermittlungen, ist das eigentlich alles, was wir von Ihnen zu hören bekommen?« Aus der letzten Reihe meldete sich ein bärtiger Mann lautstark zu Wort.

Der Hauptkommissar wusste im ersten Moment nicht, wo er den Zwischenrufer schon mal gesehen hatte.

»Würden Sie uns bitte Ihren Namen und das Unterneh-men nennen, welches Sie repräsentieren?«, forderte Wunder.

»Klar. Ich heiße Klaus Mager und komme von der Film- und Videoagentur Pegasus.«

Auch das noch, dachte Brischinsky. Sein Kollege Horst Lohkamp hatte ihm von diesem Kerl erzählt. Das Videoteam galt unter den Kripobeamten als eine Art Naturkatastrophe und war in der Wahl seiner Methoden ebenso wenig zimperlich wie Rutter.

»Da ist doch was faul. Wenn unser Kollege von der *Bild* hier konkrete Fragen stellt, können Sie uns doch nicht mit Ausflüchten abspeisen.«

»Also, Herr Mager, es tut mir Leid, dass unsere Auskünfte Sie nicht befriedigen. Sie können mir glauben, keiner bedauert das mehr als wir. Wir würden Ihnen wirklich gerne schon heute die Täter persönlich vorstellen und uns den Rest des Tages in die Sonne legen, das können Sie mir glauben.«

Vereinzelte Lacher im Saal zeigten Brischinsky, dass er den richtigen Ton getroffen hatte.

»Aber polizeiliche Ermittlungsarbeit ist sorgfältige, sehr akribisch durchgeführte Routinearbeit. Und die dauert nun mal ihre Zeit.«

Kriminalrat Wunder sah sich im Saal um. »Wenn Sie keine weiteren Fragen haben, darf ich Sie bitten, die bereit gelegten Unterlagen hier vorne an sich zu nehmen. Wir bedanken uns für Ihr Kommen und Ihre Aufmerksamkeit. Auf Wiedersehen.«

Als die beiden Mordermittler in ihr Büro zurückgekehrt waren, schimpfte Brischinsky los.

»Das ist doch das Allerletzte. Baumann, wie kommt der Rutter an die Informationen über die Tatwaffe? Das steht morgen in jeder Zeitung. Und die Spekulation über die Stasi auch. Bald wimmelt es hier von Journalisten. Ruhige Ermittlungsarbeit können wir dann vergessen. Welches Arschloch hat gequatscht?« Er sah Baumann wütend an.

»Chef, ich nicht. Glaub mir.«

»Ich glaub dir ja. Dann waren es die Bochumer. Würd mich nicht wundern, wenn der Rutter die schmiert. Echt scheiße sowas.«

8

Esch machte sich ohne Frühstück auf den Weg zum seinem Brötchengeber Krawiecke. Kalle erwartete ihn bereits am Wagen auf dem Betriebshof der Taxifirma.

»Morgen, Rainer. Bist spät dran heute.«

»Bin ich immer. War was?«

»Nee, nichts Besonderes. Die Karre ist okay. Ich würde mich an deiner Stelle vom Hof machen, Krawiecke lauert da hinter der Gardine. Er hat bereits nach dir gefragt.«

»Der kann mich mal. Renate schon da?«

»Ja, grad gekommen. Die Tageszeitungen hab ich schon gelesen. Hab sie vorne auf'm Sitz liegen gelassen. Auch die *Bild*. Tschüs, bis heute Abend.«

»Das Schmierblatt kannste gleich mitnehmen. Aber trotzdem, dank dir, Kalle. Schlaf gut.«

Esch startete das Taxi und meldete sich über Funk. »Hier Krawiecke vier. Morgen, mein Schatz.«

»Ich bin nicht dein Schatz«, plärrte Krawieckes Stimme aus dem Lautsprecher. »Sieh zu, dass du los kommst, aber etwas dalli, wenn ich bitten darf.«

»Du darfst bitten«, antwortete Esch. »Und zwar höflich. Wagen Vier Ende.«

Rainer schaltete das Funkgerät auf Stumm und fuhr los

in Richtung Innenstadt. Nach etwa zehn Minuten startete er einen erneuten Versuch.

»Krawiecke vier an Zentrale, bitte kommen.«

»Hier Zentrale, kommen Krawiecke vier«, hörte er Renates Stimme.

»Hattest du eben keine Lust oder hat unser geschätzter Boss nur mal den Larry raushängen lassen?«, wollte Esch wissen, obwohl er sich darüber im Klaren war, dass Krawiecke den gesamten Funkverkehr der Taxiflotte in seinem Büro mithören konnte.

»Ich musste mal für kleine Mädchen. Morgen, Rainer.«

»Morgen.«

»Fahr zum Bahnhof und warte. Ich hab noch nichts für dich.«

In der Bahnhofskneipe kaufte Esch ein Brötchen und eine Tasse Kaffee und machte es sich in seinem Benz bequem. Nach dem Frühstück nahm er die *WAZ* vom Beifahrersitz und las erst den Sportteil. Sein Lieblingsverein Schalke 04 musste morgen bei den Bayern in München antreten. Leider nicht in Bestbesetzung. Das konnte nur schief gehen. Er seufzte. Das Wochenende war wahrscheinlich gelaufen.

Dann blätterte er zum Lokalteil weiter. Die Schlagzeile sprang ihm direkt ins Auge. *Mord auf dem Kirchplatz. Kannte Opfer die Täter?*

Der Autor des Artikels berichtete erneut über den Mord und die gestrige Pressekonferenz der Kriminalpolizei. Dann spekulierte der Journalist, ob das Opfer den Täter gekannt oder sogar Beziehungen zur Stasi gehabt hatte. Schließlich schloss er mit der rhetorischen Frage, welche Informationen die Kripo der Öffentlichkeit vorenthalten habe. Rechts auf der Seite war über drei Spalten ein Bild des Opfers abgedruckt. Die Zeile darunter fragte: *Das Opfer Jürgen Grohlers (51). Wer hat diesen Mann in den letzten Tagen gesehen?*

Esch stutzte. Dann war er sich sicher. Er kannte den Toten. Grohlers war der nervöse Berliner mit dem großzügigen Trinkgeld. Rainer riss den Artikel aus der Zeitung und warf die *WAZ* wieder auf den Beifahrersitz.

Dabei fiel sein Blick auf die Schlagzeile der *Bildzeitung*. In zentimetergroßen, roten Buchstaben stand auf der ersten Seite: *Stasi-Mord in Recklinghausen. Was verschweigt die Polizei?* Und darunter das Bild des Toten.

Esch überlegte einen Moment und meldete sich dann bei Renate. »Hör mal, ich schalte mich für einige Zeit aus.«

»Spinnst du? Krawiecke flippt aus, wenn du das tust.«

»Ich muss meinen Pflichten als Staatsbürger nachkommen. Ich muss zu den Bullen.«

»Was hast du ausgefressen? Du weißt, Rainer, zu dir komm ich sogar in den Knast. Wann ist denn in der Krümmede Besuchszeit?«

»Sehr komisch. Krawiecke vier Ende.«

Der Polizist in der Pforte im Polizeipräsidium bat ihn zu warten, telefonierte kurz und schickte ihn dann in den ersten Stock ins Zimmer 145. Rainer klopfte und betrat unaufgefordert den Raum. Ein Beamter saß über Akten gebeugt am Schreibtisch.

»Morgen.« Esch zückte den Zeitungsausschnitt. »Ich möchte eine Aussage über den Toten machen.«

Rüdiger Brischinsky sah hoch. Seinen Besucher meinte er schon einmal gesehen zu haben.

»Morgen. Sie haben also das Opfer gekannt?« Er zögerte. »Sagen Sie, Sie sind doch ...?«

»Esch, Rainer Esch. Sie haben meinen Freund Cengiz Kaya und mich vor etwa einem Jahr aus einem Keller befreit.«

»Ich erinnere mich. Das war die Mordsache Westhoff, oder?«

»Genau.«

»Und wie geht's Ihnen jetzt?« Ohne eine Antwort abzuwarten, fuhr der Hauptkommissar fort: »Sieht ja so aus, als ob Sie alles gut überstanden hätten.«

»Danke, gut.« Esch schaute Brischinsky an.

»Also, dann erzählen Sie mal. Aber bitte der Reihe nach.«

»Ich bin nebenberuflich Taxifahrer. Und vorgestern Nachmittag gegen 18.30 Uhr bekam ich einen Anruf von der Zentrale ...« Rainer berichtete von seiner Begegnung mit Grohlers, dessen Nervosität und mehrmaligen Versuchen, im Taxi mit seinem Handy zu telefonieren. »Ich hatte den Eindruck, der wollte nicht, dass einer mithört. Deshalb ist er wahrscheinlich auch später mit seinem Gerät in eine Telefonzelle gegangen. Bei der Hitze!«

»In eine Zelle? Und hat von da mit seinem Handy telefoniert?«

»Ja, so war's.«

»Und dann?«

»Dann bin ich zu einer neuen Fahrt gerufen worden.«

»Wenn ich Sie richtig verstanden habe, hat Grohlers den BMW auf dem Parkplatz zurückgelassen?«

»Musste er ja, war ja bei mir im Taxi.«

»Ja, ja, schon klar. Sie sagten, Ihr Fahrgast hatte eine Aktentasche dabei?«

»Ja, da hat er ständig drin rumgekramt.«

»Und Sie sind sich wirklich ganz sicher, dass der Tote«, der Beamte zeigte auf das Foto, »Ihr Fahrgast war?«

»Hören Sie, Herr Hauptkommissar, wenn mir einer so viel Trinkgeld gibt und sich so eigentümlich verhält, vergess ich das Gesicht nicht so schnell. Der Tote saß vorgestern Nachmittag quicklebendig bei mir im Wagen und ich habe ihn zum Hauptbahnhof gefahren.«

Brischinsky überlegte einen Moment. »Sagen Sie, Herr Esch, würde es Ihnen was ausmachen, mit uns eben zum Parkplatz zu fahren und uns den Wagen zu zeigen?«

»Nein, überhaupt nichts.«

»Gut. Dann kommen Sie.« Brischinsky stand auf und öffnete die Tür zum Nebenraum, wo Baumann gerade eine schlanke, dunkelhaarige Frau verabschiedete. »Baumann, los komm. Wir müssen los.«

»Wohin?«

»Zu einem Parkplatz an der A 43.«

»Aha. Darf man fragen, weshalb?«

»Darf man. Da steht der Wagen, mit dem Grohlers zuletzt gefahren ist. Zumindest meint das unser Freund da.« Brischinsky zeigte mit der rechten Hand an sich vorbei nach hinten auf Esch. »Und wer war dein Besuch?«

»Eine Frau Sabine Schuller. Serviererin in der Eisdiele am Löhrhoffcenter. Sie ist sich sicher, dass Grohlers vorgestern da war. Hat einen Eiskaffee getrunken, ordentlich Trinkgeld gegeben und ist kurz vor Feierabend gegangen.«

»Wann haben die Feierabend?«, erkundigte sich der Hauptkommissar.

»Gegen sieben.«

»Passt ja.«

»Eben.«

Baumann folgte Brischinsky in das Büro. »Das ist Herr Esch. Wenn er dir bekannt vorkommen sollte, hast du Recht.«

»Er kommt mir bekannt vor.«

»Sollte er auch. Mordsache Westhoff, vor etwa einem Jahr.«

»Ach ja. Das war doch die Sache mit dem Eimer mit der Pi...«

»Ist ja damals nichts passiert«, unterbrach ihn sein Kollege. Esch stand derweil verlegen grinsend daneben.

»Hätte aber was passieren können. Und wie immer wäre ich Karl Arsch gewesen«, erwiderte Baumann mit einem etwas vorwurfsvollen Seitenblick auf Rainer, während sie Hauptkommissar Brischinsky in den Hof zu den Fahrzeugen folgten.

Der dunkelblaue BMW stand noch da, wo Esch seinen Fahrgast aufgenommen hatte. Baumann ging um den Wagen herum, sein Kollege notierte das Kennzeichen.

»M-JK 33. Aus München. Baumann, mach mal 'ne Halterfeststellung.«

»Brauch ich nicht. Sieh mal hier.« Er zeigte auf ein Emblem oben auf der Scheibe im Fonds. »*Sixt* München. Das ist ein Mietwagen.«

»So? Auch gut. Dann ruf die Spurensicherung. Die sollen einen Abschleppwagen mitbringen und den Wagen filzen. Und auch auf mögliche Schäden untersuchen. Ich will möglichst schnell einen Bericht.«

Während Baumann sich am Funk betätigte, sah Brischinsky suchend in den Wagen. Im Inneren war nichts Besonderes zu erkennen.

»Die kommen gleich«, berichtete Baumann.

»Okay. Du wartest hier. Ich fahre Herrn Esch zurück ins Präsidium. Sie wollen doch ins Präsidium?«

»Eigentlich auf den Parkplatz davor«, antwortete Esch. »Da steht immer noch mein Taxi.«

9

Drei Stunden später kehrte Baumann schwitzend in ihr Büro zurück. Brischinsky trank Kaffee und der Ventilator bemühte sich, die schwüle Luft im Raum durcheinander zu wirbeln.

»Mensch, ist das heiß«, stöhnte Baumann. »Wie kann man bei den Temperaturen auch noch Kaffee trinken.«

»Meine Oma hat immer gesagt, was gut ist gegen Kälte, ist auch gut gegen Hitze.«

»Wer dran glaubt ...«

»Setz dich. Hat die Spurensicherung was gefunden?«, wollte Brischinsky wissen.

»Nein, absolut nichts. Technisch ist die Karre in Ordnung. Es war auch noch genug Benzin im Tank. Grohlers hat Esch belogen. Ansonsten ist der Wagen völlig leer, das heißt nicht ganz. Natürlich sind Warndreieck und diese Sachen vorhanden. Wir haben auch eine Kopie des Mietvertrages gefunden. Der BMW ist am Mittwoch dem Zwanzigsten, also vorgestern, gegen zwölf in Berlin gemietet worden und sollte noch am selben Tag in Dresden abgegeben werden. Das hat Grohlers zumindest so bei der Autovermietung angegeben.«

»Grohlers war also der Fahrer?«

»Ja, war er. Zum einen steht im Mietvertrag sein Name, zum anderen haben wir seine Fingerabdrücke am Lenkrad gefunden. Eindeutig. Grohlers hat den Wagen von Berlin bis zum Parkplatz gefahren. Auch die Strecke auf dem Tageskilometerzähler stimmt ungefähr. In Dresden war der vorher nicht.«

»Tageszähler kann man auf null stellen.«

»Die schon, aber nicht den Tachostand, zumindest nicht so einfach. Wir haben bei *Sixt* angerufen und uns den Kilometerstand durchgeben lassen, mit dem der Mieter vor Grohlers den Wagen zurückgegeben hat. Der war wirklich nicht in Dresden. Der ist von Berlin direkt hierhin gefahren.«

»Hmm. Und sonst nichts?«

»Fehlanzeige. Natürlich jede Menge Fingerabdrücke. Das ist aber normal bei einem Mietwagen. Bisher passt keiner der Abdrücke zu unseren Computerdaten. Die Jungs suchen zwar noch, aber ohne große Hoffnung. Der Wagen gibt wohl nicht mehr her.«

»Scheiße. Na gut, war einen Versuch wert. Wir wissen jetzt jedenfalls, wie Grohlers nach Recklinghausen gekommen ist und was er hier gemacht hat. Eiskaffee getrunken und telefoniert. Nur mit wem, wissen wir nicht. Und wir wissen auch nicht, wo der Aktenkoffer und das Handy geblieben sind.«

»Und das will ich heute auch nicht mehr wissen«, antwortete Baumann. »Ich weiß nur, dass bei D1, D2 und E-Plus kein Handy-Benutzer namens Jürgen Grohlers registriert ist. Und jetzt brauch ich dringend 'ne Dusche. Und dann ein kaltes Bier und ein Würstchen vom Grill.«

»Kannst du alles haben. Nur später.«

»Weißt du, wie viele Überstunden ich vor mir herschieb? Wenn das so weitergeht, kannst du für zwei, drei Monate den Job hier alleine machen«, empörte sich sein Assistent. »Solange brauch ich nämlich fürs Abfeiern.«

»Hier«, Brischinsky schob ihm demonstrativ sein Telefon über den Schreibtisch. »Ruf beim Personalrat an und beschwer dich.«

Baumann sah auf die Uhr. »Herr Hauptkommissar«, sagte er im gespielten Ernst, »jetzt ist es kurz vor zwei. Das sind im Gegensatz zu uns richtige Beamte. Da ist keiner mehr. Die haben schon Wochenende.«

»Eben. Und ohne Personalrat kein Abfeiern. Ich als dein Vorgesetzter ordne an, dass du dich hinsetzt und zuhörst.«

»Hast du eigentlich schon mal was von der Fürsorgepflicht eines Vorgesetzten gehört?«

»Nein, nie. Und jetzt hör zu. Wir haben aus Berlin die Akten über den Betrugsfall bekommen, in dem gegen Grohlers ermittelt wurde.«

»Na und?«

»Grohlers war Geschäftsführer der Firma EXIMCO GmbH. Die Staatsanwaltschaft vermutet, dass EXIMCO zum KoKo-Imperium gehört. Was sagste jetzt?«

»Gar nichts. Was ist KoKo?«

»Herr, lass Hirn regnen. Liest du außer dem Kicker und Comics eigentlich sonst noch was? KoKo heißt Kommerzielle Koordinierung. Das war sozusagen ein Firmenkonglomerat der früheren DDR, dessen Hauptaufgabe darin bestand, der DDR Westdevisen zu beschaffen, ohne Rücksicht auf Verluste. Der große Boss im Hintergrund war ein gewisser Schalck-Golodkowski, der über beste Kontakte zu westdeutschen Politikern verfügte. Kurz bevor ihm die gewendete DDR den Prozess machen konnte, hat der sich nach Bayern abgesetzt und erfreut sich da heute noch bester Gesundheit, soweit mir bekannt ist. Die Jungs der KoKo waren und sind Experten auf dem Gebiet des Ausnutzens von Gesetzeslücken, Manipulationen, Schiebereien. Und der Grohlers ...«

»... war einer von ihnen«, warf Baumann ein. »Richtig?«

»Vermutlich. Die Staatsanwaltschaft Berlin wirft nun der EXIMCO und deren Geschäftsführer Grohlers vor, sich im großen Stil am Umrubeln beteiligt zu haben.«

»Umrubeln?«, fragte Baumann. »Was ist das denn?«

»Eine Lizenz zum Gelddrucken für die, die rechtzeitig vor der Währungsunion vom vorgesehenen Umtauschkurs der DDR-Mark erfahren haben.«

»Versteh ich nicht.«

»Genial einfach. Und fast ohne Risiko. Pass auf. Alle Warengeschäfte im RGW, das heißt Rat für Gegenseitige Wirtschaftshilfe, das war so 'ne Art EWG für den Ostblock, wurden in Transferrubeln abgewickelt, die von der sowjetischen Zentralbank eingetauscht und dann an die

Staatsbanken der einzelnen Länder überwiesen wurden. Da haben sich die Firmen ihr Geld in den Landeswährungen wieder abgeholt.«

»Na und?«

»Ich erklär's dir. Nur Firmen wie die EXIMCO, die Waren aus der DDR in die Staaten des RGW lieferte, konnten in Transferrubel abrechnen. Nun kennen die Altgenossen viele andere Altgenossen, die gerne gegen eine kleine Kostenerstattung bereit sind, gefälschte Lieferbescheinigungen auszustellen. Und jetzt kommt die große Stunde der ›Umrubler‹. Stell dir vor, auf einem geheimen Devisenkonto der KoKo liegen vor der Währungsunion einhundert Westmark. Dafür bekommst du auf dem Schwarzmarkt in Polen 600.000 Zloty. Ein Transferrubel kostet 2.000 Zloty. Mit gefälschten Lieferbescheinigungen kannst du deine schwarz getauschten Zloty in legale 300 Transferrubel umrubeln. Die werden dann wieder für viermarkachtzig Ost je Transferrubel in 1440 Mark Ost umgerubelt und auf das Konto der Ostfirma überwiesen. Die wartet dann nur noch auf die Währungsunion und tauscht dieses Geld in harte 720 Westmark um. Simsalabim, und du hast das mehr als sechsfache an Gewinn.«

Baumann sah seinen Boss verblüfft an. »Und das ist so gelaufen?«

»Im großen Stil. Das war nur eine der Varianten. Lies die Akte«, er reichte Baumann den Bericht aus Berlin, »und du wirst dich wundern.«

»Um wieviel Geld geht's denn da?«

»Wo? Bei der EXIMCO und Grohlers oder insgesamt?«

»Nee, mehr so über alles.«

»Über alles? So um die 36 Milliarden.«

»Sag das noch mal! 36 Milliarden?« Baumann klappte der Unterkiefer runter.

»Ja, das ist die offizielle Schätzung der Verluste aus dem Transferrubelgeschäft. Einige weitere Milliarden ...«

»Einige weitere Milliarden ...?«, keuchte Baumann.

»Ja, einige weitere Milliarden sind in anderen dubiosen Kanälen versickert. Zehn, zwanzig, dreißig oder mehr

Milliarden, da kommt es doch schon nicht mehr drauf an. Fakt ist, dass die meisten Delikte Ende des Jahres verjährt sein werden. Und dann ist die Knete weg. Für immer. Es gibt da eine Prüfungsgruppe Währungsumstellung. Die haben von 60.000 Konten erst 8.000 überprüft. Den Rest schaffen die bis Jahresende sicher nicht mehr.«

»Und dafür zahl ich meinen Solidarbeitrag«, stöhnte Baumann. »Und wie hoch soll der Schaden sein, den Grohlers angerichtet hat?«

»Grohlers? Ein relativ kleiner Fisch. Achtzig Millionen, so über'n Daumen.«

Baumann japste nach Luft. »So über 'n Daumen. Achtzig Millionen. Kleiner Fisch. Mann, Brischinsky, ich kann dir aus unseren Akten Fälle nennen, da wurden Menschen für einen Bruchteil dieser Summe umgebracht.«

»Siehste«, antwortete Brischinsky, »und genau daran muss ich auch die ganze Zeit denken.«

Baumann hatte sich noch nicht von seinem Schock erholt, als der Hauptkommissar aufstand. »Ich geh mal eben pinkeln. Wenn du nichts mehr zu tun hast, kannst du von mir aus ins Wochenende gehen. Und zwar richtig. Vor Montag will ich dich hier nicht mehr sehen. Das war mein Beitrag zum Thema Fürsorgepflicht der Vorgesetzten. Bis Montag, dann.«

»Tschüs«, sagte Baumann. »Und danke«, schob er noch nach.

Aber sein Chef hatte bereits die Tür geschlossen.

Baumann wollte auch gerade das Zimmer verlassen, als das Telefon schellte. Er fluchte leise, überlegte einen kurzen Moment, ob er überhaupt noch da war und nahm dann doch den Hörer ab.

»Baumann.«

»Hier Rutter, *Bildzeitung*, Tach, Herr Baumann.«

Die Nervensäge.

»Hören Sie, Herr Rutter, ich hab's wirklich eilig«, log er.

»Ich will Sie auch nicht lange aufhalten, Herr Baumann, aber haben Sie nicht ein, zwei kleine Informationen für mich?«

Der Kommissar zögerte. Er kannte die Meinung seines Chefs über Rutter, war sich aber andererseits auch sicher, dass er Rutter nicht so schnell abwimmeln konnte wie sein Vorgesetzter. Sein Feierabend würde sich also noch weiter hinauszögern, wenn er Rutter nicht ein paar Brokken hinwarf.

»Also gut, Rutter. Der Tote ist mit einem Mietwagen aus Berlin gekommen. Er war dort bei einer Firma EXIMCO beschäftigt. Ein Taxifahrer der Firma Krawiekke hat uns zu dem Wagen geführt. Wir ermitteln weiter.«

»Herr Baumann«, drängte Rutter, »das kann doch nicht alles sein. Gibt's da 'ne Stasi-Schiene? Was ist mit der Knarre, los, kommen Sie, Baumann, wir haben uns doch immer gut verstanden.«

»Rutter, das war's. Schönen Tag noch.«

»Gut. Danke, Herr Baumann. Und nichts für ungut.«

Baumann legte auf. Er war sich sicher, Rutter keine Geheimnisse mitgeteilt zu haben. Morgen würde Brischinsky ohnehin eine Presseerklärung herausgeben müssen. Dann war das Revolverblatt eben etwas schneller. Und diese Art von Journalisten wussten ihre Quellen zu schützen. Rutter würde sich eher die Zunge abbeißen, als ihn in die Pfanne zu hauen. Hoffte er zumindest.

10

Nachdem Esch das Taxi von Kalle an diesem Samstagmorgen übernommen hatte, blieb ihm noch etwas Zeit. Er schnappte sich die *Bildzeitung*, die Kalle wie jeden Morgen für ihn im Auto liegen gelassen hatte.

Stasi-Killer! stand quer über der ersten Seite. Und darunter: *Schalck-Firma verwickelt?*

Esch las den Artikel. Er strotzte nur so von Verdächtigungen und Vermutungen. Unbedarfte Leser mussten den Eindruck gewinnen, Banden von Stasi-Mördern durchstreiften die alten und neuen Bundesländer, immer auf der Suche nach unschuldigen Opfern, Hand in Hand mit Tausenden von SED-Seilschaften, die damit beschäftigt waren, die Bundesrepublik und ihre Bewohner schamlos auszuplündern. Esch lachte leise. Die *Bild* hatte alle Erwartungen mal wieder übertroffen.

Er las weiter:

Grohlers arbeitete bei der Firma EXIMCO in Berlin. EXIMCO verfügte über gute Kontakte zum SED-Regime. Noch verweigern die Ermittler Auskünfte über den Zusammenhang zwischen dem Mord und der SED. Wie lange noch? Wie Informanten der Bild weiter mitteilten, fuhr das Opfer in einem Taxi der Recklinghäuser Firma Krawiecke in den Tod. War das Zufall? Bild-Reporter bleiben dran. Lesen Sie morgen in Bild: Die Machenschaften der KoKo, Honeckers Jungs fürs Grobe!

Der Hinweis auf Krawiecke schmeckte Rainer nicht. Angewidert knüllte er die Zeitung zusammen und warf sie hinter den Fahrersitz. Dann machte er sich auf den Weg zu seinem Standort am Hauptbahnhof.

Wenn er noch zehn Minuten gewartet hätte, wäre ihm ein schwarzer Mercedes SLK aufgefallen, der auf das Grundstück seines Arbeitgebers fuhr und kurz vor der Zentrale stoppte.

Dem Wagen entstiegen zwei Männer, die das Gebäude ansteuerten und im Verwaltungstrakt verschwanden. Die Besucher blickten sich im Flur suchend um, klopften schließlich an die Bürotür des Inhabers und traten nach kurzer Wartezeit ohne Aufforderung ein.

»Ja, bitte?« Hans Krawiecke war ausgesprochen ungehalten über die Störung.

»Herr Krawiecke?«, fragte einer der beiden.

»Ja, was wollen Sie?«

»Guten Morgen, Herr Krawiecke. Mein Name ist Müller von der *Bildzeitung*. Und das ist mein Kollege Schäfer.«

»Und?«

»Sie haben doch sicherlich heute schon unsere Zeitung gelesen. Einer Ihrer Mitarbeiter oder Mitarbeiterinnen hat den Mann gefahren, der in der Innenstadt erschossen wurde. Können Sie uns etwas mehr über den Fahrer sagen? Wir wollen in einer der nächsten Ausgaben ausführlich darüber berichten. Natürlich würden wir in unserem Artikel«, der Redner sah Krawiecke schmeichelnd an, »auch über Ihr Unternehmen berichten. So eine Art kostenlose Werbung, verstehen Sie.«

Krawiecke verstand sofort. »Ob mir Ihre Werbung was einbringt, bezweifle ich stark. Aber meine Arbeitszeit, wer bezahlt mir die Zeit, die ich für Sie opfere?«

Seine Besucher warfen sich einen schnellen Blick zu. Der Mann, der bisher die Unterhaltung geführt hatte, antwortete auch jetzt. »Natürlich kommen wir dafür auf.« Er griff zu seiner Brieftasche und zählte Krawiecke zwei Hundertmarkscheine auf den Tisch. »Würde das Ihre Kosten decken?«

»Geht klar. Was wollen Sie wissen?«

»Fangen wir doch mit dem Namen des Fahrers und seiner Adresse an.«

Eine halbe Stunde später verabschiedete Krawiecke seine Besucher. Der eine sagte: »Und bitte, kein Wort zu Herrn Esch. Wenn er wirklich so ist, wie Sie ihn schildern, wird er vielleicht versuchen, die Veröffentlichung zu verhindern. Und unsere Leser ...«

»Ich weiß, ich weiß«, unterbrach ihn Krawiecke, »ich sag nichts.«

Als sie sich die Hand gaben, bewunderte Krawiecke den großen Siegelring seines Gegenübers. So einen Ring, sagte er sich, musst du dir auch bei Gelegenheit zulegen.

Bei der Übergabe des Taxis gegen acht musste sich Rainer Esch wieder Vorwürfe seines Chefs wegen der mangelnden Sauberkeit im Taxi gefallen lassen. Besonders ärgerte Esch, dass Krawiecke sogar Recht hatte. Die zusammengeknüllte *Bildzeitung* vom Morgen lag tatsächlich noch hinter dem Fahrersitz.

Frustriert über seine Niederlage, machte er sich auf den Weg nach Hause, um dort bei Rockmusik und einer Flasche Wein auszuspannen.

11

Seine Wohnungstür öffnete sich bereits nach der ersten Vierteldrehung des Schlüssels, obwohl er sich sicher war, die Tür beim Verlassen der Wohnung abgeschlossen zu haben. Rainer durchquerte den Flur, um im Wohnzimmer den CD-Player mit der neuesten Stones-Platte anzuwerfen.

An der Wohnzimmertür blieb er wie angewurzelt stehen. Seine gute Stube sah aus, als ob eine Bombe eingeschlagen hätte. Die Bücher waren aus den Regalen gerissen und fanden sich auf dem Boden verstreut wieder. Der Inhalt jeder Schublade war ausgekippt. Die Polster der Couch waren hochgeklappt, die Kissen teilweise aufgeschlitzt, so dass Tausende von Federn bei jedem Luftzug einen Tanz aufführten. Die Schranktüren standen offen und der Inhalt des Möbels war ebenfalls auf dem Teppich verteilt. Die Vitrine mit den Eisenbahnmodellen war vollständig ausgeräumt. Die Aktenordner, die sich auf dem Schreibtisch befunden hatten, lagen geöffnet in einer Ecke des Raumes, die enthaltenen Papiere waren teilweise herausgerissen. Die Schubladen des Schreibtischs entdeckte Rainer unter den Polsterkissen. Die Regalböden waren heruntergefallen. Seine Kamera, die er gestern auf dem Tisch deponiert hatte, um die Batterie zu prüfen, war nicht mehr dort.

Fassungslos ging Esch in die Küche. Auch dieser Raum ähnelte einem Trümmergrundstück. Einige Teller waren zu Bruch gegangen, der Besteckkasten stand auf dem Tisch. Mehl- , Zucker- und Salztüten waren geöffnet und ausgekippt worden. Der Kühlschrank stand offen und das Tauwasser hatte sich mit den verschütteten Lebensmittel zu einer klebrigen, weißen Masse verbunden, die Esch, wie er leider zu spät bemerkte, auf seinem grauen Teppichboden zusammen mit den Bettfedern in seiner Wohnung verteilte. Das Schlafzimmer befand sich in dem gleichen desolaten Zustand wie die anderen Räume.

Die Matratze seines Bettes lehnte halb vor dem Kleiderschrank, der leer war. Seine Kleidungsstücke waren achtlos auf den Boden geworfen worden. Auch hier zeigten auffliegende Federn, dass sein Bettzeug einer äußerst gründlichen Durchsuchung standhalten musste. Rainer war, als sei das jüngste Gericht über ihn gekommen. Über das Chaos in seinem Badezimmer wunderte er sich kaum noch. Fast hatte er es erwartet.

Esch stolperte über Haufen von Bekleidung und zerschnittenen Kopfkissen ins Wohnzimmer, atmete tief durch und versuchte, in dem Gewühl den Telefonapparat zu finden. Er stöberte ihn unter den Aktenordnern auf und wählte den Notruf der Polizei.

Nachdem er dem geduldigen Beamten Name und Adresse durchgegeben hatte, warf er einige Polsterkissen zurück auf die Couch, räumte notdürftig einige Bücher zu Seite, um Platz zu schaffen, suchte in der Küche ein Glas und nahm aus dem Kühlschrank eine leider zu warme Flasche Wein. Da er den Flaschenöffner nicht finden konnte, zögerte er keine Sekunde, schlug den Flaschenhals auf der Spüle ab, goss das Wasserglas randvoll und trank gierig in großen Schlucken.

Er füllte das Glas zum zweiten Mal, stiefelte zurück ins Wohnzimmer und ließ sich auf das Sofa fallen. Rainer griff erneut zum Telefon und wählte die Nummer seiner Freundin.

»Westhoff«, meldete sie sich.

»Rainer hier, hallo Stefanie. Wie geht's?«

»Danke der Nachfrage. Du hörst dich etwas bedrückt an. Was ist los?«

»Stefanie, ich brauche deine Hilfe.«

»Wobei?«

»Beim Aufräumen.«

»Sag mal, spinnst du jetzt total? Ich mach doch nicht deinen Scheiß ...«

»Stefanie«, stoppte Esch ihre Empörung, »bei mir wurde eingebrochen.«

»Was? Eingebrochen? Was gibt's denn bei dir schon zu holen?«

»Meine Loks zum Beispiel«, antwortete er verärgert. »Aber du musst auch nicht ...«

»Rainer, entschuldige. Lass uns nicht wieder streiten. Hast du schon die Polizei gerufen?«

»Ja, gerade. Meine Bude sieht aus, als ob eine Elefantenherde durchgetrampelt wäre.«

»Also so wie immer. Wofür brauchst du mich dann?« Ehe er ihr die passende Antwort geben konnte, setzte sie rasch nach. »Bleib ruhig. Ich komme sofort. Bis gleich.«

Sie legte auf, bevor er sich bedanken konnte.

Die beiden Beamten von Einbruchsdezernat wunderten sich nicht besonders über das Chaos.

»Haben Sie schon einen Überblick, ob und was fehlt?«, fragte einer der beiden.

Der andere Beamte untersuchte die Eingangstür und fotografierte danach das Desaster.

»Nein, nicht vollständig. In der Vitrine dort«, Esch zeigte auf den Wandschrank, »habe ich meine Lokomotivmodelle aufgehoben. Die sind nicht mehr da. Außerdem vermisse ich meine Kamera und mein Urlaubsticket. Das lag auch in der Vitrine.«

»Bargeld, Schmuck?«

»Nee, hab ich nicht.«

»Was waren das für Lokomotiven? Und was für eine Kamera?«

»'ne Canon. Mit Zoom. War erst ein Jahr alt. Die Loks sind von *Märklin*. Spur H0. Verschiedene Modelle, zwölf Stück.«

»Was kostet denn so 'ne Lok?«, wollte der Polizist wissen.

»Unterschiedlich. So um die Dreihundert.«

»Ist ja auch Geld. Machen Sie bitte eine Liste mit den gestohlenen Sachen. Hi-Fi-Geräte«, er musterte Eschs Stereoanlage, die halb hinter Kissen verborgen am Boden stand, »fehlen wohl nicht. Die Sachen waren wahrscheinlich zu schwer und zu auffällig zu transportieren.«

»Was für ein Urlaubsticket?«, fragte der andere Beamte, der kurz zuvor das Wohnzimmer betreten hatte.

»Ich wollte Dienstag in den Urlaub fliegen«, erwiderte Esch, »aber das kann ich mir wohl jetzt ohne Ticket von der Backe putzen.«

»Ich glaube nicht. Was sollen die Einbrecher mit einem Flugticket? Die können ja schlecht auf Ihren Namen fliegen, oder? Wahrscheinlich liegt das hier«, der Polizist machte eine kreisende Armbewegung, »irgendwo unter den Sachen. Am Schloss der Eingangstür sind Spuren, die von einem Dietrich oder Ähnlichem stammen könnten. Ich habe Fingerabdrücke gefunden, die sind aber vermutlich von Ihnen, Herr Esch. Die Einbrecher haben mit Sicherheit Handschuhe getragen. Trotzdem, das waren keine Profis. Die hätten nicht so eine Unordnung hinterlassen. Ich tippe auf Gelegenheitstäter.« Er wandte sich an seinen Kollegen. »Paul, gehst du mal zu den Nachbarn? Das muss hier doch einiges an Lärm verursacht haben. Vielleicht haben die was gehört.«

Der Beamte verschwand im Hausflur. Esch hörte ihn bei seinen Nachbarn schellen. Der Kollege machte sich derweil mit Pulver und Folie am Vitrinenschrank zu schaffen, um auch dort Fingerabdrücke zu sichern. »Herr Esch, Sie müssten Montag zu uns aufs Präsidium kommen. Wir nehmen dann ein Protokoll auf und Sie geben uns die Liste der gestohlenen Sachen. Es kann ja sein, dass Sie, wenn Sie erstmal Ordnung geschaffen haben, noch etwas vermissen. Sicherheitshalber nehme ich jetzt noch Ihre Fingerabdrücke, um die vergleichen zu können. Man weiß ja nie.«

»Ist gut.«

Der Polizeibeamte rollte Eschs Finger auf einer Art Stempelkissen und dann auf einem weißen Blatt Pappe aus, auf dem Felder für die Abdrücke der einzelnen Finger markiert waren. »Sie können sicher sein, nach Überprüfung wird das Blatt vernichtet«, meinte der Polizist.

»Hoffentlich«, antwortete Esch.

Der andere Beamte kehrte von seinen Recherchen bei Eschs Nachbarn zurück. »Fehlanzeige. Die haben zwar Geräusche gehört, sich aber nichts dabei gedacht, weil es hier öfters sehr laut hergeht. Der junge Mann«, er sah

Esch mit einem Grinsen an, »scheint nicht der ruhigste Mieter zu sein.«

»Böswillige Verleumdung«, protestierte Esch. »Ich bin die Ruhe selbst.«

»Nicht unser Problem. Hast du alles?«, fragte er seinen Kollegen.

»Alles im Kasten. Wir können. Also, Herr Esch, dann bis Montag.«

Die beiden Kripobeamten ließen Esch in seiner ruinierten Wohnung allein. Er schnappte sich den Staubsauger, um die weißen Abdrücke aus feuchtem Mehl und nassen Federn zu beseitigen, musste aber bereits nach kurzer Zeit einsehen, dass blinder Aktionismus fehl am Platz war. Der Staubsauger nahm zwar die Flecken vom Teppichboden auf, der aus dem Motorgehäuse austretende Luftstrom jedoch blies die verbleibenden trockenen Federn dermaßen durcheinander, dass er sich wie Frau Holle vorkam. Resigniert schaltete er das Gerät aus und das Radio ein, um auf Stefanie zu warten. Hier war, meinte Rainer, die ordnende Hand eines weiblichen Wesens erforderlich.

»Hübsch hast du's hier. Wirklich anheimelnd.« Stefanie Westhoff stand in der Wohnzimmertür und schaute sich um. »Mir würde das so zwar nicht gefallen, aber ich kenne dich ja.«

»Stefanie, bitte. Ich finde das nicht besonders komisch.« Trotz ihres Sarkasmus' war Esch froh, seine Freundin zu sehen. Ihre Beziehung hatte zwar in sexueller Hinsicht stark gelitten, aber er konnte sich ihrer Unterstützung und Hilfe in Momenten wie diesem immer noch sicher sein. Und wenn es nach ihm ging, würde auch dem Austausch körperlicher Zärtlichkeiten nichts im Wege stehen.

»Hast ja Recht.« Sie blickte mit ehrlicher Anteilnahme in seine Augen.

Er schmolz dahin und hätte sie am liebsten sofort und ohne Umschweife in sein Bett gezerrt.

»Wurde viel geklaut?«

Sein sexuelles Trugbild löste sich ins Nichts auf. »Na ja, wie man's nimmt. Die Kamera und meine Loks. Und mein Urlaubsticket ist weg.«

»Da hat der böse Einbrecher dem Jungen sein Spielzeug weggenommen«, spottete Stefanie. »Waren die Dinger wenigstens versichert?«

»Ich hab zwar 'ne Hausratversicherung, glaube aber nicht, dass die für Eisenbahnmodelle aufkommt«, antwortete er.

»Pech«, bemerkte sie lakonisch. »So, und jetzt lass uns aufräumen.«

Kurz vor Mitternacht entdeckte Stefanie im Schlafzimmer unter dreckigen Pullovern und Hemden das Ticket, wo es sich nach ihrer unverrückbaren Überzeugung schon vor dem Einbruch befunden haben musste. Eschs heftige Dementis ließen sie völlig unbeeindruckt, da sie in der Vergangenheit schon häufiger Utensilien ihres Freundes an Stellen gefunden hatte, die nach seiner Überzeugung völlig undenkbar gewesen wären.

Nach weiteren zwei Stunden war die Wohnung in einem zwar noch recht unordentlichen, aber, wie Stefanie sich ausdrückte, für Rainer Esch üblichen Zustand. Seine Anregung, doch angesichts der frühen Stunde bei ihm zu übernachten, lehnte sie mit einem Lächeln ab, drückte ihm einen freundschaftlichen Kuss auf den Mund, wünschte ihm einen schönen Urlaub und ließ ihn mit seinem Frust allein.

12

Das *Hotel Poseidon* lag südwestlich der Stadt Mykonos. Esch hätte lieber eine kleinere Pension gebucht, da er sich aber erst sehr spät für Mykonos entschieden hatte, waren die Zimmer in den überschaubareren und auch zumeist billigeren Hotels schon alle vergeben. Trotzdem gefiel ihm seine Unterkunft.

Eschs Flieger war nachmittags gelandet. Nach dem Einchecken im Hotel war es zu spät gewesen für einen ersten Besuch an den nur mit dem Bus erreichbaren Stränden. Esch plante deshalb, zu duschen und dann Mykonos-Stadt zu erkunden. Auch ohne Stefanies Begleitung war er fest entschlossen, die nächsten vierzehn Tage zu genießen.

Sein erster Eindruck von der einzigen Stadt auf der Insel war zwiespältig. Das Labyrinth kleiner Gassen mit sich überraschend öffnenden Plätzen war beeindruckend; beeindruckend waren jedoch auch die Menschenmassen, die es schafften, sich hier durch zu drängen. Esch war froh, dass er nicht in der absoluten Hochsaison hier Urlaub machte, aber auch jetzt, Ende August, ähnelten manche Ecken mehr der Cranger Kirmes als einer griechischen Hafenstadt. Es gab Straßen, da drängte sich Restaurant an Taverne, Taverne an Bar und Bar an Restaurant. Die meisten Boutiquen waren sündhaft teuer. Andere entpuppten sich als typische Touristenfallen, vollgehängt mit T-Shirts drittklassiger Qualität mit mehr oder weniger lockeren Sprüchen. Einer gefiel Esch: *If you don't want oral sex, keep your mouth shut.* Richtig schön übel, fand er.

An einem Restaurant, das in einem idyllischen Garten gelegen war, blieb er stehen und studierte die Speisekarte. Dann schluckte er. Das war keinesfalls der Vorfreunde auf kommende Gaumenfreuden geschuldet, sondern körperliche Reaktion auf die Preise. Ein Zaziki für eintausendvierhundert Drachmen, also fast zehn Mark. Esch ermittelte überschlägig, dass ihn ein Menü hier weit über einhundert Mark kosten würde, ohne Getränke. Wenn das Preisgefüge auf Mykonos überall so war, musste er verhungern.

Esch beschloss, in einer Taverne namens *Spiros* sein Abendessen einzunehmen. Vor dem Restaurant lag auf einem Tisch eine Speisekarte. Esch überflog die Preise für Speisen und Getränke und atmete erleichtert auf. Die billigste Flasche Wein lag bei etwa einem Zehner, ein Brandy kostete knapp vier Mark und ein Hauptgericht war für fünfzehn Mark zu haben. Das waren zwar nicht die Preise, die er von seinen zahlreichen früheren Besuchen auf griechischen Inseln gewohnt war, hielt sich aber in Grenzen. Er warf einen Blick in die Kühltheke vor dem Lokal, entschied sich für gegrillte Calamaris, suchte sich einen windgeschützten, dennoch aber luftigen Platz am Fenster, bestellte, erhielt sofort seinen Wein und war mit der Welt und vor allem mit Mykonos wieder einigermaßen versöhnt. Das *Spiros*, so erzählte sein Reiseführer, war vor mehreren Jahrzehnten von einem Griechen gegründet worden, dessen Namen das von seinen Verwandten geführte Lokal heute noch trägt. *Spiros* soll damals, glaubte man dem Reiseführer, einer der bekennenden Busengrapscher der Insel gewesen sein. Zu Eschs Bedauern kam es während seines Aufenthaltes im Lokal zu keinem solcher Ausrutscher der heutigen Restaurant-Crew. Er hätte zu gerne den dann folgenden Schlagabtausch beobachtet.

Nach dem recht ordentlichem Essen nahm er sich vor, noch einen Absacker in einer der Kneipen weiter weg vom Meer zu nehmen, die, so hoffte er, möglicherweise etwas billiger sein würden. Die Gassen hatten sich jetzt mit noch mehr Menschen gefüllt. Esch entdeckte zahlreiche Berufsjugendliche, diese allerdings mit Pensionsanspruch.

Die Gyrosbude, die am frühen Abend noch ziemlich vereinsamt dagestanden hatte, war nun von Menschenmassen umlagert, die auf ihren Gyros-Pita warteten, was Esch angesichts der Preise auf dieser Insel nicht weiter verwunderte. Da, wo vor gut zwei Stunden nur alte Holztüren und versteckte Kneipenschilder zu sehen gewesen waren, kamen nun die Eingänge von Bars zum Vorschein, aus denen laute Musik dröhnte. Das war nicht sein Ding, zumindest nicht heute Abend.

In einer Nebengasse fand er eine Kneipe, die auf den ersten Blick seinen Vorstellungen entsprach. Lou Reeds Songs drangen auf die Gasse. Esch ging hinein, setzte sich an die Theke und bestellte einen Weißwein. Es dauerte einige Zeit, bis er realisierte, dass er von einigen der männlichen Gäste ausgiebig gemustert wurde. Es dauerte noch länger, bis er feststellte, dass sich in dieser Bar nur männliche Gäste aufhielten. Und erst als sich einige männliche Gäste innig und zärtlich küssten, wurde Rainer klar, dass er in einer Schwulenpinte gelandet war. Obwohl ihm keiner der anderen Männer unsittliche Anträge machte, trank er seinen Wein recht hastig aus und verließ verunsichert die Kneipe, leicht spöttische Blicke auf sich spürend. Er ärgerte sich über seine Reaktion. Weglaufen hat auch was mit Ausgrenzung zu tun, dachte er. Linksintellektuelles Spießbürgertum.

In der nächsten Gasse hörte er Bluesmusik, die aus einer Bar namens *Elan* kam. Er betrat die Kneipe, fest entschlossen, diesen Laden nicht wegen des Publikums vorzeitig zu verlassen. An der Theke standen und saßen einige Griechen, die zwei Tische in der kleinen Bar waren noch frei. Esch wählte einen Platz am Fenster, von dem aus er das Treiben draußen beobachten konnte. Er lehnte sich zurück und ließ sich vom Geschehen in der Gasse mittragen.

»Hi, my name is Jéra. How do you do?«

Esch schreckte zusammen und drehte sich in Richtung der Stimme, die er schon vorher trotz der Musik gehört hatte. Vor ihm stand ein hagerer, blonder junger Mann. Esch blickte sich kurz im Lokal um, das sich gefüllt hatte. Rechts am Tisch neben ihm saß ein Paar, etwa in seinem Alter und beobachtete belustigt und interessiert die Annäherung des Blonden.

»Thanks. I'm fine.«

»Where do you come from?«, fragte der Hagere.

»Germany.«

»Really? I'm a crazy little Austrian«, meinte Gerhard.

»That's your problem«, antwortete Esch.

Das Paar neben ihm grinste.

Gerhard machte Anstalten, sich auf den Stuhl gegenüber zu setzen, verzichtete dann aber, als er Rainers etwas ungehaltenen Blick registrierte. Esch pflegte sich seine Trinkpartner selbst auszusuchen.

»Und jetzt entschuldige mal.«

Der Recklinghäuser stand auf und ging Richtung Toilette.

Gerhard zögerte keine Sekunde und quatschte an der Theke sein nächstes Opfer an.

Als Esch zurück an seinen Tisch kam, bemerkte die Frau vom Nachbartisch:

»Etwas aufdringlich der Kerl, was?«

»Das kannst du wohl sagen.«

Ihr Gespräch verstummte. Wenig später verließen die beiden die Bar, nicht ohne sich mit einem Kopfnicken von ihm verabschiedet zu haben.

Esch zahlte kurz darauf und machte sich auf den Weg zu seinem Hotel. In einem Supermarkt kurz vor seiner Unterkunft erstand er noch eine gekühlte Flasche Wein, die er auf dem Balkon seines Hotelzimmers mit Blick auf den beleuchteten Pool trotz kaltem Wind mit Genuss vernichtete. Bevor er ins Bett ging, schnappte er sich noch sein Handy, schaltete es ein und überlegte einen Moment, Stefanie anzurufen. Während er noch nachdachte, meldete das Gerät mit einem Piepen eine auf die Mailbox eingegangene Nachricht.

Esch wollte den Anruf abfragen, als ihm einfiel, dass er dafür seine Identifikationsnummer benötigen würde. Und die befand sich in seinem Adressbuch, das er in dem Chaos nach dem Einbruch nicht wieder gefunden hatte. Mit einem Schulterzucken machte er das Handy aus und legte sich schlafen.

13

Rüdiger Brischinsky saß an seinem Schreibtisch und rekapitulierte die bisherigen Ermittlungsergebnisse, die mehr als dürftig waren. Die Untersuchung des Mietwagens war ohne greifbares Resultat geblieben, das ballistische Gutachten bestätigte nur das, was Baumann ihm am Tag nach dem Mord schon erzählt hatte. Die Waffe selbst war nach der Computerauskunft des BKA bisher nicht bei einer Straftat eingesetzt worden. Von der Aktentasche und dem Handy gab es keine Spur, Brischinsky vermutete, dass die Täter beides an sich genommen hatten.

Unter dem Namen EXIMCO waren zwar zwei Handys registriert, zur fraglichen Zeit waren aber keine Telefonate über diese Geräte geführt worden, hatte ihnen die Betreibergesellschaft mitgeteilt. Weitere Zeugen, die Grohlers vor der Tat noch gesehen hatten, hatten sich nicht gemeldet und die Phantombilder der Täter, die nach den Angaben der Augenzeugen angefertigt wurden, waren so uneinheitlich, dass bei einer Veröffentlichung die halbe männliche Bevölkerung Recklinghausens unter Tatverdacht geraten würde.

»Willste auch 'n Wasser oder ein anderes Kaltgetränk?«, unterbrach Baumann Brischinskys Gedanken.

»Nee, danke«, antwortete er.

Baumann verschwand auf dem Flur, um einige Minuten später mit einem Kunststoffbecher in der Hand zurückzukehren. »Der Automat war kaputt«, griente er, »hat nichts gekostet.«

»Glückspilz«, brummte Brischinsky in einem Ton, der Baumann die Klappe halten ließ.

Auch die Vernehmung der Sekretärin Grohlers und seiner engsten Mitarbeiter bei der Firma EXIMCO durch die Berliner Kollegen brachte sie nicht weiter. Grohlers Sekretärin hatte ausgesagt, dass sie für ihren Chef einen Tag vor dem Mord, also am Dienstag, dem 19. August, bei einer Berliner *Sixt*-Vertretung den BMW der Fünferreihe für den nächsten Morgen reserviert hatte. Grohlers hatte am selben Abend das Büro mit dem Hinweis verlassen, er werde direkt von seiner Wohnung mit einem Taxi zum Verleiher fahren, den Wagen dort abholen und sich dann nach Dresden aufmachen, wo er einen Termin um zehn Uhr bei einem Lieferanten habe. Dieser hatte die Terminvereinbarung bestätigt. Grohlers war dort allerdings nie angekommen. Auf Nachfragen stellte sich heraus, dass Grohlers normalerweise einen Dienstwagen benutzte, der aber einen technischen Defekt hatte, so dass der Tote einen Mietwagen nehmen musste. Keiner seiner Mitarbeiter konnte sich erinnern, dass Grohlers besonders nervös oder verängstigt gewirkt hatte.

Da Grohlers seit einigen Jahren geschieden war und

allein lebte, gab es niemanden, der Aussagen darüber machen konnte, was das Opfer am Abend vor der Tat getan hatte, ob er möglicherweise jemanden getroffen oder Telefongespräche geführt hatte. Warum Grohlers nicht nach Dresden, sondern nach Recklinghausen gefahren war, wusste anscheinend nur er selbst. Leider konnte er Brischinsky dazu nichts mehr sagen.

Der Hauptkommissar blätterte zum wiederholten Mal im Bericht der Berliner Kollegen über die Durchsuchung der Wohnung von Grohlers. Auch diese Aktion hatte absolut keine Anhaltspunkte über Täter oder Motiv ergeben. Die Beamten fanden zwar Aktenordner mit Schriftstücken der Staatsanwaltschaft Berlin über Grohlers Verfahren wegen Betrugsverdachtes zu Lasten der Bundesrepublik Deutschland und Korrespondenz von Grohlers mit seinem Rechtsanwalt zur selben Sache, was aber nach Brischinskys Ansicht nicht verwunderlich war. Schließlich wurde gegen Grohlers ermittelt.

Sie tappten völlig im Dunkeln. Frustriert schmiss Brischinsky die Akten auf seinen Schreibtisch. Baumann, der mit kreisenden Fingern versuchte, Text über die Tastatur in seinen Computer einzugeben, sah erstaunt auf. »Auch nicht die beste Laune heute, oder?«

»Nee, hab ich wirklich nicht. Wie auch? Wir drehen uns im Fall Grohlers im Kreis. Ich weiß nicht mehr weiter. Jetzt kann uns nur noch der Zufall helfen. Übrigens, Baumann, hast du 'ne Ahnung, woher die *Bildzeitung* die Informationen über den Taxifahrer hat?«

Vor dieser Frage hatte sich der Kommissar gefürchtet. »Nee, Chef, keine Ahnung.«

»Ich hoffe sehr, dass nicht du gequatscht hast. Da würden wir beide ein Problem kriegen. Ein großes Problem.«

Jemand klopfte an die Tür, die unmittelbar danach geöffnet wurde. In ihr Büro trat ein schlanker, junger Mann mit kurzen, dunklen Haaren, der die Anzugjacke seines italienischen Zweireihers leger über die Schulter geworfen hatte. Die Hemdsärmel trug er gerade so weit umgeschlagen, dass der Eindruck sportlicher Eleganz nicht gestört wurde. Der Krawattenknoten war leicht gelockert, ohne nachlässig zu wirken. Der Mann hätte in dem Aufzug in die Oper gehen können, und das bei Temperaturen von über fünfundzwanzig Grad.

»Morgen. Hauptkommissar Brischinsky?«

»Guten Morgen. Das bin ich. Und wer sind Sie?«, fragte Brischinsky zurück.

Der gut gekleidete Besucher griff in seine Anzugtasche und hielt Brischinsky einen Dienstausweis unter die Nase. »Staller. Hauptkommissar Staller. BKA.« Staller steckte mit einer forschen Bewegung seinen Ausweis zurück in die Tasche. »Wir haben Ihnen ein Fax geschickt. Schon vor einigen Tagen. Ihre Berichte lassen jedoch sehr zu wünschen übrig, Brischinsky. Ich bin hier, um bei Ihnen nach dem Rechten zu sehen. Wir können uns eine negative Presse nicht länger erlauben, meine Herren. Das muss sich ...«

Brischinsky hörte sich den Monolog des BKA-Beamten mit wachsendem Unbehagen an. Und jetzt wurde er wütend, richtig wütend sogar. Der Fatzke vor ihm war noch keine dreißig, schon Hauptkommissar und dann auch noch beim BKA. Bestimmt Akademiker. Und Quereinsteiger, da war sich Brischinsky sicher. Der Kerl wirkte arrogant bis zum Abwinken.

Brischinsky schraubte sich langsam aus seinem Schreibtischstuhl und baute sich vor Staller auf. Baumann beobachtete seinen Chef mit ansteigendem Interesse und Staller mit unverhohlener Schadenfreude. Baumann liebte Schlachtfeste.

Brischinsky hatte seine Kampfposition erreicht. »Kriminalhauptkommissar Brischinsky bitte, Herr Hauptkommissar Staller.« Das war das Vorgeplänkel. »Was wollen Sie hier bei uns?« Die Betonung lag auf dem Wörtchen ›was‹. »Nach dem Rechten sehen?« Er sprach langsam und sehr ruhig. Gefährlich ruhig, fand Baumann.

Der Hauptkommissar ging einen Schritt näher an Staller heran und sah seinem Gegenüber direkt in die Augen. »Sie wollen hier also in meiner Abteilung nach dem Rechten sehen, habe ich Sie da richtig verstanden?«

Staller nickte.

»Ich habe also richtig verstanden.«

Dann brüllte Brischinsky so plötzlich los, dass selbst Baumann, der den Wutausbruch seines Chefs vorausgesehen hatte, zusammenzuckte. Für Staller musste es wie eine Vulkaneruption wirken, die ausbrach, während er direkt am Kraterrand stand.

»Was fällt Ihnen eigentlich ein, Sie Schnösel? Was meinen Sie, wer Sie sind? Ihr Fax können Sie sich in den Arsch stecken, und wenn Sie das allein nicht schaffen, dann helfe ich Ihnen dabei. Und die Berichte schiebe ich dann noch hinterher. Wir haben hier was anderes zu tun, als Ihre Scheißberichte zu schreiben. Wir haben hier, falls Ihnen das noch nicht aufgefallen sein sollte, einen Mord aufzuklären. Dabei lass ich mir doch nicht von grünen Jungs wie Ihnen sagen, wie ich meine Arbeit zu tun habe.«

Brischinsky holte zum ersten Mal Luft und brüllte dann noch lauter als vorher: »Das eine noch. Es ist mir sowas von scheißegal, was die Presse schreibt, das glauben Sie gar nicht, wie egal. Und wenn Sie«, er tippte Staller mit dem Zeigefinger mehrmals auf die Brust, »noch einmal mein Büro betreten, ohne dass Sie mich laut und deutlich ›Herein‹ haben rufen hören, dann reiße ich Ihnen den Arsch von der Kimme bis zum Nacken auf, habe ich mich klar und verständlich ausgedrückt, Herr Hauptkommissar Staller?«

Staller nickte erneut, diesmal war es allerdings ein eingeschüchtertes Nicken.

Brischinsky schaltete zurück und sagte im jovialen Ton: »Dann ist es ja gut, mein Junge. Dann setz dich mal und erzähl uns, was du von uns möchtest.« Das war das Finale. Brischinsky schob Staller den unbequemsten Stuhl zu, der im Büro vorhanden war.

Baumanns Grinsen wurde noch breiter, als sich Staller brav und gehorsam setzte und völlig verstört sein Gegenüber ansah, das sich in aller Ruhe eine Zigarette anzündete.

»Auch eine?« Brischinsky hielt Staller die Packung hin.

Der schüttelte den Kopf.

»Besser so«, murmelte Brischinsky. »Woher, Herr Staller, kommt denn eigentlich das Interesse des BKA an Grohlers?«

Staller lehnte sich zurück. »Sie haben doch sicherlich schon von ›Umrubeln‹ gehört?«

»Klar«, antwortete Brischinsky, »wir haben die Akte der Berliner Kollegen über das anhängige Betrugsverfahren gegen Grohlers gelesen.«

»Dann kennen Sie ja schon einen Teil der Angelegenheit.«

»Einen Teil?«

»Na ja, im Zuge der deutschen Einheit hat es zahlreiche Glücksritter, kleine und große Ganoven, die sauberen Herren mit dem berühmten weißen Kragen gegeben. Da sind Milliarden verschoben worden, wurden ganze Firmen für 'n Appel und 'n Ei verkauft, wurden Windgeschäfte in Millionenhöhe getätigt und Tarnfirmen im In- und Ausland gegründet. Ein ganz besonderes Kapitel betrifft das frühere Vermögen der Sozialistischen Einheitspartei Deutschlands.«

»Wieso denn das?«, wollte Baumann wissen.

»Die PDS zum Beispiel hat als Rechtsnachfolgerin der SED verdienten Genossen aus dem Parteivermögen der SED Darlehen von mehr als zweihundertsechzehn Millionen Mark zukommen lassen.«

»Was?«, wunderten sich Brischinsky und Baumann zugleich.

»Ja, über zweihundert Millionen. Trotz Einigungsvertrag. Der hat nämlich festgeschrieben, dass das Vermögen der alten Staatspartei auch dem Staat gehört. Haben die PDS und die anderen alten Blockparteien sich nur nicht immer dran gehalten.«

»Und da hat keiner was gegen getan?«, empörte sich der Kommissar.

»Doch«, antwortete der BKA-Beamte. »Wir haben ermittelt. Ist aber nicht viel rausgekommen. Bei den früheren Genossen gibt es ein Geflecht aus Profitgier und ideologischer Verbohrtheit, das kaum zu durchdringen ist. Da sind Gelder an befreundete kommunistische Parteien, zum Beispiel nach Österreich, verschoben worden. Es soll Auslandskonten geben, auf denen Hunderte von Millionen geparkt sind. Die PDS hat der Ostberliner Humboldt-Universität über zweihundertfünfzig Millionen Ostmark gespendet. Möglicherweise wurde da im großen Stil Parteigeld gewaschen. Es existiert eine Organisation, die heißt Vereinigung der gegenseitigen Bauernhilfe. Ihr Name ist Programm. Die hat fast vierhundert Millionen auf ihrem Konto. Und die Gesellschaft für Sport und Technik besitzt schlappe einskommazwei Milliarden.«

»Nein, das darf doch nicht wahr sein.« Für Baumann brach eine Welt zusammen. »Und was haben wir getan?«

»Wir«, sagte Staller resigniert, »wir haben Zeitungsannoncen geschaltet.«

»Was haben wir getan?«, wollte Brischinsky wissen.

»Annoncen geschaltet. Im März 1994, also vor vier Jahren. In großen Tageszeitungen. Die Treuhand, sprich die Bundesrepublik, hat darin aufgefordert, Hinweise über versteckte Konten der DDR-Parteien gegen eine Belohnung von bis zu fünf Millionen an die Ermittlungsorgane weiterzugeben.«

»Und?« Brischinsky war gespannt.

»Was, und?«

»Na, wie viele haben sich gemeldet? Wer wollte alles an dem Kuchen partizipieren?«

»Tja. Einer. Und das erst vor wenigen Monaten.«

»Nur einer?«

»Ja, einer. Grohlers.«

Brischinsky schnappte nach Luft. »Grohlers?«

»Ja, Grohlers.«

Brischinsky atmete tief durch. »Baumann, hinten im Schrank steht der Cognac. Ich brauch jetzt einen. Wenn Sie«, er sah Staller an, »auch einen ...«

Staller nickte.

»Du nicht, Baumann, du bist im Dienst.« Als er den empörten Blick seines Assistenten registrierte, setzte er hinzu: »War 'n Scherz.«

Sie tranken schweigend ihren Schnaps.

Dann fragte Brischinsky: »Grohlers war also Ihr Informant?«

»Das kann man so sehen. Er war unterwegs nach Münster. Wir waren dort mit ihm verabredet. Er wollte uns Informationen über Nummernkonten in der Schweiz, Passwörter, Bankverbindungen, Hintermänner liefern. Leider ist es ja dazu nicht mehr gekommen.«

»Warum ist Grohlers denn an das BKA herangetreten? Wäre es für ihn denn nicht möglich gewesen, selbst von den Millionen auf den Konten zu profitieren?«, wollte Brischinsky wissen.

»Vielleicht hätte er das gekonnt«, antwortete Staller. »Aber Grohlers war krank, schwer krank sogar. Er hatte nicht mehr lange zu leben. Und da war ihm eine legal erlangte, sehr hohe Belohnung lieber als illegale Millionenbeträge, die er mit Sicherheit in der ihm noch verbleibenden Zeit ohnehin nicht mehr ausgeben konnte.«

»Leuchtet ein.«

»Grohlers wurde also ermordet, weil er mit dem BKA zusammengearbeitet hat«, stellte Baumann fest.

»Möglicherweise«, ergänzte Brischinsky.

»Zusammenarbeiten wollte«, korrigierte Staller.

14

Esch saß im Bus zur Paradise Beach und dachte daran, dass sein Urlaub am nächsten Morgen endete. Zu nachtschlafender Zeit würde gegen sieben Uhr sein Flieger abheben. Er müsste nicht nur mitten in der Nacht am Flughafen einchecken, sondern erneut ohne Stefanies moralischen Beistand in ein Flugzeug einsteigen.

Der Strand war etwa drei- bis vierhundert Meter lang und zwischen drei Restaurants und Bars aufgeteilt. Am östlichen Ende des Strandes befand sich das *Tropicana*, das die sich in der Nähe sonnenden Urlauber mit Techno-Gewummere traktierte. In der *Paradise Bar* gab es zumindest zu dieser Jahreszeit keine Musik mehr. Und das *Sunrise* spielte viel Pink Floyd und Santana, eine

Musik, die Esch entgegen kam. Anscheinend eine Konzession an das ältere Publikum der Nachsaison. Die Theke des *Sunrise* schlängelte sich wie ein überdimensioniertes S unter einem riesigen, mit Schilfgras gedeckten Dach entlang. An dieser Theke hatte er vor einigen Tagen einen der schlimmsten Alkoholexzesse seines Lebens erlebt, der dazu geführt hatte, dass er die Nacht sturzbesoffen am Strand verbracht hatte.

Er konnte sich noch daran erinnern, dass er, wie jeden Tag nachmittags, kurz bevor sein Bus fuhr, noch ein Bier im *Sunrise* trinken wollte. Kaum hatte er an der Theke Platz genommen, war ein gutes Dutzend Männer in hautenger Lederbekleidung aufgetaucht, die sich auch an der Theke niederließen. Die Jungs sahen so aus, wie Esch sich die Hells Angels vorstellte, nur mit extrem kurzen Haaren und ohne lange Bärte. Alle waren, ihren muskulösen Oberkörpern nach zu urteilen, Dauergäste in Fitness-Studios. Die Lederjacken trugen sie offen und auf nackter Haut, die Brust und die Oberarme der meisten Männer waren tätowiert. Viele schmückten ihre Ohrläppchen mit Kettchen, Ringen oder Brillies in den Ohrläppchen. Einige hatten Ledermützen auf, die Esch an die Kopfbekleidung von Seeleuten erinnerten.

Solchen martialischen Gestalten würde er normalerweise nicht gern im Dunkeln begegnen. Wie Rainer schnell merkte, waren die Jungs Amerikaner, die ihn zu einem Drink einluden, dem schnell weitere folgten.

Als Esch feststellte, dass er in der Gesellschaft von Schwulen soff, war er schon so zugeschüttet, dass er keine Angst mehr hatte, von den Jungs angebaggert zu werden. Und das passierte auch nicht. Keiner seiner Saufkumpane versuchte ihn davon zu überzeugen, dass er seine Affinität zu Frauen im Allgemeinen und zu Stefanie im Besonderen zugunsten der gleichgeschlechtlichen Liebe aufgeben sollte. Esch verlor seine Unsicherheit schwulen Männern gegenüber und gewann neue Freunde.

Er musste grinsen, als er nun an den Abend dachte. Den nächsten Morgen hatte er aus seiner Erinnerung getilgt, da er ohne medizinische Unterstützung mit einem der schlimmsten Kater seines Lebens fertig werden musste.

Der Bus hatte inzwischen die Paradise Beach erreicht. Rainer machte sich auf den Weg über den Campingplatz zu seinem üblichen Liegeplatz, als er hinter sich das Geknattere eines Motorrollers und eine männliche Stimme hörte.

»Morgen, Rainer.« Der Motorroller fuhr an ihm vorbei und hinterließ eine Staubwolke, die ihn völlig einhüllte.

»Mensch, pass doch auf«, fluchte Esch.

Neben der Rezeption des Campingplatzes schnallten Jürgen und Hiltrud ihre Badesachen vom Gepäckträger des Rollers ab. Esch hatte beide zum ersten Mal im *Elan* getroffen, als er sich mit dem aufdringlichen Gerhard auseinander gesetzt hatte. Auch das Pärchen bevorzugte die Paradise Beach und da war es beinahe zwangsläufig, dass sie sich wieder über den Weg gelaufen waren. Sie hatten einige Abende im *Spiros* und in Hafenkneipen auf der Akti Kambani miteinander verbracht. Seit einigen Tagen teilten sie auch den Strandstress.

Jürgen versteckte den Schlüssel für sein Bike wie immer unter dem hochklappbaren Sitz und gemeinsam gingen sie zum Strand.

»Heute ist mein letzter Tag«, bedauerte Esch.

»Wir fahren ja auch übermorgen. Dann lass uns doch heute Abschied feiern«, schlug Hiltrud vor.

»Gute Idee. Ham' wir wenigstens 'n Grund. Und wo?«

»Treffen wir uns im *Spiros* um Sieben? Und gehen dann ins *Elan*?«

»Einverstanden. Wo sollen wir uns hinhauen? Da vorne?« Esch zeigte auf drei Liegen, die halb im Schatten der eigentümlichen Bäume standen, die am Strand wuchsen. Keiner von den dreien wusste, um welche Baumart es sich handelte. Eschs Vorschlag, es wären mutierte Dillsträucher, wollte niemand folgen, obwohl die Bäume wirklich wie zu groß geratener Dill aussahen.

»In Ordnung.«

Am frühen Nachmittag bekam Rainer Esch Durst.

»Geht einer mit an die Bar, was trinken?«, fragte er seine Bekannten.

»Nee, ich nicht.«

»Vielleicht komme ich später nach«, antwortete Jürgen.

»Dann gehe ich allein.« Esch richtete sich auf und machte sich auf den beschwerlichen Weg zur fünfzig Meter entfernten Theke des *Sunrise*. Sonne macht wirklich faul, dachte er.

Er bestellte ein gezapftes Bier und trank mit Genuss das eiskalte Getränk. Er bezahlte und wollte gerade wieder zurück zu seiner Liege gehen, als die Jungs in Leder den schmalen Weg zwischen *Sunrise* und *Paradise Bar* entlang kamen. Sie machten sich nicht die Mühe, weiter zu gehen, sondern blieben, noch halb auf dem Weg stehend, am oberen Ende der Theke stehen.

Einer erkannte Esch und sie hoben grüßend ihre Hände. Einen Moment später stand vor Esch ein weiterer halber Liter eiskaltes Bier. Rainer prostete ihnen zu und überlegte gerade, ob er mit dem ausgegebenen Bier die Seiten wechseln sollte, als Jürgen auf ihn zusteuerte.

»Muss mal eben zum Klo. Ich komm dann gleich zu dir.« Esch beschloss, auf Jürgen zu warten, und sah ihm nach, wie er die Toilette des *Paradise* ansteuerte. Da stutzte der Recklinghäuser.

Am *Paradise* vorbei kamen zwei Männer auf das *Sunrise* zu, die Rainer zu erkennen glaubte. Er meinte, beide schon mehrmals in der Nähe seines Hotels und auch abends am Hafen gesehen zu haben. Normalerweise schenkte er solchen Begegnungen keine große Aufmerksamkeit. Mykonos ist eine kleine Insel mit nur wenigen Stränden. Da ist es mehr als normal, Leute wiederzutreffen. Die beiden waren ihm deshalb aufgefallen, weil sie zum einen für einen Urlaub auf einer griechischen Insel viel zu gepflegt gekleidet waren, zum anderen häufiger unverhohlenes Interesse für ihn gezeigt hatten. Er hatte überlegt, ob die beiden ein Schwulenpaar wären, das möglicherweise Abwechslung in ein erstarrtes Sexualleben bringen wollte und ihn deshalb so musterte.

Und nun steuerten beide direkt auf Rainer zu. Der eine setzte sich links, der andere rechts neben ihn auf den freien Barhocker. Esch sah interessiert von einem zum anderen. Der rechts neben ihm hatte einen auffälligen Leberfleck rechts im Gesicht.

»Sie gestatten doch sicher?« Der Mann sah ihn an.

Rainer meinte, einen leicht drohenden Unterton herauszuhören. »Bitte. Ich wollte sowieso gleich gehen.«

Der Typ links von ihm zündete eine Camel an und reichte ihm die Schachtel. Esch registrierte, dass er einen schweren Siegelring trug. »Nein, danke. Nur ohne Filter.«

Der Kellner des *Sunrise* näherte sich, um eine Bestellung entgegenzunehmen. »Yes please?«, fragte er.

»Ich möchte nichts, danke«, antwortete der mit dem Leberfleck.

»Please?« Der Kellner sah den mit dem Ring fragend an.

»Ein Pils.«

»Sorry?«

»Ein Pils, verdammt noch mal«, erwiderte der Mann. Und, nachdem der Kellner immer noch nicht gegangen war, sondern ihn weiter ansah: »Ein Bier. One Bier.« Er hielt einen Finger hoch.

»One beer, yes. Draught or bottle?«

»Was?«

Esch gewann den Eindruck, dass seine Gesprächspartner des Englischen nicht unbedingt mächtig waren. »Er will wissen, ob Sie ein Bier aus der Flasche oder vom Fass haben wollen.«

»Vom Fass, ist doch klar.«

»Draught please«, übersetzte Esch.

Der Kellner nickte und schob ab, um das Gewünschte heranzuschaffen.

»Sie kennen uns nicht, Herr Esch«, begann der Leberfleckige. »Aber wir kennen Sie. Wir kennen Sie sogar sehr gut. Deshalb sollten Sie auf uns hören und mit uns zusammenarbeiten.«

Das waren keine Schwulen, die Abwechslung suchten, wurde Esch schlagartig klar.

»Woher kennen Sie meinen Namen? Wer sind Sie? Und was wollen Sie von mir?«

»Etwas zu viele Fragen auf einmal«, knurrte der Mann links von ihm. »Sie brauchen nicht zu wissen, wer wir sind. Und auch nicht, woher wir Sie kennen. Wir kennen Sie eben. Akzeptieren Sie das einfach. Herr Esch, wir glauben, dass Sie etwas haben, was uns gehört. Und ...«, seine Stimme wurde gefährlich leise, »das hätten wir gerne wieder. Und zwar schnell.«

Esch bemerkte, dass einige seine muskelbepackten Lederfreunde häufiger zu ihnen herübersahen. »Ich weiß nicht, wovon Sie reden. Was soll ich Ihnen denn zurückgeben?«

Der Kellner brachte das Bier und die beiden schwiegen. Als sich der Ober wieder an seinen Zapfhahn zurückgezogen hatte, setzte der mit dem Ring das Gespräch fort.

»Herr Esch, wir wissen, dass Sie unser Eigentum nicht mit in den Urlaub genommen haben. Wir haben nachgesehen. Hoteltüren in Griechenland sind nicht alarmgesichert. Also, wo ist es dann?«

Esch lief trotz dreißig Grad im Schatten ein Schauer den Rücken herunter. Dann war die leichte Unordnung in seinen Sachen, die er darauf zurückgeführt hatte, dass das Reinigungspersonal möglicherweise seine Tasche umgeworfen hatte, wohl eher den beiden Dandys zuzuschreiben. Ein Verdacht zuckte durch seinen Kopf. »Woher wissen Sie, dass ich hier bin?«

»Herr Esch, Sie können uns nichts verheimlichen. Also, wo ist es? Ich rate Ihnen gut, Sie sollten wirklich kooperativer sein. Andernfalls sehen wir uns gezwungen, Sie für einige Zeit einzuladen. Und glauben Sie mir, dann werden Sie uns alles sagen, was wir wissen wollen.« Der Ringträger griff nach seinem Arm. »Wir wissen, in welchem Hotel Sie wohnen. Wir kennen Ihre Wohnung in Recklinghausen, Herr Esch. Muss ich noch mehr sagen?«

Das Ticket. Deshalb war das Ticket nicht mehr an seinem Platz gewesen. Daher hatten die beiden ihre Informationen. Sie waren in seine Wohnung eingebrochen. Aber warum? Rainer dachte fieberhaft nach.

»Jetzt spuck's aus, Junge«, fauchte der Mann rechts neben ihm. »Wir können auch anders. Denk an Grohlers.«

Grohlers? Esch kannte keinen Grohlers. Plötzlich wurde ihm eiskalt. Stahlfinger umklammerten sein Herz. Natürlich. Grohlers. Die beiden mussten die Mörder seines Fahrgastes sein. Langsam schraubte er sich von seinem Hocker.

»Ich weiß nicht, wovon Sie reden«, rief er laut und blickte dabei Hilfe suchend zu seinen schwulen Bekannten hinüber. »Ich habe keine Ahnung. Und jetzt lassen Sie mich in Ruhe.«

»Lass das bleiben. Wenn du nicht ruhig bist ...«

»Some problems, guy?«, rief einer der Lederträger herüber.

»Was will der?«, fragte Lebergesicht.

»A lot«, antwortete Esch dem Amerikaner. Die Bodybuilder stellten ihre Gläser auf die Theke. Esch sah Jürgen von der Toilette kommen. Er schüttelte den Arm des Ringträgers ab, haute dem mit dem Leberfleck den Ellenbogen in den Magen und rannte Richtung Campingplatz-Rezeption. Im Vorbeilaufen rief er Jürgen zu: »Sorry, but I must take your bike. See you in the evening.«

Jürgen blieb völlig verblüfft stehen und sah Esch nach.

Der mit dem Ring reagierte als Erster. Er riss den Barhocker um und rannte hinter Esch her, gefolgt von seinem Kumpan.

Esch steuerte auf die Amerikaner zu und rief: »Please, help me. Stop them.«

Die Gruppe öffnete eine Gasse und ließ Esch durch. Der Barkeeper, der noch nicht kassiert hatte, fand den Aufbruch der beiden Gangster überhastet und rief: »Hey, stop. You havn't pay.« Und nachdem die Zechpreller nicht daran dachten zu zahlen, sondern nur hinter Esch herjagten, schrie er: »Hold them, hold them.«

Die Jungs in Leder schlossen die Gasse. Als der Ringträger versuchte, sich mit Gewalt einen Weg zu bahnen, musste er die äußerst schmerzhafte Erfahrung machen, dass Bodybuilder ihre Muskeln auch einzusetzen vermochten. Der Lebergesichtige versuchte, durch Flucht dieser Erkenntnis aus dem Weg zu gehen, stolperte dann aber über Jürgens ausgestreckten Fuß. Unmittelbar danach wurde auch er hochgerissen und fiel zu seinem tiefsten Bedauern geradewegs in die Faust eines Amerikaners.

Esch erreichte völlig außer Atem den Motorroller, klappte hektisch den Sitz hoch und steckte mit zittrigen Fingern den Schlüssel in das Schloss. Zu seiner Erleichterung sprang der Motor sofort an. Esch legte den ersten Gang ein und knatterte los. Er sah sich mehrmals um, konnte aber keine Verfolger ausmachen. Auf der Fahrt über die engen Straßen der Insel Richtung Mykonos-Stadt beruhigte er sich etwas und versuchte, systematisch nachzudenken.

Die beiden Killer wussten, in welchem Hotel er wohnte. Und er musste damit rechnen, dass sie auch seinen Rückflugtermin kannten. Auf dem Flughafen selbst, so nahm er an, würden sie ihn in Ruhe lassen. Dort gab es zu viel Polizei. Nur in seinem Hotel durfte er nicht übernachten. Er würde zur Polizei gehen, dort alles erklären und unter dem Schutz der griechischen Staatsmacht Jürgens Roller zurückgeben. Bestimmt würden seine Bekannten auch die zurückgelassenen Badesachen mitbringen.

Möglicherweise gelang es den Beamten ja auch, die beiden Typen noch heute dingfest zu machen. Zunächst musste Rainer jedoch seine Sachen aus dem Hotel holen. Vor allem sein Flugticket und die Wertsachen. Auf die entscheidende Frage hatte er jedoch keine Antwort: Was, um Himmels willen, wollten die Kerle von ihm?

Es nahm einige Zeit in Anspruch, der jungen Frau an der Hotelrezeption zu erklären, dass er seinen Schlüssel im Zimmer vergessen hatte. Dann aber schloss sie doch mit dem Zentralschlüssel seine Zimmertür auf. Esch packte seine Sachen zusammen, schnappte sich seine Reisetasche und verließ das Hotel.

Er sah sich beim Verlassen des Gebäudes suchend um, konnte aber keinen der beiden Gangster entdecken. Mit dem Motorroller fuhr er Richtung Stadt, bis ihm einfiel, dass er nicht die geringste Ahnung hatte, wo sich das Polizeirevier befand. Er kannte nur die Touristenpolizei am Hafen. Mangels besserer Alternativen würde er zunächst dort auf die Polizei warten.

Der Beamte der Touristenpolizei hörte seinen hastig auf Englisch hervorgestoßenen Erklärungen zunächst geduldig zu. Als Esch ihm dann klarzumachen versuchte, dass die beiden Männer wahrscheinlich skrupellose Killer waren, sah der Grieche den Deutschen erst verwundert, dann recht besorgt an.

Esch endete mit der Bitte, nun die Polizei zu rufen.

Der Mann schüttelte leicht den Kopf und meinte: »You have some problems.«

Der Deutsche nickte bejahend. Das konnte man wohl sagen, dass er Probleme hatte.

»With the sun«, stellte der Beamte fest. Er schrieb etwas auf einen Zettel und reichte ihn seinem Gegenüber mit den Worten, dass er ihm einen hervorragenden Arzt empfehlen könne, geradezu ein Spezialist auf dem Gebiet des Sonnenstichs. Hier sei seine Adresse. Dabei grinste er von einem Ohr zum anderen.

Wütend riss Esch ihm den Zettel aus der Hand, zerknüllte ihn und warf ihn auf den Boden. Dann verließ er das Büro der Touristenpolizei, um sich im Restaurant gegenüber mit einem Ouzo zu beruhigen.

Als Esch eine Zigarette rauchen wollte, stellte er zu allem Überfluss auch noch fest, dass seine letzten Reval auf der Theke im *Sunrise* liegen mussten. Er hatte sie bei seinem etwas übereilten Aufbruch dort vergessen. Also erwarb er eine Schachtel filterlose Papa Stratos, was beim Verkäufer ein verwundertes Stirnrunzeln auslöste, das sich Rainer Esch erst erklären konnte, als er zum ersten Mal an einer Zigarette dieser Marke zog.

Mit dem zweiten Ouzo kehrte seine Entschlusskraft zurück. Auch die reguläre Polizei würde nur wenig Interesse verspüren, seiner Geschichte nachzugehen. Sie klang einfach zu unglaubwürdig. Das Vernünftigste würde sein, im Hotelzimmer seiner Urlaubsfreunde unterzukriechen und dort den Morgen abzuwarten. Dort, so war er sich sicher, würden ihn die beiden Gangster nicht finden. In Deutschland würde er dann Hauptkommissar Brischinsky aufsuchen und sein Erlebnis schildern.

Rainer verließ die Kneipe am Hafen und fuhr mit dem Roller ins *Hotel Athena*, wo er Jürgen und Hiltrud die ganze Geschichte erzählte. Auch bei ihnen war sich Esch nicht ganz sicher, ob sie ihm seine Story wirklich abnahmen.

Jürgen berichtete, dass die amerikanischen Jungs recht ordentlich hingelangt hätten. Die beiden Männer würden an die Begegnung auf dem Paradise Beach noch länger denken. Er reichte Esch eine Visitenkarte mit Namen und Anschrift eines der Lederträger. Er, Esch, solle doch, wenn er mal in die Staaten käme, ganz unverbindlich reinschauen.

Jürgens Gegrinse war etwas zu anzüglich, fand Rainer. Trotzdem war es nett von dem Ami, ihn einzuladen. Vielleicht kam er darauf zurück.

Als Rainer den Deutschen dann eröffnete, dass er die Nacht bei ihnen verbringen wollte, waren beide schier begeistert, überließen ihm nach einigem Hin und Her aber zähneknirschend ihr Beistellsofa.

15

Der Mordfall Grohlers hatte eine unerwartete Wendung genommen. In der Aktentasche dürften die Unterlagen gewesen sein, die Grohlers den Leuten vom BKA übergeben wollte. Und diese Aktentasche war jetzt vermutlich im Besitz der Täter. Stallers Vorgesetzte dürften darüber nicht gerade begeistert sein. Fast tat Staller Brischinsky ein wenig Leid. Aber nur fast.

Grohlers Verhalten erschien den Kripoleuten mit ihrem jetzigen Wissen nicht mehr so rätselhaft. Grohlers fühlte sich verfolgt. Er hatte die Panne nur vorgetäuscht und wollte mit dem Zug nach Münster fahren, um mögliche Verfolger in die Irre zu führen. Das war jedoch gründlich in die Hose gegangen. Unklar blieb nur, grübelte Brischinsky weiter, warum und mit wem Grohlers kurz vor seinem Ableben telefoniert hatte.

Die Tür ging auf und Kriminalrat Wunder betrat das Büro. »Morgen, meine Herren.«

»Morgen, Herr Wunder«, antwortete Brischinsky.

»Guten Morgen, Herr Kriminalrat«, grüßte Baumann

»Sie sollten wissen, dass wir erwägen, eine Belohnung auszusetzen. Wir denken da an fünftausend Mark. Sie wissen schon, für sachdienliche Hinweise, die zur Ergreifung der Täter führen, und so weiter.«

»Tot oder lebendig«, spottete Baumann.

Wunder ignorierte diese despektierliche Äußerung. »Ich habe, Herr Brischinsky, Ihren Bericht gelesen. Wie sind Sie denn mit HK Staller vom BKA verblieben?«

»Fürs BKA liegt die Angelegenheit zunächst auf Eis. Ihr Informant ist tot, die erwarteten Unterlagen vermutlich auf Nimmerwiedersehn verschwunden. Die stehen wieder völlig am Anfang. Sie gehen davon aus, über die Mörder an die Hintermänner der Geldgeschäfte zu kommen. Aber dazu«, ergänzte er, »müssten wir die Kerle erst kriegen.«

»Was hoffentlich nicht mehr lange auf sich warten lässt, Herr Hauptkommissar. Wie Sie sich denken können, ist das kein normaler Mordfall mehr. Der Staatssekretär im Innenministerium hat eben bei mir angerufen und mir versichert, dass er alles in seiner Macht Stehende tun wird, um meinen Beamten, damit meint er Sie, die Ermittlungsarbeit zu erleichtern. Und dann hat mir der Herr Staatssekretär durch die Blume mitgeteilt, dass schnelle Erfolge nicht nur im Interesse der Bundesrepublik Deutschland liegen, sondern sich auch vorteilhaft auf das Ansehen der Kriminalpolizei in Recklinghausen auswirken würden.«

»Meint der damit«, unterbrach ihn Brischinsky, »dass wir uns beeilen sollen, weil er uns ansonsten den Arsch aufreißt?«

»Herr Brischinsky, ich muss doch sehr bitten. Aber genau das meint der Herr Staatssekretär.«

»Scheiße«, bemerkte Rüdiger Brischinsky trocken.

»Da haben Sie ausnahmsweise mal vollkommen Recht«, unterstützte ihn sein Vorgesetzter. »Also passen Sie auf: Brischinsky, Sie fahren so bald wie möglich nach Berlin.«

»Nach Berlin?«

»Sind Sie taub oder gibt's hier ein Echo? Ja, nach Berlin. Ich habe Sie schon avisiert. Die Ermittlungen dort leitet ein gewisser Edding, Hauptkommissar Edding. Wenden Sie sich an den.«

»Was soll ich denn in Berlin? Die haben doch dort, soweit mir bekannt ist, 'ne eigene Polizei, oder?«

»Jetzt hören Sie mit Ihren dämlichen Witzchen auf! Ich möchte, dass Sie bei den Ermittlungen der Berliner Kollegen dabei sind. Sozusagen als teilnehmender Beobachter. Aber denken Sie daran, dass die Federführung bei den Berlinern liegt. Also halten Sie Ihren Mund, wenn Ihnen irgendwas nicht passt.«

»Na ja, wenn's der Wahrheitsfindung dient.«

»Das hoffe ich doch schwer. Übrigens, auf die Reisekostenordnung brauchen Sie keine Rücksicht zu nehmen. Sie dürfen das Flugzeug benutzen. Economic-Class, nicht Business, versteht sich. Morgen, meine Herren.«

Wunder ging zur Tür, blieb dann aber noch mal kurz stehen. »Und, Herr Kriminalhauptkommissar Brischinsky, zitieren Sie bitte zukünftig nicht mehr rechtskräftig verurteilte Staatsfeinde. Es hat nicht jeder so viel Humor wie ich.« Kriminalrat Wunder machte Anstalten zu gehen.

»Herr Wunder«, rief Brischinsky schnell, »woher kennen Sie denn diesen Ausspruch?«

»Ich habe schließlich in den sechziger Jahren Jura in Berlin studiert, was meinen Sie, was man da alles gelernt hat.« Wunder drehte sich um und verließ schmunzelnd das Büro.

»Was für ein Zitat meint der denn?«, fragte Baumann, der das ganze Gespräch schweigend mitangehört hatte.

»Wie alt bist du jetzt?«

»Neunundzwanzig, warum?«

»Na ja, dann. Der Teufel war ja auch keine Person, deren Leben und Werk im Geschichtsunterricht behandelt wird.«

»Was für 'n Teufel? Glaubst du an den Teufel?«

»Mann, Baumann, nur gut, dass ich fünfzehn Jahre älter bin als du. Was wäre mir sonst schon alles entgangen.«

»Ich versteh kein Wort.«

»Macht nichts, mein Junge, macht nichts. Vielleicht später, okay? Und jetzt besorg mir für morgen früh einen Flieger nach Berlin.«

16

»Heh, Rainer. Hier hinten. Hier bin ich.«

Esch hörte die Stimme Cengiz Kayas deutlich aus dem Stimmengewirr der Menschenmenge vor dem Ankunftsflugsteig im Terminal C des Düsseldorfer Flughafens heraus. Er blieb stehen, sah sich suchend um, konnte Cengiz aber nicht entdecken.

Plötzlich verspürte er einen schmerzhaften Stoß an seiner Wade. Im Gedränge der aus dem Zollbereich herausflutenden Urlauber war ihm sein Hintermann mit dem Kofferkuli in die Hacken gefahren.

»'tschuldigung. Konnte ja nicht ahnen, dass Sie einfach stehen bleiben«, bat der Mann um Verzeihung.

»Schon gut, schon gut.« So hatte Rainer sich das vorgestellt. Zehn Minuten zurück in Deutschland und schon geht das Geschiebe und Gedränge und die ganze Hektik sofort wieder los. Was für 'n Scheißland. Und auch viel weniger Sonne als in Griechenland. Das Vernünftigste wäre, er würde sofort zurückfliegen. Esch ließ sich von der Menge durch den Gang, der durch Absperrgitter begrenzt war, weiterschieben, bis er schließlich mitten in der Halle des Terminals stand. Cengiz hatte er immer noch nicht gesehen.

»Na, Alter. Alles klar?«, hörte er die vertraute Stimme. »Schönen Urlaub gehabt?« Cengiz stand unmittelbar hinter ihm.

»Mann, in dem Chaos hier ist das ja wie 'n Sechser im Lotto, jemanden zu finden.« Esch schlug Kaya freundschaftlich auf die Schulter. »Urlaub war toll, wie Urlaub eigentlich immer ist. Viel Sonne, Sand, blauer Himmel.«

»Und Mädchen?«

»Nix Mädchen. Dafür hab ich aber andere Bekanntschaften gemacht, auf die ich gut verzichten könnte. Ich erzähl's dir gleich. Lass uns erstmal abhauen. Wo steht dein Wagen?«

»Im Parkhaus dahinten. Komm.«

Auf dem Weg über die Autobahn nach Hause erzählte Esch Kaya von seiner Begegnung mit den beiden Typen, die er für die Killer seines Fahrgastes hielt.

»Und heute Morgen«, beendete er seinen Bericht, »habe ich die beiden nicht am Flughafen gesehen. Waren auch nicht in meinem Flieger. Seit gestern Mittag ging auch keine andere Maschine nach Deutschland, das hab ich auf der Anzeigetafel am Flughafen gesehen. Nur mein Flieger nach Düsseldorf heute Morgen.« Esch sah auf seine Uhr. »Jetzt etwa startet eine Maschine von Olympic Airlines nach Athen. Dann erst wieder die nächste gegen Sieben. Die Kerle müssen noch in Griechenland sein.«

Cengiz Kaya sah seinen Freund von der Seite an. »Und du bist dir sicher, dass du nicht zu viel getrunken hast? Hauch mich mal an, du weißt, ihr Mitteleuropäer habt in Ländern mit mediterranem Klima häufig Schwierigkeiten mit einheimischen Sitten und Gebräuchen. Das gilt ganz besonders für alkoholische Getränke. Wir sind da einfach abgehärteter, wenn du verstehst ...«

»Cengiz, halt's Maul. Ich will so schnell wie möglich zu den Bullen. Am besten, du setzt mich in Recklinghausen direkt am Polizeipräsidium ab. Hast du den anderen Schlüssel für meine Wohnung dabei?«

»Hab ich.«

»Gut. Dann bring bitte meine Klamotten zu mir nach Hause. Ich hab keine Lust, mich mit dem Mist weiter abzuschleppen. Ich red mit Brischinsky, das ist der ermittelnde Kommissar, und melde mich später bei dir. Sag mal, hast du eigentlich mal nach meiner Post gesehen?«

»Auch das. Aber was du so Post nennst, nenne ich Altpapiersammlung. Im Ernst, fast nur Reklame und so was. Ach ja, die Tageszeitungen habe ich auf den Küchentisch gelegt. Wenn du die Mörder wirklich auf Mykonos gesehen hast ...«

»Ich hab's dir doch erzählt. Glaubst du mir etwa nicht?«

»Doch schon, aber ...«

»Was aber?«

»Warum sollten die Kerle dir bis auf 'ne griechische Insel nachfahren? Das macht doch keinen Sinn.«

»Hörst du eigentlich nicht zu? Die meinen, dass ich irgendwas von denen hätte.«

»Und was?«

»Mensch, woher soll ich das denn wissen?« Eschs Stimme wurde lauter. »Die haben ja auch bei mir deswegen eingebrochen und die ganze Bude auf den Kopf gestellt. Die suchen was.«

»Musst deswegen nicht schreien, Rainer. Aber woher weißt du denn, dass die Kerle bei dir in der Wohnung waren? Haben sie dir das gesagt?«

»Nicht direkt. Aber angedeutet.«

»Aha. Angedeutet. Und den Mord an dem Kerl, wie hieß der?«

»Grohlers.«

»Ja, Grohlers. Sie haben ihn zugegeben?«

»Natürlich nicht direkt.«

»Ah ja. Nicht direkt.«

»Aber sie haben mir gedroht.«

»Was haben sie dir denn angedroht?«

»Sag mal, Cengiz, bin ich hier bei den Bullen? Ist das ein Verhör oder was? Bist du mein Freund und glaubst du mir oder nicht?«

»Rainer, ich bin dein Freund. Und will dir auch glauben. Aber das Verhör, das kommt erst noch. Die Bullen werden dich das auch fragen. Mit Sicherheit. Und du musst zugeben, so fürchterlich überzeugend ist deine Story für 'nen Außenstehenden nicht gerade.«

Die restliche Rückfahrt verbrachte Rainer Esch schweigend, in Gedanken versunken. Sein Freund hatte Recht. Sehr plausibel war das alles nicht. Trotzdem war er entschlossen, zur Polizei zu gehen.

In Recklinghausen setzte ihn Kaya am Polizeipräsidium ab.

»Danke, Cengiz. Ich ruf dich an. Bis dann.«

»Halt dich grade. Bis später.«

17

»Guten Morgen, Herr Esch«, begrüßte ihn Kommissar Baumann. »Ist Ihnen noch etwas eingefallen, was uns weiterbringen könnte?«

»Morgen. Ich glaub schon.«

»Waren Sie im Urlaub? Sie haben so eine unverschämt gesunde Gesichtsfarbe. Was haben Sie denn für Neuigkeiten?« Baumann sah Esch an.

»Ich war auf Mykonos. Und da haben mich zwei Männer angesprochen ...«

»Soll da ja schon mal vorkommen, hab ich mir sagen lassen«, schmunzelte Baumann.

»Nein, nicht das, was Sie denken. Die beiden Kerle haben so Andeutungen gemacht wegen Grohlers.«

»Wegen Grohlers? Auf Mykonos, sagen Sie?« Baumanns Interesse war geweckt. »Was wollten die denn von Ihnen?«

»Ja, das war ja das Eigenartige. Die beiden glauben, dass ich etwas habe, was ihnen gehört. Und das soll ich ihnen wiedergeben.«

»Und? Haben Sie was?«

»Nee, nichts.«

»Was für Andeutungen in Sachen Grohlers meinen Sie denn eigentlich?«

»Na ja, ich konnte denen ja nichts zurückgeben. Und da haben sie mir gedroht. Ich sollte an Grohlers denken. Außerdem glaube ich, dass die beiden mein Hotelzimmer in Griechenland durchsucht haben. Und in meine Wohnung eingebrochen sind.«

»Bei Ihnen wurde eingebrochen? Wann?«

»Samstag vor zwei Wochen.«

Baumann blätterte in seinem Kalender. »Also am 23. August? Haben Sie den Einbruch gemeldet?«

»Klar, ich bin am Abend von der Schicht gekommen und da hab ich die Bescherung entdeckt. Ich habe sofort die Polizei angerufen. Die sind dann auch noch am Abend gekommen.«

»Einen Moment bitte, Herr Esch.« Baumann griff zum Telefonhörer. »Baumann hier. Sag mal, ihr hattet am 23. August einen Einbruch in der ... wo wohnen Sie?«

»Westerholter Weg 12.«

»... im Westerholter Weg 12.« – »Ja, richtig. Esch. Rainer Esch.« – »Hast du selbst bearbeitet? Sag mal, schickst du mir die Akte mal hoch? Sofort, wenn's geht?« – »Ja. Danke.«

Baumann legte auf. »Und jetzt Herr Esch, schildern Sie mir doch bitte den Vorfall von Anfang an. Und bitte mit allen Einzelheiten. Wann war das genau?«

»Gestern.« Rainer Esch erzählte zum zweiten Mal an diesem Tag von seiner Begegnung mit den Männern, die er für die Mörder von Grohlers hielt. Baumann machte sich Notizen und fragte zwei-, dreimal nach.

Als Esch geendet hatte, wollte der Kommissar wissen: »Das Paar, das Sie kennen gelernt haben – haben Sie die Anschriften?«

»Nee, ich weiß nur die Vornamen und dass die in der Nähe von Bonn wohnen. Aber die kommen morgen aus dem Urlaub zurück. Landen auch in Düsseldorf.«

»Das reicht mir schon. Jürgen und Hiltrud, sagen Sie?«

»Ja, genau.«

»Herr Esch, leider ist das, was Sie sagen, nicht konkret genug, um Sie unter Personenschutz zu stellen. Es sind ja nur vage Andeutungen und Vermutungen. Allerdings, und das will ich Ihnen schon zugestehen, ist es sehr mysteriös, dass Sie auf einer griechischen Insel von Unbekannten angesprochen werden. Und Sie sind sich wirklich ganz sicher, dass die beiden den Namen Grohlers genannt haben? Sie haben sich nicht verhört? Immerhin hatten Sie auch was getrunken.« Baumann sah Esch prüfend an.

»Jetzt passen Sie mal auf, Herr Baumann. Ich hab zwei Halbe getrunken. Da spiel ich vielleicht nicht mehr so gut Schach, aber ich bin nicht betrunken. Ich hab mir das mit Grohlers auch nicht eingebildet, wenn Sie das meinen«, empörte sich Rainer.

»Ist ja in Ordnung. Ich habe noch eine Bitte. Ich hätte gerne ein Phantombild der beiden Männer. Das dauert etwas, würde uns aber sehr helfen, Herr Esch.«

Nachdem Rainer Esch das Büro verlassen hatte, holte sich Baumann einen Kaffee, um in Ruhe über das eben Gehörte nachzudenken. Wenn die Geschichte von Esch stimmte, und Baumann zweifelte eigentlich nicht daran, sprach einiges dafür, dass Grohlers tatsächlich von den beiden Unbekannten ermordet worden war. Da Esch keine Ahnung hatte, was die beiden Männer von ihm wollten, lag die Schlussfolgerung nahe, dass Grohlers sich mit einem Dritten kurz vor seiner Ermordung getroffen und diesem Dritten das übergeben hatte, was die Mörder bei Esch vermuteten. Wenn die möglichen Täter im Gegensatz zu ihm jedoch Eschs Versicherungen keinen Glauben schenken würden, mussten sie eigentlich davon ausgehen, dass Esch sie austricksen wollte.

An diesem Punkt seiner Überlegungen angekommen, wurde Kommissar Baumann schlagartig klar, dass Rainer Esch in Gefahr war. In großer Gefahr sogar. Er schnappte sich den Telefonhörer und rief bei der Fahndung an, leider etwas zu spät. Esch hatte das Präsidium unmittelbar vor seinem Anruf verlassen. Dann versuchte der Kommissar, seinen Vorgesetzten in Berlin über dessen Handy zu erreichen. Auch das erfolglos.

Baumann hinterließ eine Nachricht in der Mailbox und wartete auf den Rückruf von Rüdiger Brischinsky.

18

Die *WAZ* von heute lag vor seiner Wohnungstür. Rainer klemmte sich die Zeitung unter den Arm und schloss auf. Im Flur stand seine Reisetasche. Cengiz war also schon hier gewesen.

Seine Wohnung sah noch so aus, wie er sie vor dem Urlaub verlassen hatte. Das beruhigte Rainer ungemein. Auf dem Tisch in der Küche hatte Cengiz, wie versprochen, seine Post gestapelt. Links fanden sich Tageszeitungen, verschiedene Illustrierte und seine Modelleisenbahnzeitschriften, rechts Berge von Umschlägen. Er schnappte sich den Stapel, zündete sich eine Zigarette an und begann, die Post durchzusehen.

Cengiz hatte Recht. Das war fast nur Altpapier. Die Werbung für Modellbau legte Rainer beiseite, er würde sie sich später genauer zu Gemüte führen. Der Rest landete auf dem Fußboden. Neben der Reklame enthielt der Haufen Papier einige Rechnungen, einen Urlaubsgruß von entfernten Bekannten aus London und die Aufforderung der Bochumer Universitätsbibliothek, ein Buch mit dem Titel *Zur Psychopathologie des Alltagslebens* in den nächsten Tagen zurückzugeben, da dieses Werk bereits für andere Interessenten vorgemerkt sei und anscheinend sehnsüchtig erwartet wurde.

Esch zermarterte sein Gedächtnis, konnte sich aber beim besten Willen nicht daran erinnern, dieses Buch ausgeliehen zu haben. Genau genommen konnte er sich eigentlich noch nicht einmal daran erinnern, wann er das letzte Mal die Unibibliothek aufgesucht hatte. Der Titel des Werkes war ihm völlig fremd, er hatte nicht die geringste Ahnung, was sich dahinter verbarg. Und deshalb war es für ihn nur schwer vorstellbar, dass so ein Buch Leser fand. Er zuckte mit den Achseln und legte das Schreiben auf den Stapel, der zukünftig abzuarbeiten war. Dann widmete er seine Aufmerksamkeit den Printmedien.

Modelleisenbahnzeitschriften und Illustrierte kamen ebenfalls auf den Noch-zu-erledigen-Stapel. Die jüngsten Ausgaben der *WAZ* lagen obenauf, so dass Rainer, um halbwegs chronologisch vorzugehen, unten mit der Durchsicht der Zeitungen anfangen musste. Einige Artikel über Schalke und deren Erfolge im UEFA-Cup las er sorgfältig und mit Interesse, den Rest blätterte er im Schnellgang durch, um die Zeitungen auch auf dem Fußboden zwischenzulagern. Zuletzt griff er zur aktuellen Ausgabe der *WAZ*. Im Lokalteil blieb er an einer kurzen Presseerklärung der Recklinghäuser Polizei hängen, die darüber informierte, dass eine Belohnung von fünftausend Mark für Hinweise ausgesetzt war, die zur Ergreifung der Täter im Mordfall Grohlers führte. Daneben schilderte die Redaktion in einem Beitrag noch einmal die ihr bekannten Fakten. Esch lachte bitter.

Er stand auf, um einen Kaffee aufzubrühen, da klingelte sein Telefon.

»Esch«, meldete er sich.

»Hallo, Herr Esch. Schön, dass Sie wieder zu Hause sind.«

Esch erstarrte. Er erkannte die Stimme eines der beiden mutmaßlichen Killer.

»Glauben Sie mir, wir sind ein wenig ungehalten über den Ablauf unserer Unterhaltung am schönen Strand auf Mykonos.« Die Stimme wurde hart und kalt. »Seien Sie sicher, wir werden diese Unterhaltung fortsetzen. Wir wollen unser Eigentum zurück. Schnell. Und halten Sie die Bullen da raus, Herr Esch.«

Im Hintergrund hörte Rainer Geräusche, die ihm bekannt vorkamen, die er aber in seiner Aufregung nicht zuordnen konnte. »Ich hab's Ihnen doch schon gestern gesagt. Ich weiß überhaupt nicht, wovon Sie reden. Ich habe nichts, was Ihnen gehören könnte. Lassen Sie mich in Frieden, hören Sie!« Gesprächsfetzen in einer fremden Sprache fielen ihm auf.

»Herr Esch, wir sehen uns wieder. Bald.« Der Anrufer legte auf.

Panisch lief Rainer einige Mal in seiner Wohnung auf

und ab. Er konnte keinen klaren Gedanken fassen. Mit zittrigen Fingern steckte er sich eine weitere Reval an. Das Rauchen beruhigte ihn etwas. Er musste die Polizei verständigen, sofort. Aufgeregt wählte Esch die Nummer von Hauptkommissar Brischinsky.

Ein ihm unbekannter Polizist meldete sich. »Lohkamp. Guten Tag.«

»Guten Tag, ich möchte Hauptkommissar Brischinsky sprechen.«

»Tut mir Leid«, entgegnete der Beamte, »der ist für einige Tage nicht zu erreichen.«

»Und Herr Baumann?«

»Macht Mittag. Kann ich Ihnen weiterhelfen?«

Esch dachte fieberhaft nach. »Nein, danke. Aber warten Sie, könnten Sie Herrn Baumann mitteilen, dass Rainer Esch angerufen hat? Er möchte sich bitte dringend mit mir in Verbindung setzen.«

»Natürlich. Ihre Nummer hat Kollege Baumann?«

»Ja, hat er. Vielen Dank. Halt, warten Sie.« Ein Gedanke schoss im durch den Kopf. »Bitte notieren Sie auch meine Handy-Nummer.« Er nannte dem Kripobeamten die Nummer, verabschiedete sich und legte auf.

Er musste einen klaren Kopf behalten und sorgfältig nachdenken. Von der Polizei, befürchtete Rainer, konnte er nicht viel erwarten. Was hatte Baumann gesagt? Zu wenig Konkretes, um ihn unter Personenschutz zu stellen.

Um sich abzureagieren, begann er, seine Reisetasche auszupacken. Die dreckige Urlaubswäsche warf er in die Badewanne, die mitgenommene Urlaubslektüre landete im Bücherregal. Seine Hygieneartikel kamen zurück ins Bad. Von den Tragegriffen der Reisetasche riss er die Banderolen ab, die beim Einchecken von der Bodencrew angebracht worden waren. Plötzlich wusste er, welche Geräusche er während des Telefonates gehört hatte: Es waren die eines Flughafens. Und die fremde Sprache war Griechisch. Die Killer mussten noch auf einem griechischen Flughafen hocken. Seine Vermutung von heute Morgen hat sich als richtig erwiesen.

Etwas entspannter überlegte er weiter. Seine Wohnung kannten die beiden, das war sicher. Also musste er sich für einige Tage woanders verstecken. Die Polizei würde, so hoffte er, die Kerle bald geschnappt haben. Stefanie und Cengiz wollte er nicht mit hineinziehen, also schieden die Wohnungen der beiden aus. Außerdem war Rainer sich nicht sicher, ob Stefanie seine Story nicht als Versuch werten würde, wieder bei ihr unterzukriechen. Nein, das ging nicht.

Er schlug sich vor die Stirn. Natürlich, sein Büro in Süd. Das kannten die beiden Gangster sicher nicht, das kannte ja er selbst kaum. Das war es.

Fieberhaft kramte Rainer die Luftmatratze und den Schlafsack aus dem Schrank. Letzterer roch etwas muffig, was ihm in seiner momentanen Situation allerdings ziemlich egal war. Esch suchte den Rest seiner sauberen Unterwäsche und Socken zusammen, schmiss einige Hemden, frische Jeans und Pullover und den schon eingeordneten Hygienekram wieder in seine Tasche und verließ eilig seine Wohnung. Auf dem Weg zu seinem Wagen kam er zu der Überzeugung, dass er seine Karre besser stehen ließ. Und so machte er sich mit öffentlichen Verkehrsmitteln auf den Weg in die Uferstraße im Süden Recklinghausens.

19

Im Bus überdachte er noch mal seine Situation. Der Gedanke, sich in seinem Büro zu verstecken, behagte ihm im Gegensatz zu seiner ersten Reaktion jetzt schon nicht mehr besonders. Wenn die Killer Wind vom Domizil der Detektei *Look und Listen* bekämen, war er geliefert. Spontan griff Esch zum Handy und wählte Cengiz' Nummer.

»Kaya«, meldete sich der.

»Rainer hier. Hör mal, Cengiz, kannst du heute Abend in mein Büro kommen? Ich müsste dich dringend sprechen.«

»Heute Abend? Ich hab dich doch erst eben vom Flughafen abgeholt. Mensch, Rainer, ich hab mir nur heute frei genommen, morgen muss ich wieder auf Frühschicht zum Pütt. Geht's nicht am Wochenende?«

»Cengiz, es ist wirklich wichtig. Ich ruf hier aus'm Bus an, ich kann dir das alles nicht jetzt erklären.«

Sein Freund murmelte irgendwas auf Türkisch.

»Was hast du gesagt?«, fragte ihn Rainer.

»Dass du eine Geißel der Menschheit bist, jedenfalls so was Ähnliches. Also gut. Wann?«

»Gegen sieben?«

»Ich weiß zwar nicht, warum, aber ich bin um sieben in deinem Büro.«

»Danke, Cengiz. Übrigens, wärst du vielleicht so nett, und bringst die eine oder andere Flasche trockenen Weißwein mit, ja?«

Der Türke beendete das Gespräch grußlos, was Esch, genau genommen, sogar verstehen konnte.

Stefanie, die er danach anrief, ging nicht an den Apparat. Rainer hinterließ eine Nachricht auf ihrem Anrufbeantworter und bat auch sie, in die Uferstraße zu kommen.

Im Büro der bisher nicht so recht in Schwung gekommenen Detektei *Look und Listen* räumte Esch die Freischwinger vor das fast leere Billy-Regal und platzierte die Luftmatratze vor dem Schreibtisch. Erst da fiel ihm auf, dass er den Blasebalg nicht mitgenommen hatte. Es blieb ihm nichts anderes übrig, als sein Lungenvolumen einer Ausdauerprüfung zu unterziehen. Nach drei Minuten wurde ihm zum ersten Mal leicht schwindelig, nach weiteren fünf Minuten tänzelten kleine Sterne vor seinen Augen.

Um größere gesundheitliche Beeinträchtigungen zu vermeiden, testete er das Tragvermögen der Luftmatratze und beschloss, die Sache erst mal bewenden zu lassen. Außerdem, so schwor er sich, musste er wirklich dringend eine grundlegende Entscheidung über seinen täglichen Zigarettenkonsum fällen. Er rollte seinen Schlafsack auf der Matratze aus, um sich etwas auszuruhen. Nach wenigen Momenten war er so fest eingeschlafen, dass er das Klingeln seines Handys nicht mehr wahrnahm.

Heftiges Schütteln und ein, wie er meinte, Tritt in die Seite rissen ihn aus dem Schlaf. Vor Rainer stand Cengiz Kaya.

»Penner. Steh auf, du hast Besuch.«

Esch richtete sich auf und sah Cengiz und Stefanie im Raum stehen.

»Wie seid ihr hier reingekommen?«, fragte er noch schlaftrunken.

Kaya zeigte wortlos zu Tür.

»War sie nicht abgeschlossen?«

Sein Freund verneinte.

»War sie nicht«, bekräftigte Stefanie. »Und du hast so fest geschlafen, dass wir die ganze Bude hätten ausräumen können, wenn wir gewollt hätten.«

»Wollten wir aber nicht. Das hätten wir ja dann alles als Sondermüll entsorgen müssen«, ergänzte Kaya. »Also, was ist los?«

Esch berichtete erneut von seinem Erlebnis auf Mykonos, damit auch Stefanie wusste, worum es ging, vom Besuch bei der Kripo und dem Anruf der Killer.

Stefanie hörte mit ehrlichem Erschrecken zu. »Und die Bullen wollen nichts unternehmen? Dich nicht beschützen? Das kann doch nicht wahr sein!«

»Ist es aber. Sag mal, Cengiz, könnte es sein, dass du an den Wein gedacht ...«

»Hab ich, du Schmarotzer. Steht in der Tropfsteinhöhle, die du zum Kühlschrank hochstilisiert hast.«

»Einen Veterano hast du nicht zufällig ...«

»Esch, bis jetzt gehörst du zu meinen besten Freunden. Bis jetzt, hast du verstanden?«

Rainer akzeptierte mit einem Augenzwingern die gespielte Empörung seines Gegenübers.

»Ist ja gut, Alter.« Er verschwand grinsend in der Küche, suchte nach drei halbwegs sauberen Gläsern und klemmte sich die Weinflasche unter den Arm. In der Schreibtischschublade fahndete er erfolglos nach einem

Flaschenöffner, den Cengiz schließlich hinter der Yuccapalme auftrieb.

Nachdem sie alle einen Schluck getrunken hatten, sagte Esch: »Der Baumann hat mich auch nicht zurückgerufen. Helfen wird der mir also nicht. Das hat sich in unserem Gespräch ja schon angedeutet.«

»Aber du hast doch geschlafen«, bemerkte Stefanie.

»Da hast du Recht.« Esch blickte sich suchend um.

»Auf dem Schreibtisch«, half ihm Cengiz.

»Danke.« Er kontrollierte das Handydisplay und drückte einige Tasten. »Angerufen hat jemand. Aber der blöde Akku ist mal wieder leer.«

»Dann lad ihn doch auf«, schlug Stefanie vor.

»Gerne. Nur – das Ladegerät befindet sich im Westerholter Weg. Ich hab's liegen gelassen. Die Dinger nerven ohnehin.« Er schmiss das Handy auf die Luftmatratze. »Außerdem wollte ich mit euch über meinen Plan reden.«

»Nein!«, riefen Stefanie und Cengiz gleichzeitig.

»Deine Pläne kennen wir«, ergänzte Stefanie. »Die Realisierung des letzten hat dir dieses Luxusquartier hier eingebracht.« Sie machte eine halbkreisförmige Armbewegung und schloss damit das gesamte Büro ein.

»Und immerhin einen geretteten Piepmatz«, sekundierte Kaya. »Also lass uns mit deinen Plänen in Ruhe.«

»Ihr müsst aber doch zugeben, dass mein Büro zunächst ein gutes Versteck darstellt, oder?«

»Versteck ja, Büro nein«, spottete Cengiz. »Im Ernst: Welchen Schwachsinn hast du dir ausgedacht? Und wieso nur zunächst?«

»Ich fahre nach Berlin und sehe mich selbst bei der Firma EXIMCO um.« Rainer musterte seine Besucher triumphierend. »Das hättet ihr nicht erwartet, oder?«

Kaya starrte Esch mit offenem Mund und heruntergeklapptem Unterkiefer an. Stefanie riss die Augen auf und hatte insgesamt einen mehr als verblüfften Gesichtsausdruck. Sie fand als Erste ihre Sprache wieder. »Bist du jetzt völlig übergeschnappt? Rainer, wenn deine Vermutungen stimmen, sind das eiskalte Killer. Die nieten dich einfach um, einfach so. Ist dir das nicht klar?«

Kaya schüttelte lange den Kopf. »Kumpel, jetzt hör auf mit dem Scheiß. Stefanie hat Recht. Das ist kein Räuber-und-Gendarmspiel. Überlass das der Polizei. Die können das besser. Sollte man zumindest annehmen«, schränkte er ein.

»Das weiß ich auch. Ich hab ja selbst Muffensausen. Zuerst wollte ich mich ja auch nur verstecken. Aber dann, im Bus, da hab ich noch mal drüber nachgedacht. Ich komme mir hier vor wie im Mauseloch. Außer euch weiß doch keiner, dass ich in Berlin bin. Die suchen mich in Recklinghausen und nicht in Berlin.«

»Damit könntest du Recht haben. Hoffentlich.« Cengiz sah ihn ernst an. »Trotzdem, Rainer, das ist so ungefähr der dümmste Einfall, den du im letzten Jahr hattest. Und du hattest ziemlich viele dumme Einfälle, glaub mir.«

»Ich zieh das durch. Aber ich brauche eure Hilfe.«

»Oh nein. Wenn du meinst, ich komme mit, vergiss es«, sagte Cengiz. »Das hab ich einmal gemacht. Das reicht.«

»Das meine ich nicht.«

»Was, bitte schön, meinst du dann?«, wollte Kaya wissen.

»Geld.«

»Geld?«

»Geld.«

»Wessen Geld?« Als Esch nicht antwortete, sondern Cengiz nur schweigend ansah, protestierte dieser heftig. »Das kann er einfach nicht ernst meinen. Nicht von mir! Stefanie, meint er das ernst?«

»Ich befürchte es fast.«

»Scheiße! Er meint es ernst. Er will Geld. Von mir. Von mir will er Geld! Rainer, für meine Knete schufte ich mich täglich unter Tage ab. Und da kommst du und erwartest von mir, dass ich dein Abenteuer finanziere, das eh nur in die Hose gehen kann.«

»Ich will's ja nicht geschenkt. Nur geliehen.«

»Ha! Hast du das gehört, Stefanie? Geliehen! Er will sich Geld leihen. Der Mensch gibt noch nicht einmal gepumpte Bücher ohne fünfmalige Aufforderung zurück und dann sollen wir ihm Geld leihen.«

»Nicht wir«, wehrte Stefanie ab, »du.«

»Noch schlimmer. Also, Rainer ...«

»Jetzt weiß ich wieder, für wen ich das Buch über irgendwas des Alltagslebens aus der Universitätsbibliothek ausgeliehen habe«, blockte Esch den Einwand ab. »Für dich, Cengiz. Ich weiß zwar nicht, was ein türkischer Bergmann mit so 'ner hochgeistigen Literatur will, aber du hältst mir hier Vorträge über Leihen und Zurückgeben und ich muss mich mit bösen Briefen der Bibliothek auseinander setzen.«

»Das ist doch was anderes.«

»Finde ich nicht. Also, was ist? Leihst du mir die Knete? Ich zahl sie dir von der Belohnung zurück.«

»Welcher Belohnung?«, fragte Stefanie.

»Die Staatsanwaltschaft hat fünftausend Mark Belohnung ausgesetzt für Hinweise, die zur Ergreifung der Täter führen. Stand heute in der Zeitung. Mit meinen Angaben und den Phantombildern bin ich doch Kandidat Nummer eins dafür. Komm, sei ein Freund, Cengiz.«

»Ein Freund wär ich, wenn ich nein sagen würde.«

»Also, sagst du ja?«

»Ja. Und wie viel?«

»Zweitausend?«

Kaya schnappte nach Luft. »Ich bin verrückt. Ich muss verrückt sein. Du hast doch hoffentlich 'ne Lebensversicherung?«

»Nee, wieso?«

»Ich Idiot hätte wirklich 'nen Veterano mitbringen sollen. Jetzt könnte ich einen gebrauchen.«

Esch schlug Kaya freundschaftlich auf die Schulter. »Sag ich doch, Cengiz. Sag ich doch.«

20

Das penetrante Schrillen seines Mobiltelefons riss ihn aus dem Schlaf. Rüdiger Brischinsky war nach einem opulenten Abendessen zu Lasten seines Spesenkontos bei einem Nobelitaliener in Berlin-Charlottenburg sehr spät in sein Hotel in der Kantstraße zurückgekehrt. Danach hatte er sich in der Hotelbar noch zwei Grappa genehmigt und war dann auf sein Zimmer gegangen. Jetzt versuchte jemand, ihn mit Gewalt in die Wirklichkeit zurückzuholen.

»Brischinsky«, brummte er in das Mikrophon.

»Baumann hier. Morgen, Chef.«

»Baumann.« Das war keine Feststellung, sondern ein Vorwurf. »Wie spät ist es?«

»Gegen sieben Uhr morgens, Chef. Ich dachte ...«

»Ich denke, du nicht. Ich hoffe, du hast einen verdammt wichtigen Grund, mich mitten in der Nacht zu wecken. Ansonsten trägst du ab dem nächsten Ersten wieder Uniform und hilfst alten Omas über die Straße.«

»Hab ich Chef, hab ich. Rainer Esch war gestern bei mir.«

»Und?« Brischinskys Interesse war geweckt.

»Du erinnerst dich, dass Esch in Urlaub fahren wollte?«

»Vage.«

»Er wollte. Und hat das auch getan. Aber kurz vorher wurde bei ihm eingebrochen.«

»Na und? Kommt hin und wieder vor. Einbruchsdelikte sind bei uns im Ruhrgebiet in letzter Zeit ...«

»Warte mal, Rüdiger. Ich bin gleich so weit. Also, gestohlen wurde das Übliche. Kamera und so. Aber jetzt kommt's. Auf Mykonos, da war Esch nämlich in Urlaub, wurde er von zwei Männern angesprochen, die ihm andeuteten, dass sie nicht nur den Einbruch begangen, sondern auch Grohlers umgebracht haben. Anscheinend wollten die Kerle, dass Esch ihnen etwas zurückgibt, was sie bei ihm vermuten. Rainer Esch schwört Stein und Bein, dass er nicht die geringste Ahnung hat, was die beiden von ihm wollen. Er sagt, die hätten ihm gedroht.«

Brischinsky saß aufrecht im Bett. »Was?«

»Kommt noch besser. Wir haben gestern Morgen nach Eschs Angaben Phantombilder erstellt. Seine Aussage kann von Leuten bestätigt werden, die er da unten kennen gelernt hat. Die landen aber heute erst gegen zwölf in Düsseldorf. Ich fahre zum Flughafen und red mit denen.«

»Und? Was meinst du? Stimmt die Geschichte?«

»Ich meine schon. Sicher kann man natürlich nie sein.«

»Wenn Esch wirklich keine Ahnung hat, was die Kerle von ihm haben wollen, und wir nichts bei Grohlers gefunden haben, bedeutet das, dass der Tote das Gesuchte entweder weggeworfen, versteckt oder jemand Drittem gegeben haben muss, oder?«, fragte Brischinsky eher sich selbst als Baumann.

»Genau. Letzeres würde ich sagen. Warum soll er etwas wegwerfen, das er dem BKA geben will.«

»Stimmt. Wenn die Gangster wirklich das suchen, was wir vermuten. Aber warum sollte er das einem oder einer Dritten geben?«, sinnierte Brischinsky.

»Stimmt auch. Aber, Chef, fürs Nachdenken bist ja du zuständig.«

»Stimmt erst recht. Also: Was ist mit der Wohnung? Gibt's da Fingerabdrücke, Zeugen?«

»Nein, nichts. Allerdings meinen die Kollegen vom Einbruch, dass das keine Profis gewesen sind. Die haben die ganze Bude aufgemischt. Kann aber auch eine clevere Tarnung sein.«

»Und womit haben die Esch bedroht?«

»Esch meint, die wollten ihn wie Grohlers umbringen.«

Baumann hörte auf einmal nichts mehr. »Chef, bist du noch da? Scheiß Handy-Verbindungen, immer brechen die ...«

»Nee, Baumann, ich bin hier. Wo ist Esch jetzt?«

»Tja, das ist das Problem.«

»Wieso ist das ein Problem?«

»Lohkamp hat mir erzählt, dass Esch, als ich zu Mittag war, noch mal im Präsidium angerufen hat. Er war sehr aufgeregt, hat seine Handynummer hinterlassen und um dringenden Rückruf gebeten. Ich hab die Nummer angerufen, bin aber nur mit der Mailbox verbunden worden. Seitdem habe ich nichts mehr gehört.«

»Wann war das?«

»Gestern Nachmittag.«

»Du hast ihn also nicht unter Polizeischutz gestellt?« Brischinsky kannte die Antwort.

»Nee, ich dachte ...«

»Du dachtest, du dachtest«, schnitt ihm Brischinsky wütend das Wort ab. »Da haben wir jemanden, der die möglichen Täter gesehen hat, die ihn bedrohen, unter Umständen in seine Wohnung eingebrochen sind und dessen Aussage auch noch bestätigt werden kann, und du lässt diesen Zeugen ohne Bewachung gehen. Armes Deutschland, wenn Experten wie du jemals Verantwortung tragen werden. Und jetzt schnapp dir die Bilder und zeig sie den Mordzeugen. Vielleicht erkennen die ja auf den Fotos die Täter wieder.«

»Sollen wir die Phantombilder veröffentlichen?«

»Mensch, was meinst denn du? Wenn diese Urlaubsbekannten die Begegnung auf Mykonos bestätigen und die Männer auf den Bilder wieder erkennen, sofort 'ne Fahndung rausgeben. Bundesweit. Und treib den Esch auf, aber plötzlich!«

»Woher soll ich denn wissen, wo der steckt?«

»Baumann, du kommst wirklich auf Nachtschicht, wenn du weiter so begriffsstutzig bist. Fahr zu seiner Wohnung und suche da. Frag seine Verwandten und seinen türkischen Freund, ich weiß nicht mehr, wie der heißt. Steht in der Akte über die alte Mordsache. Frag Oma, Opa, Eltern, Onkel und Tante. Ist mir egal. Und wenn der nicht auftaucht, lass nach ihm fahnden. Aber nicht offen, hast du verstanden?«

»Klar.« Baumann war sauer über die Maßregelung seines Vorgesetzten. »Ich bin ja nicht blöd.«

»Weiß man's? Halt mich auf dem Laufenden, hörst du?« Brischinsky unterbrach die Verbindung. Er hätte nicht nach Berlin fahren dürfen. Baumann war augenscheinlich überfordert.

Gut eine Stunde später stand Hauptkommissar Rüdiger Brischinsky vor der Pförtnerloge des Polizeipräsidiums in Berlin-Mitte und erkundigte sich nach dem Büro seines Kollegen Edding.

Er fand das Büro im zweiten Stock, klopfte und trat ein. In dem karg eingerichteten Raum saß hinter mehreren Aktenstapeln von knapp vierzig Zentimetern Höhe ein etwa Fünfzigjähriger, der »Moment bitte« murmelte und auf einen vor dem Schreibtisch platzierten Stuhl zeigte. Nach einigen Augenblicken sah der Beamte hoch und fragte: »Kaffee? Bin gleich fertig.«

Ohne eine Antwort abzuwarten, schob er eine Tasse von einer Ecke des Schreibtisches, die sich Brischinskys Blick entzog, durch eine Gasse zwischen den Aktenstapeln in Richtung Gast. Unmittelbar danach folgte eine Kaffeekanne, dann ein Zucker- und Milchtopf. »Bitte.«

Brischinsky, der selbst auch noch nicht mehr gesagt hatte als »hmm« und »danke«, schenkte sich Kaffee ein und fragte: »Löffel?«

Ein gebrauchter Kaffeelöffel wanderte durch die Gasse. Der Recklinghäuser Hauptkommissar wartete geduldig und trank von dem Gebräu, bis sein Gegenüber tatsächlich die Akte zur Seite legte, Brischinsky mit ehrlichem Gesicht anstrahlte und ihm die Hand über den rechten Aktenberg zum Gruß anbot.

»Freut mich. Freut mich wirklich. Edding. Sie müssen Brischinsky sein, was?« Er nahm die Hand seines Gastes mit einem festen Griff, den Brischinsky ihm nicht zugetraut hätte, und schüttelte sie kräftig und ausgiebig. »Tut mir Leid, dass Sie warten mussten. Aber das hier konnte nun seinerseits nicht warten.« Er zeigte auf den zur Seite gelegten Aktendeckel. »Tragisch, die Sache, wirklich tragisch. Zuarbeit für die Staatsanwaltschaft. Mauerschützenprozess, der dritte. Auf dieser Strecke haben wir viel zu tun, wenn Sie wissen, was ich meine.«

Edding redete weiter, ohne Brischinskys Antwort abzuwarten: »Arbeitet ein großer Teil unseres Kollektivs, äh, meiner Abteilung dran. Ist ja für uns gar nicht so einfach mit den neuen Worten. Wir mussten ja alles neu lernen. Na ja, nicht alles, aber vieles. Wussten Sie eigentlich, dass der ostdeutsche Neubundesbürger durchschnittlich rund dreitausendfünfhundert neue Begriffe lernen musste, während der westdeutsche sich nur etwa dreißig einzuprägen hatte? Nein? Macht nichts, ist aber so. Und dabei haben wir dieselbe Muttersprache. Was vierzig Jahre nicht so alles bewirken, nicht wahr? Aber ich rede schon wieder zu viel. Meine Frau sagt immer, Karl, quassele nicht so viel. Da hat sie Recht, wissen Sie. Aber wir konnten ja früher nicht alles sagen, was wir dachten. Schon gar nicht wir von der Volkspolizei. Das kommt bestimmt daher, ha, ha, ha. Na ja, war nur ein kleiner Scherz. Und Sie sind also Brischinsky. Freut mich. Freut mich wirklich.«

Karl Edding holte Luft, was Brischinsky, der den Wortschwall seines Kollegen mit einer Mischung aus Belustigung und Verzweiflung angehört hatte, sofort ausnutzte. »Ja, Kollege Edding. Brischinsky. Kripo Recklinghausen. Ich wollte ...«

»Ich weiß, ich weiß. Mein Chef hat mich informiert. Der hat mit Ihrem Kriminalrat umfassend gesprochen. Die haben wohl früher zusammen studiert. Nur meiner ist in Berlin hängen geblieben. Ist aber auch nicht weiter verwunderlich, Berlin ist ja eine schöne Stadt. Kennen Sie Berlin?«

»Nein, ich ...«

»Das ist wirklich schade, glauben Sie mir. Ja, wenn Sie etwas mehr Zeit hätten, dann könnte ich Ihnen die wirklich schönen Ecken unserer Bundeshauptstadt zeigen. Trotz der vielen Baustellen ist Berlin wirklich sehenswert, oder vielleicht auch gerade wegen der vielen Baustellen. Da gibt es eine eigene Buslinie, die ... Entschuldigung.«

Das Klingeln des Telefons unterbrach den Monolog. Brischinsky atmete tief durch und erinnerte sich an die Anweisung seines Chefs, dass die Berliner das Sagen hätten. Manchmal fragte sich der Recklinghäuser, ob Wunder hellseherische Fähigkeiten hatte. Eddings Wortstakkato wurde nur noch von einem Maschinengewehr übertroffen. Zwei Tage mit dem Kerl und Brischinsky wäre reif für die Klapsmühle.

Erstaunlicherweise sagte Edding während des Telefonats außer »ja«, »nein« und »geht klar« kein Wort. Dann legte er auf.

»Also, wo waren wir stehen geblieben. Ach ja, wir sprachen über die Sehenswürdigkeiten Berlins. Übrigens, wir untersuchen gleich noch mal die Wohnung von Grohlers, Sie wollen doch sicher dabei sein? Natürlich wollen Sie dabei sein.« Edding strahlte Brischinsky an. »Deswegen sind Sie doch hergekommen, nicht wahr? Also los, nicht dass wir uns etwa hier verquatschen.«

Edding stand auf und ließ einen völlig verdatterten Hauptkommissar aus dem Ruhrgebiet auf dem Stuhl zurück.

»Na, kommen Sie schon. Ich merke, wir werden uns gut verstehen. Sie unterhalten sich ja ebenso gerne wie ich. Gut, dass uns unsere Frauen nicht hören können, was?«

21

Nach dem demoralisierenden Gespräch mit seinem Vorgesetzten brauchte Baumann einige Minuten Entspannung, bevor er sich der Aufgabe widmen konnte, Rainer Esch aufzutreiben. Er lehnte sich in seinem Bürostuhl zurück, verschränkte die Arme hinter dem Kopf und wollte gerade die Füße auf seinem Schreibtisch drapieren, als das Telefon schellte.

Fluchend griff er zum Hörer. »Baumann.«

»Rutter hier. Morgen, Herr Baumann.«

»Morgen«, erwiderte der Kommissar ungehalten. Der Kerl ging ihm auf den Wecker.

»Was gibt's Neues?«

»Für Sie nichts, Herr Rutter.«

»Herr Baumann, geben Sie sich einen Ruck. Wir haben bisher immer sehr kooperativ zusammengearbeitet. Einen kleinen Hinweis im Fall Grohlers werden Sie doch sicher für mich haben.«

»Herr Rutter, kein Wort mehr als in unseren Presseerklärungen steht. Lesen Sie die und Sie wissen Bescheid. Und jetzt entschuldigen Sie mich bitte. Ich habe zu tun.«

»Einen Moment. Weiß Ihr Vorgesetzter Hauptkommissar Brischinsky, dass Sie unserem Haus die Information über die Firma EXIMCO zugespielt haben?«, fragte Rutter kalt.

Baumann schluckte. »Ich habe Ihnen nichts zugespielt, wie Sie das nennen. Sie haben gefragt, ich habe geantwortet. Das ist alles.«

»Dann ist es ja gut. Hoffentlich sieht das Ihr Vorgesetzter genauso.«

»Wie soll ich das verstehen?«

»Genau so, wie ich es gesagt habe, Herr Baumann. Ich persönlich finde es enttäuschend, dass unsere vertrauensvolle Zusammenarbeit eine solche Wendung nimmt. Es könnte sein, dass ich mich gezwungen sehe, diesen Sachverhalt unseren Lesern mitzuteilen. Schließlich könnte ja auf Sie Druck ausgeübt worden sein, die gute Zusammenarbeit mit uns aufzukündigen. Ich befürchte, unsere Leser haben dafür wenig Verständnis. Die Öffentlichkeit hat ein Recht, die Wahrheit zu erfahren.«

»Rutter, Sie sind ein Schwein.«

»Stimmt. Und was gibt es Neues im Fall Grohlers?«

Nachdem sie das Gespräch beendet hatten, wischte sich Baumann mit dem Hemdsärmel kleine Schweißtropfen von der Stirn. Der Reporter hatte ihm zwar versichert, die Informationen, die er von Baumann über Esch und seine Aussage erhalten hatte, nur sehr dosiert einzusetzen, aber der Kommissar war sich nach diesem Gespräch ziemlich sicher, dass Rutter skrupellos genug war, für eine gute Story seinen Informanten Baumann kalt lächelnd über die Klinge springen zu lassen. Rutter hatte ihn in der Hand, das war klar.

Resigniert kramte er die Akte *Klaus Westhoff* aus dem Schrank, um Namen und Anschriften der Personen zu erfahren, die ihm sagen könnten, wo Rainer Esch steckte.

Sein Anruf bei Stefanie Westhoff war erfolglos und auch bei Cengiz Kaya nahm niemand den Hörer ab. Ohne sich etwas davon zu versprechen, versuchte Baumann, Esch in dessen Wohnung oder über das Handy zu erreichen. Fehlanzeige.

Dann fiel dem Kommissar das Taxiunternehmen ein. Er wählte dessen Nummer und brauchte einige Zeit, bis er der freundlichen Dame am anderen Ende der Leitung erklärt hatte, dass er kein Taxi bestellen, sondern den Inhaber der Firma sprechen wollte.

Leider war Hans Krawiecke erst gegen Mittag wieder erreichbar.

Baumann sah auf die Uhr. Kurz vor zehn. Nach Auskunft der Fluggesellschaft landete der Flug aus Mykonos, auf den die Urlaubsbekannten von Esch gebucht waren, gegen halb zwölf. An Bord war nur ein Ehepaar mit den Vornamen Hiltrud und Jürgen. Zeit genug, um im Flughafencafé noch einen Espresso zu schlürfen, bevor die beiden ausgerufen wurden.

22

»Hiltrud und Jürgen Kaufmann, Flug Condor 1224 von Mykonos nach Düsseldorf, werden gebeten, zur Infobox im Terminal C zu kommen. Ich wiederhole: Hiltrud und Jürgen Kaufmann, Flug Condor 1224 von Mykonos nach Düsseldorf, werden dringend an der Infobox erwartet.«

Baumann trat ungeduldig von einem Fuß auf den anderen und beobachtete jeden Fluggast neugierig, der sich der Infobox näherte. Nach zehn Minuten meldete sich ein braun gebranntes Paar an der Box.

»Guten Tag, Sie haben uns ausgerufen?«

Baumann fragte: »Frau und Herr Kaufmann?«

Als beide nickten, zückte er seinen Dienstausweis. »Baumann. Kripo Recklinghausen. Ich möchte Ihnen einige Frage stellen. Würden Sie bitte mitkommen?« Er steuerte das Büro der Flughafenpolizei an, gefolgt von dem völlig perplexen Ehepaar.

»Ich will Sie nicht lange aufhalten«, begann Baumann. »Sie kennen Rainer Esch?«

Die beiden bejahten.

»Und Sie haben am vergangenen Montag eine Auseinandersetzung zwischen Herrn Esch und zwei anderen Männern an einer Strandbar beobachtet?«

»Ich habe das gesehen«, antwortete Jürgen Kaufmann.

»Meine Frau lag am Strand, die hat davon nichts mitbekommen.«

»Um was ist es bei dieser Auseinandersetzung gegangen?«, wollte Baumann wissen.

»Das kann ich Ihnen nicht genau sagen, ich bin gerade von der Toilette gekommen, als Rainer weglief und die beiden Kerle ihm folgten. Ich habe den einen dann etwas aufgehalten«, bemerkte Jürgen Kaufmann nicht ohne einen gewissen Stolz. »Rainer hat uns allerdings abends erzählt, dass er die zwei für Mörder hält. Wir beide«, er sah zu seiner Frau hinüber, die zustimmend nickte, »konnten das aber nicht so recht glauben.«

»Was meinen Sie, würden Sie die beiden wieder erkennen?«, wollte Baumann wissen.

»Ich glaube schon.«

Baumann legte Kaufmann die Phantombilder vor. »Sind das die beiden Männer?«

Jürgen sah sich die Bilder an. »Ja, das sind sie. Eindeutig. Allerdings dürften ihre Augenlider und Lippen in den nächsten Tagen etwas geschwollener aussehen.«

»Das war es schon für heute. Danke. Wären Sie so freundlich, mir Ihre Anschrift zu geben? Wir müssen Sie leider in nächster Zeit noch mal zu einer ausführlichen Aussage bitten. Das erledigen dann aber unsere Kollegen in Bonn.«

Baumann notierte die Adresse der Eheleute Kaufmann, bedankte sich und fuhr zurück nach Herne, um bei Cengiz Kaya nach dem Verbleib von Rainer Esch zu fahnden. Auf dem Weg dorthin setzte er sich mit seiner Dienststelle in Verbindung und gab die Phantombilder zur Veröffentlichung und die beiden Unbekannten zur Fahndung frei.

Sofort nachdem Baumann bei Kaya in der Mont-Cenis-Straße in Herne geschellt hatte, summte der Türöffner. Baumann betrat das Gebäude und suchte mit den Augen die Türschilder ab. Im ersten Stock wurde er fündig. Kayas Wohnungstür war nur angelehnt.

Baumann klopfte.

»Herein, die Tür ist offen.«

Baumann betrat die Wohnung. Kaya kam ihm entgegen und grüßte: »Guten Tag?«

»Tag. Mein Name ist Baumann, Kripo Recklinghausen. Ich glaube, wir kennen uns, oder?«

»Ja, sicher. Was kann ich für Sie tun?«

»Sehen Sie, Ihr Freund Rainer Esch ist da in eine Sache verwickelt, zu der wir noch einige Fragen an ihn hätten. Leider ist er nicht zu erreichen. Können Sie uns da weiterhelfen? Sie sind doch befreundet?«

Kaya dachte fieberhaft nach. Rainer hatte Stefanie und ihn zwar nicht ausdrücklich zur Verschwiegenheit verpflichtet, ging aber bestimmt davon aus, dass sie nicht quatschen würden. Andererseits verkörperte Baumann die Staatsgewalt und als frisch gebackener Deutscher verspürte Kaya so etwas wie Loyalität zu diesem Staat. Bedauerlicherweise war er sich aber nicht sicher, ob sein Freund Rainer ebenso denken würde. Cengiz war unsicher und hoffte, dass man ihm das nicht anmerken würde. Nach kurzem Nachdenken stand sein Entschluss fest. Seine Loyalität zu Rainer war stärker als zu diesem Staat, eindeutig.

»Ja, wir sind befreundet. Aber er ist im Urlaub. Kommt heute wieder, glaube ich.«

»Hmm, Herr Kaya, Herr Esch ist vorgestern zurückgekommen. Das haben Sie nicht gewusst?«

»Vorgestern schon? Da muss ich mich vertan haben.«

»Das haben Sie. Zufällig mit ihm telefoniert haben Sie nicht?«

»Nee, hab ich nicht.«

Baumann sah sein Gegenüber scharf an. Kaya wich dem prüfenden Blick aus.

Der Kommissar glaubte ihm kein Wort. »Herr Kaya, ich kann mir nicht vorstellen, dass Sie Herrn Esch einen Gefallen damit tun, wenn Sie mir nicht sagen, wo ich ihn finden kann.«

»Ich hab Ihnen doch gesagt, dass ich nicht weiß, wo Rainer ist. Was soll das Ganze hier überhaupt?«

Baumann registrierte, dass die Empörung nur gespielt war. Die Stimme seines Gesprächspartners zitterte nicht vor Ungeduld oder Wut, sondern Kaya fühlte sich sichtlich unwohl. »Herr Kaya, glauben Sie mir. Es ist besser für Esch, wenn Sie uns helfen.«

»Ich weiß nichts.« Das war der blanke Trotz.

Baumann wusste, wann er besser aufhörte. »Gut. Denken Sie noch einmal über unser Gespräch nach. Wenn Ihnen etwas einfällt«, er gab ihm seine Karte, »rufen Sie mich bitte an.«

Baumann verließ die Wohnung und beschloss, dem Taxiunternehmen Krawiecke einen Besuch abzustatten.

Eine nette, für seinen Geschmack etwas zu pummelige Brünette zeigte ihm den Weg zum Büro des Inhabers. Hans Krawiecke saß über Unterlagen gebeugt an seinem Schreibtisch. Baumann stellte sich vor und fragte den Herrn über fünfzehn Funktaxis, ob ihm der Aufenthaltsort von Rainer Esch bekannt sei.

»Esch? Der hat doch Urlaub. Noch die ganze Woche. Fängt Montag wieder an. Hoffentlich. Warum wollen Sie das wissen? Sie sind schon der Zweite heute, der mir meine Zeit stiehlt.«

»Der Zweite? Wie meinen Sie das?«

»Wie meinen Sie das? Wie meinen Sie das? Wie soll ich das schon meinen? So wie ich es gesagt habe. Und nun lassen Sie mich in Ruhe, ich hab zu tun.« Krawiecke widmete seine Aufmerksamkeit demonstrativ seinen Unterlagen.

Baumann, der mangels Angebot eines Sitzplatzes immer noch vor dem Schreibtisch stand, stützte sich mit beiden Händen auf die vordere Schreibtischkante und beugte sich mit seinem Oberkörper langsam zu Krawiecke hinunter, bis sein Kopf nur noch wenige Zentimeter von Krawieckes Sturschädel entfernt war. Der Taxiunternehmer sah hoch.

»Jetzt hören Sie mir mal ganz genau zu, Herr Krawiecke. Das sage ich nur einmal: Sollten Sie nicht sofort meine Fragen beantworten, spazieren Sie mit mir ins Präsidium. Da ziehe ich Sie für den Rest des Tages aus dem Verkehr. Und spätestens morgen früh schauen sich Steuerfahndung und Arbeitsamt Ihren Laden genauer an. Sie wären der erste Taxiunternehmer, der keine Schwarzarbeiter beschäftigt.« Baumann richtete sich wieder auf. Brischinskys Show vor Staller und seine eigene Wut über Rutters miese kleine Erpressung waren eine gute Schule.

»Das können Sie nicht machen ...«

»Und ob ich kann! Also, was ist?«

»Vor etwa zwei Stunden war ein Reporter bei mir, von der *Bildzeitung*, Ruder oder so ähnlich.«

»Rutter?«

»Ja, genau. Der hat mich auch nach Rainer Esch gefragt. Ich habe ihm gesagt, dass ich doch schon vor Wochen seinen Kollegen alles erzählt hätte.«

»Seinen Kollegen?«

»Ja, den zweien von der *Bildzeitung*, die kurz nach dem Mord bei mir waren. Rutter hat so ähnlich geguckt wie Sie jetzt. Der wusste davon nichts. Muss ihn mächtig geärgert haben, dass seine Kumpels schneller waren als er.«

»Was wollten denn die zwei?«

»Och, nichts Besonderes. Name und Adresse, und was für 'n Mensch Esch ist und so.«

»Und Sie haben denen das erzählt?«

»Na klar, man muss doch mit der Presse zusammenarbeiten.« Krawiecke grinste unverschämt.

»Und Rutter wusste nichts davon?«

»Nee, nichts. Der war vielleicht überrascht, das kann ich Ihnen sagen.«

Baumann konnte sich beim besten Willen nicht vorstellen, dass andere Journalisten der *Bild* in Rutters Revier wilderten, ohne den Starreporter zu informieren. Plötzlich kam ihm ein Gedanke. Er griff in die Seitentasche seines Sakkos und zeigte Krawiecke die Phantombilder. »Waren das vielleicht diese beiden?«

»Ja, genau, die waren das. Woher haben Sie denn die Bilder?«

Baumann ignorierte die Frage. »Und was wollte Rutter?«

»Auch nur den Namen und die Adresse. Und ein Foto.«

»Ein Foto? Woher haben Sie denn ein Bild von Esch?«

»Vom Führerschein. Ich fotokopiere die Führerscheine meiner Fahrer, als Absicherung, verstehen Sie?«

»Aha. Was hat Ihnen Rutter denn dafür gezahlt? Mehr als die anderen beiden?«

»Wieso? Ist das verboten?«

»Verboten nicht, nur zum Kotzen. Also, Krawiecke, Sie machen mir jetzt noch eine Kopie des Bildes, aber sofort.«

Krawiecke kramte in einer Hängeregistratur, fischte ein Blatt heraus und legte es auf ein Kopiergerät. Das Ergebnis des Vorganges reichte er Baumann. »Bitte.«

Baumann steckte das Bild ein. »Übrigens Krawiecke, Sie sind morgen um acht bei mir im Präsidium. Ich brauche Ihre Aussage schriftlich. Und richten Sie sich auf eine längere Wartezeit ein – das kann dauern.«

»Aber Sie sagten doch ...«

Grußlos verließ Baumann den Raum.

23

Brischinsky folgte seinem Kollegen Edding zum Hof des Präsidiums, wo bereits mehrere andere Polizisten warteten. Edding stellte dem Recklinghäuser Hauptkommissar die Durchsuchungscrew vor. Edding, Brischinsky und ein dritter Beamter bestiegen einen zivilen Passat, zwei weitere einen Golf und ein anderes Paar fuhr einen VW-Bus, der zahlreiche technische Dinge enthielt.

»Wir haben die Wohnung ja schon einmal durchsucht«, begann Edding im Wagen auf dem Weg nach Berlin-Pankow, »aber vielleicht etwas zu oberflächlich. Sie haben unseren Bericht sicher gelesen.« Edding holte Luft, sprach aber zu Brischinskys Überraschung nicht sofort weiter.

»Ja, ich kenne den Bericht. Nach was suchen wir denn jetzt noch?«, wollte Brischinsky wissen.

»Tja, so genau kann ich Ihnen das gar nicht sagen. Das ist mehr Eingebung, kriminalistische Intuition, wenn ich mal so sagen darf.« Edding lachte. »Wissen Sie, ich kenne meine Pappenheimer, ha, ha, ha, auch so ein Sprichwort, das viele benutzen, ohne zu wissen, wo es her kommt. Das stammt aus dem dreißigjährigen Krieg, das hat ...«

Brischinsky seufzte.

»Ach, sicher langweile ich Sie mit meinem Gequatsche, oder?«

»Nein, gar nicht«, log der Ruhrgebietskommissar.

»Nichts für ungut, was? Also, wenn Grohlers wirklich Verbindungen zur Stasi hatte oder die Vermutung der Staatsanwaltschaft über seine Verstrickungen in Transferrubelgeschäfte stimmt, dann könnte Grohlers in seiner Wohnung Verstecke haben, die vor allem von ungeschulten Beamten auf den ersten Blick nicht zu erkennen sind. So 'ne Art toter Briefkasten in der eigenen Wohnung, wenn Sie verstehen, was ich meine. Sie glauben ja nicht, was mir da schon alles passiert ist. Geldscheine aus einem Banküberfall in Frischhaltefolie hinter der neu verklebten Tapete oder Rauschgift als Fischfutter getarnt neben dem Aquarium, wenn Sie wissen, was ich meine. Deshalb hab ich heute die Jungs mitgenommen, die sich damit auskennen. Die finden, wenn es was zu finden gibt, einfach alles. Da muss ich Ihnen eine Geschichte erzählen. Also, ich war da noch beim Rauschgiftdezernat, da hatten wir ...«

»Sagen Sie, Herr Kollege«, versuchte Brischinsky den Redeschwall zu bremsen, »haben Sie eigentlich der Firma EXIMCO schon einen Besuch abgestattet?«

»Natürlich. Kurz nachdem die Staatsanwaltschaft ihre Ermittlungen aufgenommen hatte. Das war so Anfang 1994, ja im Februar, glaube ich. Ich weiß das deshalb noch so genau, weil mein ältester Sohn im Februar Geburtstag hat und ich wollte ihm unbedingt noch ein Geschenk ...«

»Herr Edding, ist dabei was rausgekommen?«

»Nee, eigentlich nicht. Wir haben zwar Verdachtsmomente gehabt, konnten aber keine Beweise finden. Deshalb hat die Staatsanwaltschaft ja auch bis heute noch keine Anklage erhoben, sondern ermittelt immer noch, wenn Sie verstehen, was ich meine.«

»Ja, ich verstehe sehr gut, wirklich, ich verstehe Sie ganz eindeutig«, erwiderte Brischinsky etwas ungehalten. Langsam ging ihm der Kerl auf den Wecker.

»Sehen Sie, Herr Brischinsky, da sind wir schon. Ein kleine Unterhaltung lässt einen doch immer wieder die Zeit vergessen, was?«

Brischinsky verdrehte die Augen und sah aus dem Fenster. Der Fahrzeugkonvoi bog in eine kleine Einbahnstraße ein, die rechts und links völlig mit Autos zugeparkt war, so dass der Konvoi in zweiter Reihe stehen bleiben musste.

Die Polizisten stiegen aus. Brischinsky und Edding warteten vor dem Hauseingang, während die anderen Ermittler zahlreiche Alukoffer aus dem VW-Bus schleppten und im Hausflur abstellten.

»Kommen Sie.« Edding begann, die Treppe hochzugehen. Der Flur roch leicht muffig, so wie in vielen alten Häusern. Der Eingangsbereich wurde gerade renoviert. Elektrokabel hingen in Bündeln aus den Wänden. Die Holztreppe mit den ausgetretenen Stufen knarrte.

»Scheint ja mächtig voran zu gehen mit der Rekonstruktion des Hauses«, meinte Edding.

»Dürfte für die Bewohner 'ne Erleichterung sein, wenn die fertig sind. Macht ja auch 'ne Menge Lärm«, bemerkte sein Kollege aus Recklinghausen.

»Ob die wirklich so erleichtert sind, weiß ich nicht genau. Das kostet ja 'ne Kleinigkeit.«

»Was wurden denn hier früher für Mieten gezahlt?«, fragte Brischinsky.

»Zu DDR-Zeiten? Och, so um die dreißig, vierzig Mark. Vielleicht waren die Wohnungen hier etwas teurer.«

»Und heute, nach der Sanierung?«

»In der Lage? Knapp tausend. Kalt.«

Sie erreichten die Wohnungstür von Grohlers im ersten Stock links. Edding löste das Siegel mit dem Pleitegeier und öffnete mit dem mitgebrachten Schlüssel die Tür.

»So, da wären wir.«

Sie betraten die Wohnung. Abgestandene Luft schlug ihnen entgegen.

»Macht mal einer von euch ein Fenster auf?«, rief Edding seinen Kollegen zu, die im Wohnungsflur damit begannen, Alukoffer aufzustapeln.

Brischinsky sah sich in der Wohnung um. Die Räume waren sehr hoch und recht geräumig. In einem Zimmer stand links ein großer Kachelofen, der bis zur Decke reichte. Zwei Räume waren durch eine breite, zweiflügelige Tür mit Glasfenstern verbunden. Hier befanden sich der Wohnraum und das Arbeitszimmer. Grohlers musste sehr belesen gewesen sein. Regale, die bis zur Decke reichten, waren mit Büchern gefüllt. Brischinsky griff wahllos zu und zog ein Buch aus der Reihe, das ziemlich verstaubt war. Goethes Werke, Band fünf. Er stellte den Altmeister deutscher Sprache zurück ins Regal und beobachtete seine Berliner Kollegen, die mit einem Messgerät und einem daran angeschlossenen Empfänger, der wie ein Mikrofon aussah, systematisch das Zimmer untersuchten.

»Was wird denn das, wenn's fertig ist?«, fragte Brischinsky Edding interessiert.

»Elektrischer Impulsmesser. Die suchen nach Minisendern. Wanzen, wenn Sie verstehen, was ich meine.«

»Wanzen?«

»Ja, das sind die kleinen ...«

»Ich weiß, was Wanzen sind, Herr Kollege«, stoppte Brischinsky barsch Eddings Ausführungen. »Aber warum sollten hier Wanzen sein?«

»Wenn Grohlers ermordet wurde, weil er sein Wissen über die Transfergeschäfte der Firma EXIMCO dem BKA verkaufen wollte und einer Stasiseilschaft angehörte, dann können Sie sicher sein, dass ihn seine alten Genossen auch überwacht haben. Das haben die immer so gemacht, wenn Sie verstehen, was ich meine. Kümmert sich mal einer von euch um das Regal hier?« Edding zeigte auf das Bücherregal, vor dem Brischinsky und er standen.

Einer der Beamten räumte von einem Regalboden die Bücherreihe und stapelte sie auf dem Boden. Dann schnappte er sich aus einem Koffer eine Art Stethoskop, so wie es Ärzte zum Abhören verwenden, und einen Hammer, mit dem er leicht auf die Rückseite des Regals schlug.

Brischinsky sah fasziniert zu. »Und das?«

»Hohlräume. Der sucht nach Hohlräumen. Verstecke für etwas, was andere nicht finden sollen. Ich könnte Ihnen da Sachen erzählen ...«

»Chef, hier ist was.« Der Polizist mit dem Mikrofon zeigte nach oben zur Deckenleuchte.

»Geradezu klassisch«, meinte Edding, nahm sich einen Stuhl und versuchte, die Lampe zu erreichen. »Geht nicht. Seht mal nach, ob ihr eine Leiter findet.«

Zwei Minuten später kam einer der Beamten mit einer Klappleiter zurück, stellte sie unter die Lampe und stieg hinauf. Er schob die Abdeckkappe zurück, griff vorsichtig hinein und rief nach unten: »Nummer eins.«

Der Beamte kletterte die Leiter wieder hinab und zeigte Edding die Wanze. Sie war etwa einen halben Zentimeter breit und einen lang. Der Berliner musterte das elektronische Bauteil. »XTX 328. Russisch. Kombigerät. Leistungsstarkes Mikro, sehen Sie hier ...« Er zeigte auf eine Art Knopf, der gerade mal zwei, drei Millimeter Durchmesser hatte. »Sendeleistung 0,1 Watt. Reicht für gute zweihundert Meter. Spitzenmodell, nicht schlecht, nicht schlecht.«

Brischinsky staunte. Edding stieg in seinem Ansehen.

»Habt ihr schon das Telefon, nein? Gut, mach ich eben selbst.« Edding nahm den Telefonhörer und schraubte das Teil auseinander. »Fehlanzeige. Hätte mich aber auch gewundert.«

Der Kripobeamte löste mit einem Kreuzschlitzschraubenzieher die Schrauben, die das Kunststoffgehäuse des Telefons auf dem Chassis hielten und musterte das Innere des Geräts. »Sieh an, sieh an. Da steckt er ja. Das kleine Ding hier kann noch mehr als nur Gespräche mithören. Es sendet den Wählimpuls an den Mithörer. So lässt sich, auch wenn sich der Angerufene namentlich nicht meldet, der Anschluss ermitteln. Das kriegen Sie nicht im Elektronikshop an der Ecke. Das ist High-Tech. Kostet unter

Freunden so um die zehntausend. Feines Spielzeug, wirklich schöne Arbeit, finden Sie nicht auch?«

Brischinsky fühlte sich nicht veranlasst, auf die Frage zu antworten. An Edding war ein Technikfreak verloren gegangen. Den Recklinghäuser interessierte lebhaft, in welchem Bereich der Volkspolizei sein Kollege früher tätig gewesen war.

»Herr Grohlers hat ja eigentümlichen Umgang, wenn der ihm Wanzen in die Wohnung packt«, bemerkte Brischinsky.

»Finde ich auch, finde ich auch. Das alles spricht dafür, dass seine ehemaligen Freunde ihm nicht so recht getraut haben. Und wenn sie Gespräche abgehört haben, die Grohlers mit dem BKA geführt hat, dann wussten sie, dass er auspacken wollte«, schlussfolgerte Edding.

»Kann es denn sein, dass Grohlers wirklich so dumm war, diese Gespräche von hier aus zu führen?«

»Was weiß ich. Aber dumme Verbrecher kenne ich viele, ich könnte Ihnen da eine Geschichte erzählen, also, da war ...«

»Herr Edding, ich glaub, ich hab hier was.« Der Polizist, der mit der Untersuchung des Bücherregals beschäftigt war, zeigte auf einen leergeräumten Regalboden.

Edding untersuchte die Regalrückwand sorgfältig. »Gebt mir mal einen Holzspeitel.«

Einer reichte ihm das Werkzeug und der Hauptkommissar machte sich an der Rückwand zu schaffen. Nach einigen Versuchen gelang es ihm, die genau in das Regalfach eingepasste Rückwand herauszuziehen. Dahinter öffnete sich ein etwa 40 x 20 cm großes und rund 20 cm tiefes, säuberlich in die Wand gestemmtes und verputztes Loch.

»Sieh mal an«, meinte der Kripobeamte, »was haben wir denn da?« Er leuchtete mit einer Taschenlampe in das Versteck. »Leider leer. Welche Bücher standen in diesem Regalboden?«, fragte er den Polizisten, der das Versteck entdeckt hatte.

»Hier, diese Reihe.«

»Und die anderen Wälzer hier stammen aus den anderen Regalfächern?« Edding verglich zwei Bücher aus je einem Fach.

»Die aus diesem Fach«, er zeigte auf das mit dem Loch in der Außenwand dahinter, »sind deutlich weniger staubig. Das könnte damit zusammenhängen, dass der Benutzer entweder sehr gerne genau diese Werke las«, Edding sah auf die Titel, »was ich mir aber bei diesem Autor nicht so ganz vorstellen kann. Hier sehen Sie mal ...« Er hielt Brischinsky das Buch unter die Nase.

W. I. Lenin, las der, *Ein Schritt vorwärts, zwei Schritte zurück. Zur Krise in unserer Partei.*

»Oder aber«, setzte Edding fort, »unser Grohlers hat das Versteck noch kürzlich benutzt. Vielleicht sollten wir doch noch mal zur Firma EXIMCO fahren, wenn Sie verstehen, was ich meine.« Er grinste Brischinsky an.

»Ich verstehe sehr gut, was Sie meinen«, antwortete der Recklinghäuser Hauptkommissar. Und diesmal stimmte das sogar.

24

Nach gut sechs Stunden Zugfahrt traf Rainer Esch gegen ein Uhr nachmittags am Berliner Bahnhof Zoo ein. Er ging in die nächste Telefonzelle und suchte den Eintrag der Firma EXIMCO im Telefonbuch: Invalidenstraße 36.

Zehn Minuten später stand Rainer im Büro der Hotel- und Zimmervermittlung am Bahnhof.

»Tag. Ich suche ein möglichst preiswertes Zimmer.«

»Guten Tag. Kein Problem. Hier, hätten wir das *Kant-Hotel*. Nähe Ku'damm. In einer Parallelstraße. Einhundertneunzig inklusive Frühstück.«

Esch schluckte. »Haben Sie nicht was Preiswerteres?«

»Preiswerter? Was wollen Sie denn anlegen?« Der Mann hinter dem Schreibtisch musterte Esch neugierig.

»Na, so bis höchstens hundert Mark.«

»Hundert Mark?« Die Frage war ein einziger Vorwurf. »Tja, da weiß ich nicht ...« Der Mann tippte hektisch auf seiner Computertastatur. »Ein Hotel wird's dann aber nicht mehr sein.«

»Macht nichts.«

»Wie Sie wollen.« Mit einem raschen Seitenblick auf Esch malträtierte der Zimmervermittler erneut seinen Computer. »Hier hätte ich was. Ist aber im Osten.«

»Kostet?«

»Achtzig. Mit Frühstück.«

»Nehm ich.«

»Einen Moment.« Der Mann griff zum Telefonhörer und sprach mit jemanden von der Pension.

»Sie haben Glück«, sagte er, nachdem er aufgelegt hatte. »Ist noch was frei. Hätte mich aber sonst auch gewundert. Normalerweise will da keiner ...«

Bevor der Vermittler seine Auffassung über diese Pension weiter ausbreiten konnte, fragte Esch: »Wo ist das?«

»Hohenschönhausen. Wie gesagt, im Osten. Die Rhinstraße. Nummer 23.« Ein Drucker begann zu rattern. »Hier, geben Sie das in der Pension ab. Auf Wiedersehen.«

Vor dem Bahnhof stieg Esch in eine der wartenden Taxen und nannte die Anschrift.

»Hohenschönhausen?«, fragte der Fahrer, »jeht mich ja nix an, abba wat wolln Se denn da? Hohenschönhausen! Is im Osten. Da jibbet doch außer Platte un Ossis nischt zu sehen. Icke würd da nich hinmachen. Abba is ja nich mein Problem, oder?« Der Kutscher schüttelte verständnislos den Kopf.

»Nee, das ist es wirklich nicht.«

»Sach ick ja.«

Damit war Rainers Unterhaltung mit seinem Berliner Kollegen beendet.

Die Pension war in einem siebenstöckigen Plattenbau in den Etagen zwei und drei untergebracht. Die Rezeption war direkt gegenüber dem Fahrstuhl. Esch gab seinen Zettel von der Vermittlung ab und erhielt, nachdem er den Meldezettel ausgefüllt hatte, seinen Türschlüssel. Das Zimmer lag am Ende des Flures auf derselben Etage wie die Rezeption. Es war einfach eingerichtet und verfügte über ein Telefon, das sogar intakt war. Auf dem Nachttisch stand ein kleiner Radiowecker, dessen Funktionsweise Esch sich erst nach mehrmaligem Ausprobieren erschloss. Das Bad war klein, aber recht sauber. Er hatte schon schlechter übernachtet. Viel schlechter sogar, wenn er an seine letzte Nacht bei Cengiz dachte.

Nachdem er ausgepackt hatte, haute sich Rainer auf das Bett, suchte einen Radiosender, der halbwegs ansprechende Musik spielte, und blätterte in einem Veranstaltungsmagazin, das kostenlos an der Rezeption ausgelegen hatte.

Ihm wurde mit erschreckender Deutlichkeit klar, dass er nicht die geringste Ahnung hatte, wie er nun weiter vorgehen sollte. Er kannte die Adresse der Firma EXIMCO, das war aber schon alles. Selbstkritisch musste er sich eingestehen, dass seine Stippvisite in Berlin eine ziemlich blödsinnige Idee war. Er war völlig planlos in den Zug gestiegen, nicht zuletzt deshalb, weil ihn der verbale Widerstand seiner Freunde gegen sein spontan geäußertes Vorhaben geärgert hatte.

In seinem Inneren verspürte er ein dumpfes Hungergefühl und das Verlangen nach einem Glas Wein. Er brachte sich ächzend in eine vertikale Lage, schnappte sich seine Lederjacke und verließ das Zimmer, um der Berliner Innenstadt einen Besuch abzustatten. Der Besuch bei der Firma EXIMCO ließ sich ja schließlich auch auf morgen verschieben. Und vielleicht war ihm bis dahin ja auch eingefallen, wie dieser Besuch am besten vonstatten gehen sollte.

25

Der Sitz der Firma EXIMCO lag in Berlin-Mitte, in unmittelbarer Nähe des neuen Regierungsviertels. Das Gebäude, in dem die Firma residierte, sah aus wie ein spätstalinistischer Verwaltungsbau, hätte aber genau so gut aus noch dunkleren Kapiteln deutscher Geschichte stammen können. Im Erdgeschoss befand sich ein Empfang, der gemeinsam von allen Mietern des Gebäudes genutzt wurde.

»Sie wünschen, bitte?«, fragte der uniformierte Pförtner, als Esch die Empfangshalle betrat. Rainer sah sich um. An einer Wand der Halle war eine stilisierte Weltkarte angebracht, in der Ecke stand eine Sitzgruppe, auf der unverkennbar noch die Gefolgsleute von Walter Ulbricht gesessen und den Export der Weltrevolution und anderer Güter vorbereitet hatten ...

»Zur Firma EXIMCO bitte.« Er zögerte. »Geschäftsführung. Herrn Grohlers.«

»Herr Grohlers ist doch ...« der Pförtner biss sich auf die Lippen. »Fünfte Etage. Zimmer 533.«

»Danke. Haben Sie einen Fahrstuhl?«

»Ja, im Prinzip schon. Der wird aber im Moment gewartet und ist leider außer Betrieb.«

Esch atmete tief durch.

Zimmer 533 lag ganz am Ende des Flures.

Geschäftsführung EXIMCO, Grohlers, las er. Und darunter: *Sekretariat Fr. Hankel.* Zumindest haben sie Grohlers noch nicht von den Schildern getilgt, dachte Esch, klopfte an die Tür und trat ein.

»Ja, bitte?«

Rainer sah in die fragenden Augen einer schlanken jungen Frau mit einem dunkelbraunen Kurzhaarschnitt.

»Guten Tag, mein Name ist ...« Er zögerte einen Moment. »Müller.«

Nicht sehr originell, fiel ihm sofort auf.

»Womit kann ich Ihnen helfen, Herr Müller?«

»Ich möchte zu Herrn Grohlers.« Improvisation war alles.

»Ja, wissen Sie das denn nicht? Herr Grohlers ist nicht mehr bei uns beschäftigt. Er ist plötzlich verstorben.«

»Oh, das tut mir Leid. Hat er denn einen Vertreter?«

»Um was geht es denn, Herr Müller?«

»Ich bin Journalist. Das würde ich ihm gerne selbst sagen.«

»Bedaure, Herr Müller. Sie müssen mir schon etwas genauer mitteilen, was wir für Sie tun können. Unsere

Herren sind sehr beschäftigt. Das verstehen Sie doch sicher?«, lächelte ihn die Sekretärin freundlich, aber bestimmt an.

Esch ließ seinen Charme spielen. »Frau Hankel, natürlich ist mir klar, dass Sie Ihre Geschäftsführung abschirmen müssen. Ist ja schließlich Ihr Job, oder?« Er strahlte sie an. »Aber verstehen Sie, ich bin freiberuflicher Journalist und mache eine Recherche über ...« Er dachte fieberhaft nach. »... über internationale Warenströme.« Kaum hatte er das ausgesprochen wurde ihm klar, was für einen Schwachsinn er da von sich gegeben hatte.

Frau Hankel sah ihn prüfend an. »Über was?«

»Na ja, nicht genau über Warenströme, eher über die Märkte, die exportorientierte Handelsunternehmen wie das Ihre beliefern.« Das war auch nicht viel besser.

»Aha. Und deshalb möchten Sie mit Herrn Rallinski sprechen?«

»Herr Rallinski?« Jetzt war es an ihm nachzufragen.

»Unser stellvertretender Geschäftsführer. Er vertritt Herrn Grohlers bis auf weiteres.«

»Ach so. Ja, wenn's geht. Ich würde ihn gerne fragen, womit sich die Firma EXIMCO so im Detail beschäftigt.«

»Aha. Und Sie erhoffen sich Informationen für Ihren Artikel?«

»Ja, genau.«

»Wen interessiert denn eigentlich so was Langweiliges wie der Import und Export?«

»Och, da gibt es Fachzeitschriften, wissen Sie.«

»Aha.« Frau Hankel stand auf, umkurvte ihren Schreibtisch und öffnete die Bürotür.

»Ich befürchte, Herr Müller, dass wir Ihnen da nicht weiterhelfen können. Wenden Sie sich doch bitte an den Wirtschaftssenator hier in Berlin. Der ist für«, sie machte eine kleine Kunstpause und fuhr dann mit leicht spöttischem Unterton fort, »internationale Warenströme zuständig. Die dortige Pressestelle wird Ihnen die gewünschten Auskünfte bestimmt erteilen.«

Sie schob Rainer sanft durch die Tür Richtung Flur und sagte dann leise: »Wir sollten uns nach Feierabend treffen. Gegen fünf im *Kranzler* am Kudamm. Sie sollten kommen, Herr Esch.«

Bevor er sich von seiner Verblüffung erholt hatte, bugsierte sie ihn vollständig aus dem Zimmer, schloss die Bürotür und ließ einen völlig perplexen und konsternierten Rainer Esch im Flur stehen.

26

Kommissar Baumann öffnete die Tür zu seinem Büro und erstarrte. Nach einigen Momenten hatte sich seine Überraschung gelegt: »Was machen Sie denn da?«, bellte er den Mann an, der über seinem Schreibtisch gebeugt in Aktenbergen wühlte.

Der Angesprochene wirbelte herum. »Ach, ja, guten Morgen, Herr Baumann.«

Baumann sah Hauptkommissar Staller vom BKA misstrauisch an. »Morgen, Herr Staller. Sagen Sie, suchen Sie was Bestimmtes?« Er ging an Staller vorbei und warf einen prüfenden Blick auf das Chaos auf seinem Schreibtisch.

»Nein«, Staller lachte etwas verlegen, »eigentlich nicht.« Als er den skeptischen Gesichtsausdruck Baumanns sah, ergänzte er hastig: »Na ja, gut. Ich geb's ja zu.« Staller grinste Baumann verschwörerisch an. »Ich wollte mich über den Fortgang im Fall Grohlers informieren, Sie wissen ja, dass der uns wichtige Unterlagen übergeben wollte.«

»Ja, natürlich weiß ich das. Aber deswegen müssen Sie doch nicht bei Nacht und Nebel mein Büro durchwühlen.«

»Kommen Sie, Baumann. Jetzt dramatisieren Sie die Sache doch bitte nicht. Von durchwühlen bei Nacht und Nebel kann nun wirklich keine Rede sein. Ich war pünktlich zu Dienstbeginn in Ihrem Büro und wartete auf Sie. Haben Sie etwa verschlafen? Als Sie nicht kamen, habe ich, um mir die Zeit etwas zu vertreiben, Ihre Akten durchgeschaut, ob ich etwas zum Fall Grohlers finde.

Dagegen ist doch nicht einzuwenden, oder? Wir sind schließlich Kollegen.«

Wir haben denselben Brötchengeber, dachte Baumann, Kollegen sind wir deshalb noch lange nicht. Laut sagte er: »Stimmt. Und zumindest ich bin es gewöhnt, dass Kollegen mich vorher fragen, wenn Sie an meine Klamotten gehen. Übrigens, ich habe nicht verschlafen, wie Sie anzudeuten beliebten, sondern das endgültige ballistische Gutachten im Fall Grohlers abgeholt.« Er warf die Akte mit einer schwungvollen Bewegung auf seinen Schreibtisch.

»Darf ich mal sehen?«, fragte Staller und griff, ohne Baumanns Antwort abzuwarten, nach den Unterlagen.

Baumann legte seine Hand auf die Mappe und zögerte. Staller war zwar nicht sein Vorgesetzter, stand aber vom Dienstgrad her über ihm. Außerdem hatte sie Kriminalrat Wunder aufgefordert, in allen Belangen mit dem BKA zusammenzuarbeiten.

»Bitte«, sagte Baumann knapp und schob Staller den Schnellhefter hinüber. »Tun Sie sich keinen Zwang an.«

Staller blätterte in den Papieren. »Ach, Herr Baumann«, sagte er freundlich, während er sich auf Brischinskys Stuhl niederließ, »wären Sie wohl so nett und würden uns einen Kaffee holen, ja? Ich geb einen aus.«

In diesem Moment wurde Baumann schlagartig klar, dass er einen Fehler gemacht hatte. Durch das Akzeptieren von Stallers Forderung hatte er sich untergeordnet und der BKA-Mensch nutzte das sofort aus. Spielchen gemacht, Spielchen verloren. Deshalb bin ich immer noch Kommissar und kein Hauptkommissar, dachte er resigniert. Er stand auf und wollte gerade das Büro verlassen, als Staller noch einen draufsetzte. »Sagen Sie, Baumann, wo ist die vollständige Akte Grohlers?«

»In der obersten Schreibtischschublade links.« Seufzend machte sich der neue Mitarbeiter Stallers auf den Weg zum Kaffeeautomaten.

Als Baumann wieder die Tür zu seinem Büro öffnete, hatte sich Staller auf Brischinskys Platz ausgebreitet. Vor ihm lagen die Phantombilder, die auf Eschs Aussage hin entstanden waren, die Fotokopie von Eschs Führerschein, Tatortbilder, die schriftlichen Berichte der Ballistiker und der Spurensicherung. Staller selbst hatte die Füße auf dem Schreibtisch und machte einen sehr zufriedenen Eindruck.

Er blickte von den Unterlagen hoch, als Baumann das Zimmer betrat. »Stellen Sie den Kaffee hier hin, Baumann.«

Der Kommissar platzierte den Kaffee an die angegebene Stelle.

»Was hat der gekostet?« Staller zog sein Portemonnaie aus der Gesäßtasche.

Baumann wehrte ab. »Nein, lassen Sie, das ist doch nicht der Rede wert.«

»Aber was. Ich weiß doch, wie hoch das Gehalt eines Kommissars ist. Reichen zwei Mark? Hier, nehmen Sie.« Er warf Baumann das Geldstück zu und der fing es auf.

Schon wieder ein Volltreffer. Baumann begann, Staller zu hassen.

Staller zeigte auf die Phantombilder der mutmaßlichen Täter. »Sind Sie bezüglich der Fahndung schon weiter? Ich kann in den Unterlagen nichts darüber finden.«

»Nein, noch nicht. Wir haben zwar einige Hinweise erhalten, da ist aber noch nichts Konkretes darunter. Und Ihr Computer hat auch nichts hergegeben.«

»Kein Wunder, so ausgereift ist unsere Bildabgleichungsfunktion noch nicht. Und bei der Qualität«, Staller schüttelte den Kopf, »da kann man nichts erwarten. Wenn ich in der Haut von den beiden stecken würde, hätte ich mich längst abgesetzt. Denen muss doch der Boden hier viel zu heiß unter den Füßen geworden sein. Ich befürchte, die Fahndung bringt nichts mehr. Die können Sie genauso gut einstellen. Vielleicht über Interpol, aber auch da habe ich meine Zweifel.«

Baumann nickte zustimmend. Der Gedanke spukte schon seit längerem in seinem Kopf herum. Die zwei Verdächtigen waren bestimmt nicht mehr in Deutschland. Spätestens seit der Veröffentlichung der Bilder ...

Staller störte seine Überlegungen. »Sagen Sie, dieser

Esch hat ausgesagt, die Verdächtigen hätten ihn mehrmals auf Unterlagen angesprochen, die sie beim ihm vermuten?«

»Von Unterlagen war eigentlich nicht die Rede. Um was es sich handelt, wissen wir nicht.«

»Ja, klar. Und dieser Esch hat keine Ahnung, wovon die Verdächtigen sprechen?«

»Sagt er jedenfalls.«

»Und, glauben Sie ihm?«

»Eigentlich schon. Ja, ich glaube ihm.«

»Hmm. Es gibt mehrere Möglichkeiten. Erstens: Esch lügt und hat das Ganze erfunden.«

»Aber seine Bekannten von Mykonos haben die Geschichte von der Auseinandersetzung am Strand bestätigt und die Typen auf den Phantombildern wiedererkannt«, widersprach Baumann.

»Stimmt. Könnte aber trotzdem abgesprochen sein. Haben Sie schon die Tatzeugen befragt?«

Wenn Sie mich hier nicht aufhalten würden, hätte ich das schon erledigt, wollte Baumann erwidern, sagte jedoch: »Das werde ich heute noch erledigen.«

»Gut. Diese Hypothese können wir also noch nicht ganz ausschließen. Zweitens: Esch sagt die Wahrheit und die Verdächtigen vermuten tatsächlich etwas bei ihm, was er nicht hat. Dann hat Grohlers das Gesuchte entweder weggeworfen, versteckt ...«

»... oder es einem Dritten gegeben«, unterbrach Baumann. »So weit waren Hauptkommissar Brischinsky und ich«, er betonte das Wort ›ich‹, »auch schon.«

»Oder drittens: Esch lügt nur in einem Punkt. Er hat das Gesuchte und will es behalten. Auch möglich, nicht wahr?«, fragte Staller mit leicht ironischem Unterton. »Also gut Baumann. Ich habe genug gesehen. Sie informieren mich bitte sofort, wenn Sie etwas Neues erfahren. Und setzen Sie Ihren leicht cholerischen Chef von meinem Besuch in Kenntnis. Sonst reißt er Ihnen den Kopf ab. Übrigens, wo steckt der überhaupt?«

Baumanns Selbstbewusstsein war zwar angeschlagen, aber noch nicht völlig zerstört. Deshalb antwortete er:

»Das weiß ich leider nicht, Herr Staller. Hauptkommissar Brischinsky meldet sich bei mir normalerweise nicht ab.«

»Na, ist ja auch egal.« Staller wandte sich zur Tür. »Und vergessen Sie nicht, mich zu informieren, Herr Baumann. Auf Wiedersehen.«

»Wiedersehen, Herr Staller.« Als der BKA-Mann das Büro verlassen hatte, schob Baumann ein gemurmeltes »Leck mich, du Arschloch« hinterher.

27

Unruhig wie ein gefangenes Raubtier im Zoo wartete Rainer Esch seit vier Uhr vor dem *Café Kranzler* auf Frau Hankel und zermarterte sich sein Hirn, woher sie seinen Namen kannte. Ihm war klar, dass seine zurechtgestammelte Geschichte nicht von besonderer Intelligenz zeugte und völlig unglaubwürdig klang. Aber er konnte sich nicht daran erinnern, ihr einen Anhaltspunkt über seine wahre Identität gegeben zu haben.

Ob die Wirtin in der Pension – er verwarf diesen Gedanken sofort wieder. Natürlich hatte er den Meldezettel mit seinem richtigen Namen ausgefüllt, für eine Fälschung dieser Daten fehlten ihm die Nerven. Aber sie konnte eigentlich nicht die Quelle sein. Er hatte gestern gegen eins sein Zimmer bezogen, es etwa ein halbe Stunde später wieder verlassen und heute Morgen Frau Hankel kennen gelernt. Zeit war das zwar genug, um bei der Firma EXIMCO anzurufen. Aber ihm fiel sein Denkfehler sofort auf: Keiner wusste, was er in Berlin vorhatte. Ihm selbst war beim Verlassen der Pension ja noch nicht klar gewesen, was er denn eigentlich unternehmen wollte. Irgendetwas hatte er übersehen, er wusste nur leider nicht, was.

Kurz vor fünf entdeckte er die Sekretärin der EXIMCO-Geschäftsführung im nachmittäglichen Menschengewühl auf der anderen Straßenseite an der Fußgängerampel. Ungeduldig wartete Esch auf die Grünanzeige, um der jungen Frau entgegenzulaufen.

Sie trafen sich mitten auf dem Ku'damm.

»Sagen Sie, woher kennen Sie meinen Namen?«, stieß Esch ungeduldig hervor.

Die Sekretärin lächelte ein wenig und legte ihre ausgestreckten rechten Zeigefinger auf ihren Mund. »Psst. Später. Kommen Sie.«

Sie griff Eschs Arm und dirigierte ihn in Richtung Café Kranzler. »Lassen Sie uns einen Kaffee trinken. Möchten Sie draußen sitzen oder drinnen?« Ohne seine Antwort abzuwarten, fuhr sie fort: »Bleiben wir draußen, ja? Ist ja noch recht mild. Sollen wir da drüben den Tisch nehmen?« Sie zeigte auf einen etwas abseits stehenden Tisch weiter hinten am Gebäude.

Kaum hatten sie sich gesetzt, als die Kellnerin nach ihren Wünschen fragte. Frau Hankel bestellte ein Kännchen Kaffee, Esch dasselbe, dazu allerdings einen Brandy.

»Also, was ist?«, drängte er.

Wortlos griff sie zu ihrer Handtasche und legte die aktuelle Ausgabe der *Bildzeitung* auf den Tisch. »Bitte. Lassen Sie sich Zeit. Ich muss mich mal eben frisch machen.« Sie erhob sich und ging ins Innere des Cafés.

Esch griff zur Zeitung. *War Grohlers BKA-Spitzel?* stand auf der Titelseite in Großbuchstaben. Und darunter: *Taxifahrer aus Recklinghausen verschwunden.*

Rainer las weiter: *Der junge Taxifahrer Rainer Esch (33) aus Recklinghausen (s. Foto links), der den ermordeten Berliner Geschäftsmann Jürgen Grohlers zuletzt lebend gesehen hat, ist seit Tagen verschwunden. Die Kripo fahndet fieberhaft. Kripobeamter Heiner B.: Wir befürchten das Schlimmste. Wo ist Esch? Wer ihn gesehen hat, kann bei uns anrufen. Bildredaktion Essen, 0201-445566.*

Rainer starrte auf sein Konterfei, das ihn massiv an sein altes Führerscheinfoto erinnerte. Er fischte den Lappen aus seinem Portemonnaie. Kein Zweifel, das war sein Führerscheinfoto. Woher hatten die Kerle sein Bild? Dann dämmerte es ihm. Krawiecke, das Arschloch. Wenn er wieder zurück in Recklinghausen war, konnte der Mistkerl seinen Laden zumachen, dafür würde er schon sorgen.

Was weiß Esch? fragte die *Bildzeitung. Hat er Kontakte zu den Tätern (Fotos rechts)? Warum ist Esch verschwunden? Fragen über Fragen. Fakt ist: Es geht um Geld, um viel Geld sogar. Heiner B.: Dafür muss ein kleiner Beamter lange arbeiten.*

Angewidert schmiss Esch die Zeitung zur Seite. Schmierfinken, dachte er.

Die Sekretärin kehrte zurück an ihren Tisch. »Gelesen?«, wollte sie wissen.

»Das Wichtigste«, antwortete Esch.

»Das Foto von Ihnen ist zwar nicht das Beste, aber erstens habe ich den Artikel, wie Sie sich sicher denken können, sehr aufmerksam durchgelesen und zweitens hatte ich die Zeitung gerade erst aus der Hand gelegt, als Sie klopften. Die Ähnlichkeit ist mir sofort aufgefallen. Und dann noch Ihre eigenartige Geschichte; na, der Rest war weibliche Intuition.«

»Und? Haben Sie schon bei der *Bild* angerufen?«

»Nein. Werd ich auch nicht. Aber sagen Sie, was wollen Sie bei EXIMCO?«

»Warum sitzen Sie hier mit mir und trinken Kaffee?«, konterte Esch.

»Na gut. Zuerst ich. Dann aber Sie, abgemacht?«

»Nichts wird abgemacht. Wenn Sie wollen, erzählen Sie mir, was Sie zu sagen haben. Und dann entscheide ich, was ich Ihnen sage.«

»Einverstanden. Mein Name ist Carola Hankel, ich bin seit vier Jahren Sekretärin der Geschäftsführung der Firma EXIMCO. Damit ist leider zum Ende des Monats Schluss. Ich bin abgewickelt worden.«

»Was heißt das?«, wollte Esch wissen.

»Entlassen. Die Firma wird zum Jahresende aufgelöst.«

»Konkurs?«

»Das weiß ich nicht genau. Ich habe jedenfalls meine Kündigung. Wie ein Teil der anderen Kolleginnen und Kollegen übrigens auch. Was mit den anderen wird, das wissen wir noch nicht. Die hoffen natürlich, in einer anderen Firma unterzukommen. Sie können sich vorstellen, das kam für uns alle sehr plötzlich. Wir haben jahrelang unbezahlte Überstunden gemacht, auf Urlaub verzichtet, nur um der Firma zu helfen, und jetzt das.« Ihre Stimme klang bitter. »Zwei Tage nach der Ermordung von Herrn Grohlers hat sein Stellvertreter, Herr Rallinski, eine Betriebsversammlung einberufen und uns mitgeteilt, dass die Firma zum Jahresende nicht mehr existieren wird. Das hat uns völlig umgehauen. Bislang hieß es immer, das Unternehmen sei wirtschaftlich gesund.«

»Womit hat denn EXIMCO eigentlich das Geld verdient?«, fragte Esch.

»Ach, das lässt sich nicht so einfach beschreiben. Eigentlich mit allem, was sich verkaufen lässt. Wir haben zum Beispiel aus stillgelegten Braunkohletagebauen Großgeräte wie Bagger oder vollständige Bandanlagen gekauft und sie dann nach Weißrussland oder in die Ukraine mit Gewinn weiterverkauft.«

»Da muss die Firma doch über viel Personal verfügen?«

»I wo. Wir haben das Zeug ja nicht demontiert, sondern nur damit gehandelt. Zerlegt, verpackt und transportiert haben das Firmen in unserem Auftrag. Bei uns gab's nur die Geschäftsführung, einen Ingenieur, der solche Geräte technisch beurteilt hat, und unsere Kalkulation, Buchhaltung und das Rechnungswesen. Grad mal zwölf Beschäftigte.«

»Und hat EXIMCO nur Zeug aus dem Bergbau verhökert?«

»Nee, alles Mögliche. Alte LKW der früheren Nationalen Volksarmee aus heutigen Bundesbeständen nach Bulgarien, militärisches Ausrüstungsmaterial an die Rumänen ...«

»Waffen?«, unterbrach sie Esch.

»Nicht, dass ich wüsste. Mehr so Baugeräte, Zementmischmaschinen und so. Auch Essbestecke und Ferngläser. Einfach alles, wofür wir Abnehmer gefunden haben.«

»Und die kommen alle aus Osteuropa?«

»Überwiegend. Unsere Geschäftsführung hat ja alte Kontakte dorthin.« Carola Hankel zögerte. »Verbindungen aus der DDR-Zeit.«

»Was für Verbindungen denn?«

»Grohlers und Rallinski waren früher hohe Tiere im Außenhandelsministerium. Rallinski saß da als Leiter der Planungsabteilung, Grohlers war Mitarbeiter im selben Laden, bis er zur EXIMCO kam. So hab ich es zumindest von den Kolleginnen gehört, die von Anfang an dabei sind.«

»Versteh ich Sie richtig?«, fragte Esch überrascht. »Rallinski war früher der Chef von Grohlers und ist heute sein Stellvertreter?«

»Ja, genau.«

»Find ich aber seltsam.«

»Finden wir auch seltsam«, erwiderte die Sekretärin. »Aber gefragt hat keiner. Hatte ja jeder Angst um seinen Arbeitsplatz. Jedenfalls«, schränkte sie sofort ein, »von uns Schreibkräften. Wir sind ja, besser: waren die kleinsten Lichter bei EXIMCO. Die was zu sagen hatten, kennen sich von früher. Da ist es besser, man hält den Mund.«

»Dann ist an den Zeitungsspekulationen, dass Grohlers zur Stasi gehörte, also was dran?«

Carola Hankel gab keine Antwort.

»Wenn Grohlers zur Stasi gehörte«, dachte Esch laut nach, »dann ist es doch mehr als wahrscheinlich, dass auch Rallinski als sein Vorgesetzter ...«

»Ob Grohlers Stasi-Mann war, weiß ich nicht. Und es muss auch nicht so sein, dass Rallinski was davon wusste, wenn Grohlers tatsächlich dazu gehört hat. Aber beide waren in der SED. Und keine Karteileichen, sondern verdiente Genossen.«

»War Grohlers eigentlich in der Zeit vor seiner Ermordung irgendwie anders als sonst?«

»Das hat mich die Polizei auch schon gefragt. Nee, eigentlich nicht. Er wollte an dem Tag nach Dresden, ich habe ihm den Mietwagen bestellt, weil sein Wagen in der Werkstatt war. Was er dann in Recklinghausen wollte, weiß ich nicht. Er hat das mit keinem Wort erwähnt.«

Die Kellnerin brachte den Kaffee und den Brandy. Rainer zündete sich eine Zigarette an. Carola Hankel lehnte dankend ab. Als die Bedienung den Tisch wieder verlassen hatte, fragte Esch: »Was glauben Sie, stimmt das, was da noch in der *Bild* stand, das mit der KoKo?«

»Der Kommerziellen Koordinierung? Weiß ich wirklich nicht genau. Manches bei uns war schon etwas merkwürdig. Und die Polizei hat auch mal Grohlers und Rallinski vernommen. Das ist aber schon Jahre her. Da war irgendwas mit einem Ermittlungsverfahren, das ist aber wohl im Sand verlaufen, ich habe jedenfalls nichts mehr davon gehört.«

»Was war denn so merkwürdig bei EXIMCO?« Esch war neugierig.

»Na ja, bestimmte Telefonate liefen nicht über mich, sondern die Herren der Geschäftsführung wählten die Nummern selbst. Und auch bei den eingehenden Gesprächen, das war schon seltsam. Da rief zum Beispiel häufiger ein Mann namens Lopitz von der BvS an ...«

»BvS?« Mit der Abkürzung konnte Esch nichts anfangen.

»Bundesanstalt für vereinigungsbedingte Sonderaufgaben. Die Nachfolgebehörde der Treuhand«, erklärte Carola Hankel.

»Ach so. Und?«

»Eine Freundin von mir arbeitete bei der BvS. Im Telefonverzeichnis der Hauptverwaltung ist der Name Lopitz nicht aufgeführt. Auch nicht in denen der Niederlassungen.«

»Wirklich eigenartig.«

»Sag ich ja. Und dann der Tick von Rallinski mit seinen Akten.«

»Was für Akten?«

»Rallinski hat eine Aktentasche, da packt er abends, wenn er Feierabend macht, Akten aus seinem Tresor rein und nimmt sie mit nach Hause. Morgens bringt er sie wieder mit.«

»Es soll ja vorkommen, dass auch Geschäftsführer sich Arbeit mitnehmen. Was ist daran so ungewöhnlich?«

»Dass es immer dieselben Akten sind. Zumindest sehen sie so aus, der Farbe nach zu urteilen, wissen Sie. Irgendwann müsste er die doch bearbeitet haben.«

»Vielleicht schreibt er einen Roman«, scherzte Esch. »Nicht so ernst gemeint«, räumte er ein, als er ihren leicht verunsicherten Gesichtsausdruck sah. Ihm kam ein Gedanke. »Wie alt ist eigentlich dieser Rallinski?«

»So Ende fünfzig.«

»Und wie sieht er aus?«

»Warum wollen Sie das wissen?«

»Das weiß ich selbst noch nicht genau. Ehrlich«, betonte er angesichts ihres zweifelnden Blicks.«

»Ziemlich schütteres, silbernes Haar. Mittelgroß. Trägt meistens unmoderne, ausgebeulte Anzüge und eine uralte Schirmmütze. Nur sein Aktenkoffer ist Nach-Wende-Zeit. Verlässt immer gegen fünf Uhr das Büro und fährt mit der U-Bahn nach Hause. Und warum wollen Sie das wissen?«

»Ich dachte, Rallinski könnte vielleicht einer der beiden sein, die mich auf Mykonos angesprochen haben. Aber die sahen anders aus, als Sie Rallinski beschreiben. Die waren viel jünger.«

»Wieso Mykonos?«

»Erzähl ich Ihnen später.«

»Einen Moment. Sie meinen die beiden Verdächtigen? Deren Bild in der Zeitung abgedruckt ist? Glauben Sie, ich würde meinen Chef nicht erkennen?« Sie schüttelte verständnislos den Kopf.

»Ja, richtig. Hab ich nicht dran gedacht. War dumm von mir.«

»Stimmt. So, und jetzt sind Sie an der Reihe.«

»In Ordnung. Nur eine Frage noch. Warum erzählen Sie mir das alles?«

»Weil ich stinksauer über die Art und Weise bin, wie EXIMCO mit uns umgeht. Weil ich arbeitslos werde und wahrscheinlich nur schwer wieder was finde. Weil ich glaube, dass Grohlers und Rallinski sich ganz schön gesund gestoßen haben an der Firma und wir jetzt einfach abgewickelt werden. Deshalb«, brach es aus ihr heraus.

»Und warum nicht der Polizei?«

»Der Polizei? Was soll ich denn denen erzählen? Dass ein Geschäftsführer Akten mit nach Hause nimmt? Außerdem gibt es hier in Berlin sehr viele Polizisten, die schon zu DDR-Zeiten Polizisten waren. Kann ich denn sicher sein, dass nicht einer von denen Rallinski oder Grohlers von früher kennt? Bei den Kontakten, die Rallinski immer noch hat, brauch ich mich beim für mich zuständigen Arbeitsamt dann erst gar nicht mehr melden.«

»Wieso das denn?« wunderte sich Rainer.

»Ach, Sie haben ja keine Ahnung. Es gibt in Ostdeutschland Arbeitsämter, da sind die Hälfte der Vermittler ehemalige Lehrkräfte von Offiziershochschulen.«

»Das müssen ja nun nicht alles Arschlöcher gewesen sein«, behauptete Esch.

»Müssen nicht. Aber können.«

»Is auch wieder wahr. Gut, dann ich. Zunächst mal was anderes. Wie wär's, sollen wir das blöde Siezen sein lassen?« Er sah sie erwartungsvoll an.

»Gern.«

»Schön. Also, das meiste kennst du ja schon aus der Zeitung.«

Esch erzählte ihr von Grohlers, dem Einbruch in seine Wohnung und von seiner Begegnung mit den Männern auf Mykonos. »Hier, die Bilder geben die beiden recht gut wieder.« Er zeigte auf die Phantombilder in der Zeitung. »Hast du die eigentlich schon mal gesehen? Vielleicht bei EXIMCO?«

»Nein, nie. Du bist also nach Berlin gekommen, um auf eigene Faust mehr über den Mord zu erfahren?«

»So isses.«

»Ist das nicht etwas gefährlich?«

»Wieso? Außer dir weiß doch niemand, dass ich hier bin.«

»Aber das Foto ...«

»... ist so gut nun auch wieder nicht. Wenn ich mich so umgucke«, er zeigte auf die Menschenmassen, die am *Kranzler* vorbei defilierten, »sieht das Bild jedem fünften männlichen Passanten ähnlich. Nicht nur mir.«

»Stimmt.« Carola Hankel sah auf die Uhr. »Tut mir Leid, ich muss jetzt so langsam. Schön, dich kennen gelernt zu haben. Übernimmst du das?« Sie zeigte auf ihren Kaffee.

»Klar. Sag mal, sehen wir uns wieder?«

Sie zögerte zunächst, nickte dann aber: »Gut. Wenn du mich zum Essen einlädst.«

»Einverstanden. Wo und wann?«

»Morgen Abend. Im *Planet Hollywood*. Du musst da aber reservieren. Gegen sieben?«

»Gut. Gegen sieben.«

»Tschüs.«

»Bis dann.«

28

Fluchend lenkte Hauptkommissar Edding zum dritten Mal den Wagen um die Ecke Chaussee- und Invalidenstraße auf der Suche nach einem Parkplatz.

»Wenn's nur um Parkplätze ginge, würde ich mir wünschen, die DDR hätte sich nicht selbst aufgelöst, wenn Sie verstehen, was ich meine. Früher war es in Berlin-Mitte ja auch nicht leicht, seinen Wagen zu parken, aber irgendwie hat man für seinen Trabbi immer was gefunden.«

»Da vorne, da fährt einer weg.« Brischinsky zeigte auf einen Golf, der sich aus einer Parklücke vor ihnen zwängte.

Bevor sie jedoch den freien Platz erreichten, sahen sie, wie ein anderer Autofahrer den Blinker setzte und die Lücke ansteuerte.

»Jetzt versuche ich es noch mal an der Post, irgendwann muss da doch was frei sein.«

Edding fuhr Richtung Westen, wendete kurz vor dem ehemaligen Grenzübergang Invalidenstraße wieder und steuerte am Gebäude der Firma EXIMCO vorbei weiter östlich den Parkplatz der Post an. Die Fläche, auf der das Parken freigegeben war, ähnelte einer Ansammlung von Bombentrichtern. Der Berliner Beamte entdeckte tatsächlich einen freien Platz und steuerte den Passat in die enge

Lücke. Brischinsky öffnete die Beifahrertür und schob seinen rechten Fuß ins Freie.

»Passen Sie auf beim Aussteigen«, warnte Edding seinen Recklinghäuser Kollegen, »die Löcher sind alle mit Wasser ...«

»Mist, verdammter. Warum muss das immer mir passieren.« Brischinsky starrte wütend auf seinen rechten Fuß, der im schlammigen Wasser stand.

»... vollgelaufen«, beendete Edding seinen Satz. »Sind Sie in die Pfütze getreten? Ich hab Ihnen doch gesagt, dass Sie aufpassen sollen. Wissen Sie, ich könnt Ihnen da eine Geschichte ...«

»Die ich nicht hören will«, blaffte Brischinsky. »Überhaupt nicht hören will, wenn Sie verstehen, was ich meine.« Er legte seine volle Verachtung auf die Betonung des ›Sie‹.

Der Berliner schwieg beleidigt und schloss den Dienstwagen ab. Wortlos ging er über den Platz, den Pfützen ausweichend, Richtung Invalidenstraße.

Brischinsky folgte ihm

»Hören Sie, Edding, das war eben nicht so gemeint. Ich bin manchmal etwas impulsiv. Kommen Sie, nichts für ungut.« Er klopfte Edding entschuldigend auf die Schulter.

»Sehr teuer, Ihre Schuhe, was?«, fragte Edding und zeigte etwas besänftigt auf die Treter.

»So teuer nun auch nicht. Aber nass, verdammt nass.«

Sie überquerten die Chausseestraße und erreichten das Gebäude der Firma EXIMCO, trugen beim Pförtner fälschlicherweise vor, dass sie erwartet würden, und machten sich auf den Weg zur Geschäftsführung.

Etwas verwundert blickte ihnen der Pförtner nach, da Brischinsky nicht nur feuchte Fußspuren hinterließ, sondern sein rechter Schuh auch noch ein schmatzendes Geräusch beim Laufen machte.

Eine hübsche und freundliche Sekretärin empfing sie und zeigte ihnen den Weg zum Büro des stellvertretenden Geschäftsführers Rallinski. Die Frau klopfte, öffnete die Tür und sagte: »Herr Rallinski, da sind zwei Herren von der Kriminalpolizei. Die würden Sie gerne sprechen.« Ohne die Antwort ihres Vorgesetzten abzuwarten, trat sie zur Seite und ließ die beiden Beamten ein. »Bitte.«

Edding betrat als Erster den Raum. »Tag, Herr Rallinski. Edding. Sie erinnern sich doch sicher? Das ist mein Kollege Hauptkommissar Brischinsky. Wenn es Ihre Zeit erlaubt, hätten wir da noch ein paar Fragen an Sie.« Edding zog einen der Bürosessel zu sich heran und ließ sich hineinfallen. Er schaute kurz zu Brischinsky rüber, der es sich ebenfalls sofort bequem machte. »Sie haben doch sicher nichts dagegen, oder?«

Rallinski machte gute Miene zum bösen Spiel. »Nein, natürlich nicht. Fühlen Sie sich ganz wie zu Hause.«

»Herr Rallinski«, begann Edding, »sicher sind Sie so nett und erzählen uns etwas über die Firma EXIMCO.«

»Ich habe eigentlich keine Veranlassung, mit Ihnen über unser Unternehmen zu sprechen. Oder liegt etwas gegen uns vor?«

»Nein, das nicht.« Edding kratzte sich am Kinn. »Wir dachten nur ...«

»Na gut. Wenn es nicht zu lange dauert. Was wollen Sie wissen?«

»Och, womit das Unternehmen sein Geld verdient, wem es gehört, wann es gegründet wurde und so weiter.«

»Aber das können Sie doch alles im Handelsregister nachlesen.« Der Geschäftsführer wirkte verärgert.

»Können wir, Herr Rallinski, können wir. Aber da wir zufällig bei Ihnen vorbeigefahren sind, hab ich mir gedacht, fragen wir doch einfach den Herrn Rallinski. Der wird uns schon Auskunft erteilen, oder? Außerdem beantwortet das Handelsregister leider keine Fragen, leider, leider, wenn Sie verstehen, was ich meine.«

»Ich glaube schon. Gegründet wurde die Firma EXIMCO im Januar 1987. Noch zu DDR-Zeiten. Als GmbH dann neu im Juli 1990.«

»Schon so früh? Wirklich sehr weitsichtig. Wer waren denn die Gründer?«

»Ich verstehe nicht ganz ... Das war natürlich ein volkseigener Betrieb. Die eigentliche Leitung lag beim Außenhandelsministerium. Genau genommen in meiner Abteilung. Hier bei der EXIMCO war ein Direktor eingesetzt.«

»Wer war denn hier Direktor?«, wollte Edding wissen.

»Aber das habe ich doch alles schon damals zu Protokoll gegeben. Direktor war Herr Grohlers.«

»Aber das Sagen hatten Sie, ich meine, das Außenhandelsministerium? Welche Abteilung leiteten Sie eigentlich?«

»Die Planungsabteilung. Völlig unpolitisch im Grunde. Wir haben uns im Wesentlichen mit der Planung des Im- und Exports bestimmter Güter beschäftigt. Und in diesem Zusammenhang wurde EXIMCO gegründet. Quasi als Holding. Zur besseren Abwicklung der Geschäfte gewissermaßen. Na ja, wir waren das zuständige Kontrollorgan, machten die administrativen Vorgaben. In das operative Geschäft der Firma haben wir uns natürlich nicht eingemischt.«

»Natürlich nicht. Wer hat denn dann die Gesellschaft 1990 neu gegründet?«

»Dazu möchte ich nichts sagen. Ich glaube auch nicht, dass ich dazu verpflichtet bin.«

»Sind Sie auch nicht. Trotzdem sollten Sie aber unsere Fragen beantorten, Herr Rallinski.«

»Warum?«

»Um den Eindruck zu vermeiden, dass Sie nicht kooperieren wollen.«

»Wenn es Ihnen weiterhilft: Alleinige Gesellschafterin ist Frau Elenore Rallinski.« Der Geschäftsführer war sichtlich nervös, fand Brischinsky.

»Rallinski, Elenore Rallinski. Ist die Dame zufällig mit Ihnen verwandt?«

»Ja. Sie ist meine Frau. Warum? Ist das verboten?«

»Ihre Frau? Das ist ja interessant. Nein, natürlich ist das nicht verboten. Und das Grundkapital der Gesellschaft beträgt fünfzigtausend Mark, nehme ich an?«

»Ja, natürlich.«

»Natürlich.« Eddings Stimme wurde etwas schärfer. »Woher hatte Ihre Frau denn das Geld? So kurz nach der Währungsunion?«

»Erspartes. Wir konnten uns ja all die Jahre von unserem Geld nichts kaufen, oder?«, erwiderte Rallinski kalt.

»Auch wieder wahr. Zumindest ich konnte mir nicht viel kaufen. Ich hatte aber trotzdem keine hunderttausend Ostmark auf'm Konto. Oder wie viel haben Sie benötigt, um das erforderliche Kapital in Westmark aufzubringen? Vor dem Umtausch eins zu zwei?«

»Das geht Sie gar nichts an.«

»Nur Ihr Spargroschen, sagten Sie? Weil wir uns nichts kaufen konnten? Sie waren doch ein hohes Tier im Außenhandelsministerium, oder? Da konnten Sie nicht das eine oder andere außer der Reihe in Exquisitgeschäften oder Intershop-Läden bekommen? Ich gebe ja gerne zu, dass Sie mehr verdient haben als ich, aber einhunderttausend?« Edding schüttelte nur kurz den Kopf. »Kann ich mir kaum vorstellen, Herr Rallinski. So ganz kann ich Ihnen da wirklich nicht folgen, wenn Sie verstehen, was ich meine.«

»Dann lassen Sie es eben bleiben. Wir haben jedenfalls unser gesamtes Erspartes in diese Firma gesteckt.«

»Herr Rallinski, wissen Sie, was ich mir nicht erklären kann?« Der Berliner Beamte sah Rallinski erwartungsvoll an. »Dachte ich mir. Können Sie ja auch nicht wissen. Ich kann mir einfach nicht erklären, dass jemand sein gesamtes Geld in eine Firma steckt, dann aber freiwillig auf den Geschäftsführerposten verzichtet und sich mit dem des Stellvertreters begnügt und noch dazu einen Vorgesetzten akzeptiert, der vor der Wende sein untergebener Mitarbeiter war. Ich verstehe sowas nicht. Sie?« Damit wandte sich Edding an Brischinsky, der bisher interessiert zugehört hatte.

Brischinsky zuckte nur mit den Schultern. »Kaum.«

»Das, Herr Rallinski, sollten Sie uns jetzt erklären.« Eddings freundliche Gutmütigkeit, die er wie eine Maske vor sich her trug, war plötzlich weg. »Und zwar so, dass auch ich einfacher Polizist das kapiere, wenn Sie verstehen, was ich meine. Aber ein bisschen plötzlich«, brüllte er Rallinski an.

Brischinsky sah seinen Kollegen überrascht an. So viel

Temperament hatte er ihm gar nicht zugetraut.

Rallinski zuckte zusammen, fing sich aber sofort wieder. Der Geschäftsführer sah erst Edding, dann Brischinsky an und sagte leise, aber sehr bestimmt: »Wenn Sie zu mir gekommen sind, um lediglich rumzuschreien, können Sie mein Büro unverzüglich wieder verlassen. Da ist die Tür. Das muss ich mir von Ihnen nicht bieten lassen. So können Sie mit mir nicht umspringen, so nicht. Ich habe schließlich auch Rechte ...«

»Was haben Sie? Rechte? Das sagt mir einer, der jahrzehntelang mit seinen Genossen dafür gesorgt hat, dass das Recht bis zur Unkenntlichkeit verbogen wurde. Sie wollen Rechte haben?«, schrie Edding. »Ich werde Ihnen gleich Ihre Rechte vorführen, wenn Sie verstehen, was ich meine.«

Rallinski holte tief Luft und antwortete in einem scharfen Tonfall, der spüren ließ, dass dieser Mann in seinem Leben mehr Anweisungen erteilt als Anordnungen entgegengenommen hatte: »Wenn Sie in meinem Büro noch einmal so herumbrüllen, werde ich mich bei Ihrem Vorgesetzten über Sie beschweren, Herr Edding. Ich bin es nicht gewohnt, dass jemand so mit mir spricht. Ich darf Sie daran erinnern, dass Sie auch nicht immer bei der Kriminalpolizei waren und auch schon einer anderen deutschen Regierung einen Amtseid geleistet haben. Oder irre mich da, Herr Hauptkommissar?« Rallinskis Augen funkelten.

Brischinsky fand es an der Zeit einzugreifen. Die Auseinandersetzung der beiden Ostdeutschen schien zu eskalieren. »Herr Edding«, versuchte Brischinsky zu beschwichtigen, »Herr Rallinski wird uns jetzt sicher alles erklären.«

»Das will ich ihm auch geraten haben.« Edding wirkte nicht mehr so souverän wie noch vor einigen Sekunden. Rallinskis Bemerkungen hatte bei dem Polizisten verdrängte Erinnerungen geweckt. »Also, Herr Rallinski, dann legen Sie mal los.«

»Ich weiß gar nicht, warum Sie sich so aufregen.« Der EXIMCO-Chef hatte seine Nerven schon wieder im Griff.

»Natürlich bin ich gerne bereit, Ihnen alle Auskünfte zu erteilen, die Sie wünschen. Meine Frau und ich waren der Meinung, dass es vernünftig wäre, den alten Leiter der Firma EXIMCO an seinem Posten zu belassen. Er hat das Geschäft schon vor der Wende sehr erfolgreich geführt und sollte das auch weiterhin tun. Ich habe als stellvertretender Geschäftsführer die Interessen meiner Frau vertreten, die sich als Gesellschafterin nicht in das Tagesgeschäft der Firma einmischen wollte. Natürlich hat Herr Grohlers alle wichtigen Entscheidungen mit mir besprochen, das sieht der Gesellschaftsvertrag und unsere Geschäftsordnung so vor.«

»Worin besteht denn das Tagesgeschäft der Firma EXIMCO?«, fragte Brischinsky.

»Wir kaufen und verkaufen Waren aller Art. Sie müssen sich das so vorstellen ...«

Rallinski stand auf und ging zu einer Europakarte, die an der Wand hing und in der kleine Stecknadeln mit roten und blauen Köpfen steckten.

»Hier, die roten Stecknadeln sind die Standorte der Firmen, die Käufer unserer Waren sind, und die mit den blauen, das sind unsere Lieferanten. Wenn nun einer unserer Kunden in Rumänien, der hier beispielsweise in Konstanza«, Rallinski zeigte auf eine rote Stecknadel am Schwarzen Meer, »bei uns anfragt, ob wir gebrauchte Kräne zum Be- und Entladen von Schiffen im Angebot haben, prüfen wir, ob einer unserer Lieferanten, hier in Rostock zum Beispiel«, er deutete auf einen blauen Kopf an der Ostsee, »solche Kräne zur Verfügung hat. Wir vereinbaren einen Kaufpreis und einen Verkaufspreis, der so weit darüber liegt, dass die Kosten für Demontage, Transport und Versicherung gedeckt sind und für uns noch ein Gewinn bleibt. So einfach ist das.«

»Warum aber«, wunderte sich Brischinsky, »wendet sich der Rote aus ..., wie hieß der Ort?«

»Konstanza.«

»Ja, Konstanza ... nicht selbst an den Blauen aus Rostock? Da könnte er doch Ihren Gewinn sparen, oder?«

»Theoretisch ja. Aber Rot weiß zum Glück nichts von

Blau. Das wissen nur wir. Und dieses Know-how ist unser Geschäft.«

»Aha. Ich vermute mal, dass dieses Wissen seinen Ursprung in Ihrer langjährigen Tätigkeit im Außenhandelsministerium hat?«, warf Edding ein.

Rallinski musterte den Hauptkommissar ungehalten: »Wenn Sie so wollen, ja.«

»Schön für Sie. Ich wusste schon immer, dass nichts über eine solide Ausbildung geht. So wirkt der Sozialismus noch heute segensreich nach. Wirklich erhebend, finden Sie nicht auch, Herr Brischinsky?«

»In der Tat. Sagen Sie, Herr Rallinski, zu DDR-Zeiten gehörte Ihre Firma zum Außenhandelsministerium. Nur dazu, oder auch zur Kommerziellen Koordinierung?«

»EXIMCO hat für die KoKo das eine oder andere Geschäft abgewickelt, soweit mir bekannt ist. Aber leider kann ich dazu nichts Genaues sagen, wir waren als Planungsabteilung ja nur für die administrative Seite zuständig, wie ich schon ausführte. Da müssten Sie dann schon mit anderen sprechen, aber leider ...«

»Leider ist Herr Grohlers nun ja tot. Und der war allein verantwortlich und zuständig, das wollten Sie sagen, nicht?«, unterbrach ihn Edding.

»Genau, Herr Hauptkommissar.« Ein ironisches Lächeln zeichnete sich im Gesicht des Geschäftsführers ab.»Genau das wollte ich sagen.«

»Und natürlich haben Sie auch nicht die geringste Ahnung, woher der Vorwurf der Staatsanwaltschaft stammt, die Firma EXIMCO und ihre Geschäftsführung habe sich im großen Stil an illegalen Geschäften mit dem Transferrubel beteiligt?«

»Richtig. Das kann ich mir wirklich nicht erklären. Aber lassen Sie mich etwas klarstellen. Wir haben als EXIMCO auf Basis des Transferrubels Geschäfte gemacht, das ging ja damals gar nicht anders. Aber den Vorwurf der Illegalität weise ich mit aller Entschiedenheit zurück. Und die Staatsanwaltschaft hat nicht gegen die Geschäftsführung, sondern gegen den Geschäftsführer Grohlers ermittelt. Ein Verfahren, im Übrigen, das nie zur Anklageerhebung geführt hat. Nehmen Sie das bitte zur Kenntnis.«

»Nehmen wir, nehmen wir. Wussten Sie eigentlich, dass Grohlers ein Geheimversteck in seiner Wohnung hatte?«, wechselte Edding abrupt das Thema.

»Woher sollte ich? Dann wäre es ja wohl kein Geheimversteck gewesen, oder?«

»Da haben Sie recht. Tja, Herr Rallinski, ich habe keine Fragen mehr. Wenn mein Kollege keine ...«

Brischinsky schüttelte den Kopf.

»Dann verabschieden wir uns jetzt. Auf Wiedersehen. Ach, Herr Rallinski, was ich noch fragen wollte, hatten Sie eigentlich früher Kontakt zur Stasi?«

Völlig gelassen antwortete Rallinski: »Sicher nicht bewusst. Aber wer von uns gelernten DDR-Bürgern wusste schon, ob sein Gesprächspartner Mitglied der Staatssicherheit war, nicht wahr, Herr Edding? Das müssten Sie doch eigentlich viel besser wissen.«

Der Berliner Kommissar schloss die Tür. »Aalglatt der Kerl«, sagte er zu Brischinsky. »Aalglatt. Und gefährlich, wenn Sie verstehen, was ich meine.«

29

Das Berliner *Planet Hollywood* befand sich ganz in der Nähe der Friedrichstadt-Passage. Esch lief ungeduldig vor dem Gebäude auf und ab und war zutiefst befriedigt, nicht mit dem Auto nach Berlin gekommen zu sein. Das lag nicht nur daran, dass er beabsichtigte, mit Carola ein gepflegtes Glas Wein zu trinken, sondern auch an der Tatsache, dass zahlreiche Fahrzeuge mit Berliner Kennzeichen zum dritten oder vierten Mal den Häuserblock in der Hoffnung umkreisten, einen Parkplatz zu finden, ein anscheinend vergebliches Unterfangen. Aber an freien Parkplätzen sollte es ja sogar in der Stoßzeit in Recklinghausen mangeln.

»'n Abend, Herr Detektiv.«

Esch zuckte zusammen. Die Beobachtung des stehenden und fließenden Straßenverkehrs hatte in dermaßen in Anspruch genommen, dass er Carola völlig übersehen hatte.

»Was gibt's denn auf der anderen Straßenseite so interessantes?«

»Äh, wieso Interessantes? Ich hab nur die Autos beobachtet. Schön, dass du da bist. Sollen wir?«

»Klar. Du hast doch reserviert, oder?«

»Natürlich.« Die Reservierung des Tisches im *Planet Hollywood* hatte Rainer mehr an die Beantragung eines Bankkredits bei einer der Telefonbanken erinnert als an eine Tischbestellung. Da waren nicht nur gewünschtes Datum und Uhrzeit, Name, Anschrift und Telefonnummer anzugeben, sondern zu Eschs Verblüffung erfolgte eine halbe Stunde später in seiner Pension ein Rückruf, bei dem er alle Daten zu Kontrollzwecken erneut nennen musste.

Sie betraten das Restaurant. Die Wände der Eingangshalle waren mit Accessoires aus Hollywoodfilmen vor allem der Kneipen-Inhaber Sylvester Stallone und Arnold Schwarzenegger geschmückt. Da war der Bogen aus *Rambo* soundsoviel genauso wie die Winchester aus dem gleichnamigen Western. Der Rennwagen von Steve McQueen aus *Le Mans* hing an der Decke. Dazu fanden sich hinter Glas die entsprechenden Erläuterungen.

Esch fragte sich, über wie viele Unikate der Fundus einer Hollywoodproduktion eigentlich verfügte. Er erwog, dem *Planet* im CentrO in Oberhausen zu Kontrollzwekken einen Besuch abzustatten.

Von der Eingangshalle aus konnte man einen Blick nach unten ins eigentliche Restaurant werfen. Esch kam die Lautstärke in dem Laden etwas überzogen vor, er tröstete sich jedoch damit, dass es im *Drübbelken* auch nicht immer leise zuging. Auf Leinwänden, die er von der Balustrade sehen konnte, liefen Ausschnitte aus Kinofilmen.

»Da vorne«, Carola stieß ihn in die Seite, »da müssen wir uns anmelden.«

»Wieso anmelden?«

»Nun komm schon.«

Rainer schaute in die angegebene Richtung. Da stand hinter einer Art Empfangspult ein Farbiger mit einer Kombination aus Kopfhörer und Kehlkopfmikrophon auf dem Schädel und machte einen ungemein wichtigen Eindruck. Der Kerl sah aus wie Sidney Poitier als Sicherheitsbeamter in einem amerikanischen Actionfilm.

»Abend. Ich hab 'nen Tisch reserviert.«

»Guten Abend«, antwortete der Zerberus mit unverkennbar amerikanischen Akzent. »Wie heißen Sie?«

»Esch.«

»Ihre Telefonnummer bitte.«

»Was wollen Sie?« Rainer war völlig geplättet. Sie wollten doch nur was essen, nicht den amerikanischen Präsidenten besuchen.

»Ihre Nummer bitte.«

»Warum denn das?«

»Ihre Nummer bitte.« Der Zerberus wurde, dem Tonfall nach zu urteilen, ungeduldig.

»Aber warum ...«

»Bitte, Rainer«, unterbrach ihn Carola, »gib sie ihm.«

»Ich weiß zwar nicht, warum das wichtig ist ...«, den Rest des Satzes schluckte er im Interesse eines schönen Abends herunter, »... aber bitte.« Er kramte die Karte seiner Pension aus der Tasche und knallte sie Sidney Poitier auf den Tisch.

Ungerührt von Eschs leicht dramatischer Gestik schnappte sich der Mann die Karte, verglich sie mit den Eintragungen in seiner Kladde und fragte: »Sie wohnen da?«

»Was meinen Sie denn?« Rainer gewann den Eindruck, in dem Restaurant würden keine Speisen ausgegeben, sondern Kronjuwelen ausgestellt.

Sidney gab ihm die Karte zurück und murmelte etwas Unverständliches in sein Mikrophon. Esch steuerte schnurstracks die Treppe an, wurde aber zurückgerufen. »Warten Sie, please.«

»Was gibt's denn jetzt noch?« Esch begann, sich zu ärgern. »Warum dürfen wir nicht da runter?«, fragte er

Carola und zeigte auf die Treppe, die nach unten ins Restaurant führte.

»Wir müssen warten, bis ein Tisch frei wird«, antwortete sie.

»Aber wir haben doch reserviert?«

»Trotzdem. Wir kommen da nicht eher runter, bis unser Tisch frei ist.«

»Ach so, ihr Ossis habt euch noch nicht an die freie Auswahl gewöhnt, sondern wartet immer noch darauf, platziert zu werden.«

»Arsch.«

»Entschuldige, Carola, aber wie soll ich das Theater denn hier sonst werten?«

»Hab ich gelacht.«

Esch hielt die Klappe. So hatten sich vor einem Jahr die Gespräche mit Stefanie auch immer entwickelt. Und das vorläufige Ende, na ja ...

»Ihr Tisch ist jetzt frei.« Zerberus öffnete den Zugang zum Allerheiligsten.

Im eigentlichen Restaurant angekommen, nahm sie ein weiterer Microträger in Empfang und führte sie zu ihrem Platz. Kurz darauf näherte sich ein Kellner, stellte sich namentlich mit breitem amerikanischem Akzent als John vor, versprach, immer für sie ganz speziell da zu sein, und reichte ihnen die Speisekarte. Esch studierte die Karte, die fast ausschließlich kalifornische Speisen offerierte.

Auch im Restaurantbereich hingen und standen Requisiten aus zahlreichen Filmen. Über zwei Großleinwände und zahlreiche Monitore flimmerten im Sekundentakt Ausschnitte aus Hollywoodproduktionen, dazu erschwerte eine mehr oder weniger zu den Filmausschnitten passende Musik aus Megawattlautsprechern jede Unterhaltung.

Unwillkürlich sah Esch immer wieder auf die bewegten Bilder, die über die Monitore liefen. John brachte die Getränke.

»Sag mal«, fragte Esch und nahm ihren unterbrochenen Gesprächsfaden vom Vortag wieder auf, »wie kann es eigentlich sein, dass nach der Wende die alten Strukturen und Seilschaften mehr oder weniger unverändert in die Bundesrepublik hinüber gerettet wurden?«

»Das hat was damit zu tun, dass wir Ossis trotz des Einsatzes der gut bezahlten Helfer aus dem Westen unverzichtbar für die Funktionsfähigkeit des Systems waren und sind.«

»Du meinst also, wir brauchen Typen wie Grohlers und Rallinski, damit der Kapitalismus im früheren Sozialismus funktioniert?«

»Genau so. Die kennen sich untereinander, wissen um die Gegebenheiten, die Schwachstellen, haben die informellen Kontakte, ohne die ein Wirtschaftssystem nicht funktionieren kann. Und da diejenigen, die früher an den Schalthebeln der Macht saßen, in der Regel nicht die dümmsten waren, werden sie auch jetzt benötigt. Für den viel zitierten kleinen Mann hat sich, was seine Vorgesetzten angeht, häufig nicht viel geändert. Der frühere Kaderleiter ist heute Personalchef, was im Grunde auf dasselbe hinausläuft.«

»Verstehe. Aber warum tut ihr nichts dagegen? Wendet euch zum Beispiel an die Presse, macht solche Seilschaften öffentlich?«

»Du bist vielleicht naiv. Viele begreifen das doch gar nicht als Problem. Das war früher so, das ist heute so. Fertig. Die Leute haben doch viel zu viel miteinander gemein, als dass sie sich, von Ausnahmen mal abgesehen, gegenseitig in die Pfanne hauen würden. Außerdem muss man den arroganten Wessis ja nun wirklich nicht alles erzählen.« Carola grinste. »Und dann gibt es da ja auch noch die weit verbreitete Überzeugung, dass nicht alles an der früheren DDR schlecht war.«

»Aber euer sozialistisches Modell ist ja nun wirklich gescheitert.«

»Typisch Wessi. Ich, oder besser, meine Eltern, die hier in diesem System aufgewachsen sind, haben sich doch nicht als Bestandteil eines Experiments gefühlt, wie du mit einem solchen Begriff unterstellst. Das wir wie einen Versuch beliebig wiederholen können. Also quatsch nicht so 'n Scheiß über ein gescheitertes Modell. Es ist schlimm genug für viele zu sehen, wie ihre Ideale den Bach runtergehen, auch wenn die Ideale vielleicht falsch gewesen sein mögen. Hattest du nie Ideale, Rainer?«

Er schwieg.

Sie fragte: »Möchtest du einen Tequila vor dem Essen?«

Esch mochte.

Carola bestellte die Getränke, die John zusammen mit ihrem Essen brachte. Die Rippchen waren in Honig mariniert und schmeckten ausgezeichnet.

Nach dem Essen erzählte Carola unvermittelt: »Die Polizei war heute bei uns.«

»Und?«

»Nichts und. Zwei Beamte in Zivil. Wollten Rallinski sprechen. Ich hab sie angemeldet und in sein Büro geführt. Das war alles.«

»Das war alles?« Esch war enttäuscht. »Du hast sonst nichts mitbekommen?«

»Nein.«

»Schade. Da hätte ich gerne Mäuschen gespielt.«

»Montag kommt übrigens der Lopitz zu Rallinski.«

»Lopitz? Wer ist das denn?«

»Das hab ich dir doch erzählt. Der seltsame Anrufer von der BvS.«

»Stimmt. Und was will der?«

»Rainer, ich bin Sekretärin, keine Hellseherin. Meinst du im Ernst, dass mir Lopitz oder Rallinski das erzählen? Lopitz hat heute, kurz nachdem Rallinski das Haus verlassen hat, angerufen. Er wollte dringend Rallinski sprechen. Als ich ihm sagte, dass der nicht mehr da sei, hat er mich gebeten, ihm auszurichten, dass er Montag gegen fünfzehn Uhr bei uns ist. Das war alles. Rallinski weiß das noch nicht. Das sage ich ihm Montag früh.«

Esch überlegte. »Ich komme Montagnachmittag auch zur EXIMCO. Ich möchte mir den Vogel mal angucken. Du kannst mich ja anrufen, wenn Lopitz das Haus verlässt.«

»Wie soll ich dich denn erreichen? Hast du ein Handy?«

»Ja, hab ich.« Rainer stockte. »In Recklinghausen. Scheiße.« Er dachte nach. »Ist da eine Telefonzelle in der Nähe?«, wollte er dann wissen.

»Ja, schräg gegenüber in der Chausseestraße.«

»Dann ruf ich dich um kurz nach drei an. Du sagst mir, wie Lopitz angezogen ist.«

»Und wenn ich nicht mitbekomme, wenn Lopitz kommt?«

»Ruf ich dich 'ne halbe Stunde später noch mal an. Ansonsten hab ich eben Pech gehabt.«

»Wenn du meinst.« Sehr überzeugt schien Carola nicht von seinem Plan zu sein.

»Lass uns noch irgendwo hingehen, wo es etwas ruhiger ist«, schlug sie dann vor.

Esch stimmte zu, bezahlte die Rechnung und sie bummelten über den Gendarmenmarkt in Richtung Nikolaiviertel, wo sie in einer Weinstube noch einen Schoppen tranken.

»Ein schöner Abend, nicht?«, sagte sie auf dem Rückweg.

»Find ich auch«, antwortete Esch und legte seinen Arm um ihre Schulter.

Carolas spätere Einladung, den Abend bei ihr ausklingen zu lassen, fand er dann nur folgerichtig.

30

Kommissar Baumann wollte gerade sein Mittagessen, bestehend aus Currywurst und Pommes Schranke, beenden, als es an seiner Bürotür klopfte. Er schluckte hastig den letzten Bissen herunter, knallte das Plastikschälchen in den Papierkorb und beschmierte dabei sein Hemd mit Currysauce. Er rief: »Herein« und verwandelte bei dem Versuch, den Klecks mit der Serviette zu entfernen, selbigen in einen großen Fleck.

»Gutän Tag«, begrüßte ihn ein alter, gebeugter Mann. »Ich suchän Polizeiinspektör. Weil, ich möchte Aussage machen, bittä sähr.«

»Guten Tag. Wer sind Sie? Und um was geht es?« Baumann bot dem Mann einen Sitzplatz an.

»Ich bin Göliner, Josef. Ich kommä aus Neumarkt an der Mieresch. Also, nein, eigentlich kommä ich aus Haltern. Also jetzt komme ich aus Haltern, frühär komme ich aus Tirgu-Muresch, bittä sähr.«

Baumann hatte dem alten Mann mit einer Mischung aus Belustigung und Verwunderung zugehört. Jetzt fragte er: »Mal ganz langsam. Sie heißen Göliner?« Er notierte sich den Namen. »So, wie man's spricht?«

»Ja, Göliner, Josef. Aus Neumarkt an der Mieresch. Dahär ich kännen auch Dimitri Porfireanu, bittä sähr.«

»Und Sie wohnen in ...«

»Jätzt? Jätzt wohne ich bei Tochtär. In Haltern. In der Näher von Sää. Schönäs Wohnung. Bei Tochtär.«

Baumann begann, ungeduldig zu werden. »Wie lautet Ihre Anschrift?«

»Anschrift? Habä ich Ausweis. Steht drin.« Der Alte nestelte umständlich an seiner Jackentasche und zauberte schließlich einen bundesdeutschen Personalausweis aus der Tasche. »Bittä. Hier. Ausweis. Stäht drin. In Haltern.« Er reichte Baumann das Dokument, dem der Polizist entnahm, dass Josef Göliner in Haltern in der Hauptstraße 23 zu Hause war.

»Danke.« Er gab dem Mann seinen Ausweis zurück. »Was kann ich für Sie tun, Herr Göliner?«

»Ich komme aus Neumarkt an der Mieresch, aus Tirgu-Muresch. Ich möchter machen Aussage.«

»Ich denke, Sie wohnen in Haltern? Zumindest sind Sie da gemeldet.«

»Ja, jätzt. Jätzt wohne ich bei Tochtär. Abär frühär, da wohnte ich in Neumarkt an der Mieresch, in Tirgu-Muresch.«

»Also früher wohnten Sie in Neumarkt ...«

»... an der Mieresch. Ist Fluss, großes Fluss, die Mieresch. Fließt durch Neumarkt«, unterbrach der Alte.

»Und was ist Tirgu-Muresch?«

»Neumarkt an der Mieresch.«

»Versteh ich nicht. Können Sie sich nicht klarer ausdrücken?« Baumann begann zu verzweifeln. Er wusste, warum der alte Mann hier vor seinem Schreibtisch saß und nicht bei den Beamten im Eingangsbereich des Präsidiums seine Aussage machte. Die Kollegen in Uniform hatten sich des Problems dadurch entledigt, dass sie Josef Göliner zu ihm schickten.

»Ist doch ganz einfach, jungär Mann. Neumarkt an der Mieresch ist deitsch. Tirgu-Muresch ist rumänisch.«

»Rumänisch? Wieso rumänisch?«

»Rumänisch ist andärär Sprachä als deitsch. Wusstäst du das nicht, jungär Mann?«

»Natürlich weiß ich, dass Rumänisch ... ahh, jetzt verstehe ich. Sie kommen eigentlich aus Rumänien und Tirgu-Muresch ist der rumänische Name für Neumarkt an der Mieresch, stimmt's?«

»Gänau.«

Baumann sah zur Uhr. Wenn er schon fünf Minuten brauchte, nur um den ehemaligen Wohnort seines Besuchers herauszufinden, dürfte der Rest des Tages darüber vergehen, dass er die Aussage aufnahm. Er seufzte. »Und was, Herr Göliner, kann ich für Sie tun?«

»In Neumarkt an der Mieresch wohntä meiner Frau und ich ärst die lätzän fünf Jahre. Davor wir wohntän in Großprobstdorf. Is auch in Siebenbürgän, Großprobstdorf.«

Baumann beschloss, dass der Beamte, der ihm Herrn Josef Göliner aus Siebenbürgen auf den Hals gehetzt hatte, dafür büßen würde, schwer büßen sogar.

»Aus Großprobstdorf also. Klar.«

»Ja, aus Großprobstdorf. Da wir hattän netter Nachbarn, frühär. Fleißige Leite. Er hieß Heinrich wie mein Vatär. Arbeitete in Schuhfabrik an Ortsausgang. Zehn Stundän. Und dann noch in Stall. Kuhscheiße ausmisten.«

Baumann spielte mit seinem Bleistift. Beim nächsten Bundesligaspiel zwischen Schalke und Dortmund würde sich der Kollege im Einsatzzug zwischen den Fanblöcken wieder finden. Aber ohne Helm, Schild und Knüppel. So viel stand fest.

»Und seinä Frau. Wenn ich nicht gehabt hätte meine Elisabeth, ich weiß nicht. Aber ich war ja glücklich mit meinä Elisabeth. Ist sich gestorbän vor zwei Jahrän. Deshalb ich bin auch weggegangän aus Neumarkt an der Mieresch. Nach Haltern. Zur Tochtär. Nicht ganz so gut in Haltern. Abär schöne Wohnung.«

Oder Einzelstreife auf der Cranger Kirmes in Wanne-Eickel. Freitag und Samstagabend. Zwischen Bayernzelt und Boxbude. Baumann sah die Verzweiflung des Kollegen vor seinem geistigen Auge. Er grinste böse.

»Na ja, so hatte Heinrich seinä Magda und ich meinä Elisabeth. Ist auch bessär so. Abär wir warän Nachbarn. Und daher kennä ich auch Dimitri Porfireanu, bittä sähr. Und das ich wollter Ihnen sagän, Härr Inspektör. Dimitri Porfireanu ist böser Mann, war er schon frühär. Hat geklaut nicht nur Äpfäl, wie andärär Kindär aus Großprobstdorf, sondärn auch andäräs.«

Noch besser wäre Kontaktbereichsbeamter im CentrO in Oberhausen. Zwei Wochen vor Weihnachten. Mit einem Schild an der Uniform: *Auskunft*. Baumann stellte sich die Todesanzeige seines Dienstherrn vor: *Plattgewalzt im Einsatz für Frieden und Freiheit* oder so ähnlich.

»Dimitri Porfireanu heißt eigäntlich Heinrich Glauhupf. Wie sein Vatär. Der wo unsär Nachbar war. In Großprobstdorf. Heinrich Glauhupf, also der Sohn von unsärär Nachbar, war einär der wenigän, der gekommän ist in Staatsdienst. Von uns Siebenbürgän. Und da hat er sich andärän Namän gegäbän. Dimitri Porfireanu. Böser Mann, der Heinrich Glauhupf.«

Baumann spielte mit dem Gedanken, seinen Kollegen, um auf Nummer sicher zu gehen, einfach zu erschießen. Der Richter würde mit Sicherheit auf mildernde Umstände erkennen. Vielleicht wäre er nach fünf Jahren wieder draußen. Er wollte gerade zu seiner Dienstwaffe greifen, als Josef Göliner sagte: »Und dann war Dimitri Porfireanu wäg. Beim Geheimdienst. Und ich hab ihn gesähän letzä Wochä. In Zeitung mit den großän Buchstabän. Steht nicht viel drin und Tochtär sagt, dass ich nicht läsän soll Zeitung, aber großes Buchstaben kann ich gut läsän. Mit die Augän ist nicht mähr das bästä, aber ich haber sofort wiedärärkannt Dimitri Porfireanu. Am Fläck hier untär die Augä. Hier.« Josef Göliner faltete die *Bildzeitung* auseinander und zeigte auf das Phantombild. »Das ist Dimitri Porfireanu, frühär Heinrich Glauhupf. Vom Geheimdienst.«

31

»Hier, für Sie. Ihr Mitarbeiter Baumann, wenn ich den Namen richtig verstanden habe.« Hauptkommissar Edding reichte den Telefonhörer an seinen Kollegen Brischinsky weiter.

»Ja, Baumann, was gibt's?«

»Morgen, Chef. So einiges.« Baumann informierte seinen Vorgesetzten über die Ereignisse der vergangenen Tage. »Und heute Morgen habe ich endlich die Tatzeugen erreicht. Frau Meier, das ist die junge Frau mit dem Hund ...«

»Ich weiß, wer das ist.«

»... hat den einen der beiden vermutlichen Täter, die Esch auf Mykonos getroffen hat, zweifellos wiedererkannt. Rainer Esch hat Recht. Zumindest einer der Kerle, die ihn in Griechenland bedroht haben, war auch am Mord an Grohlers beteiligt. Und jetzt kommt's. Ich weiß ziemlich sicher, wie einer von denen heißt.«

Baumann berichtete von der Aussage des Spätaussiedlers aus Siebenbürgen. »Natürlich habe ich sofort beim BKA nachgefragt.«

»Und?«, wollte Brischinsky wissen.

»Heinrich Glauhupf alias Dimitri Porfireanu ist aktenkundig. Geboren am 1. Mai 1965. In Großprobstdorf, Rumänien. Das BKA hat sogar ein Foto. Nicht mehr das neueste, aber immerhin. Ähnelt dem Phantombild. Chef, es ist eindeutig. Glauhupf alias Porfireanu ist einer der beiden Mörder. Und es kommt noch besser. Dimitri Porfireanu war bis zum Sturz Ceausescus Hauptmann der Securitate, dem rumänischen Geheimdienst. Später wurde er in den Inlandsgeheimdienst SRI übernommen. Das heißt, warte, ich muss das langsam ablesen, Serviciul Roman de Informatii. War wohl nicht so stark belastet. Oder konnte das geheim halten, was weiß ich. Vielleicht hat es auch keinen interessiert, unsere Akten haben dazu nichts. Aber Dimitri Porfireanu gehört heute zu einer illegalen Gruppe im SRI namens Condor. Eine Gruppe der Ewiggestrigen und Unzufriedenen. Genaueres wissen wir nicht. Unsere eigenen Dienste haben das mehr oder weniger aus dem Internet. Das Fax des BKA meint, dass insgesamt rund fünfzehn Prozent aller SRI-Mitarbeiter frühere Securitate-Offiziere sind. Glauhupfs letzter Wohnsitz war in Bukarest. Was sagst du nun?«, triumphierte Baumann.

»Gute Arbeit, sage ich. Sofort in die Fahndung mit dem Namen und dem Foto. Auch über Interpol. Und sprich mit Wunder, wenn du das nicht schon gemacht hast. Dann müssen wir sie ja nur noch finden«, knurrte Brischinsky. »Und möglichst schnell den Esch. Bist du da schon weitergekommen?«

»Leider nicht. Der ist wie vom Erdboden verschluckt. Ich habe zwar das Gefühl, dass sein türkischer Freund mehr weiß, als er mir erzählt hat, das ist aber auch schon alles. Ich bleibe da dran.«

»Das hoffe ich. Hoffe ich sogar sehr.« Brischinsky machte eine Pause. »Warte mal, Baumann.« Er hielt die Sprechmuschel mit der Hand zu.

»Herr Kollege, kann ich hier irgendwo ungestört mit meinem Mitarbeiter ...? Also, das geht nicht gegen Sie, aber ich habe Baumann in Verdacht, dass er die Informationen weitergegeben hat, die zu den Artikeln in der *Bildzeitung* geführt haben. Und ich möchte nicht, dass da Dritte ...«

»Schon klar, Herr Kollege. Ich wollte sowieso noch kurz in die Registratur, mal was nachsehen.«

Brischinsky war Edding für sein Verständnis dankbar. »Mach ich bei Gelegenheit wieder gut, Herr Edding.«

»Geht klar, geht klar«, versicherte der Berliner, als er den Raum verließ.

Brischinsky wartete, bis Edding die Tür hinter sich geschlossen hatte. »So, Baumann, was ich dir jetzt sage, hörst du von mir nur einmal, hast du verstanden?«

Baumann schluckte.

»Wenn du dem Rutter Einzelheiten unserer Ermittlungen mitgeteilt hast, sagst du es mir jetzt. Wenn du es warst, reiß ich dir den Kopf ab, aber das war's dann auch. Belügst du mich und ich krieg das später raus, bist du deinen Job los, das schwör ich dir. Also, hast du mit Rutter gesprochen?«

Baumann schwieg.

»Baumann, ich frag dich jetzt zum ...«

»Ja, Chef. Rutter hat einige Informationen von mir. Aber«, setzte der Kommissar sofort entschuldigend nach, »das war schon fast 'ne Erpressung.«

»Eine Erpressung? Womit, bitte schön, hat dich Rutter denn erpresst?«

»Also, eine Erpressung eigentlich nicht. Nicht so direkt.« Baumann erzählte seinem Chef von den beiden Gesprächen mit Rutter. »Und so bin ich da reingerutscht. Tut mir ehrlich Leid, Rüdiger. Ehrlich.«

»Baumann, du bist der letzte Idiot.« Brischinsky blieb sehr ruhig, was seinen Assistenten umso mehr verunsicherte. »Und Rutter ist tatsächlich das Arschloch, für das ich ihn schon immer gehalten habe.« Dann brüllte Brischinsky los. »Wenn du mich noch einmal so verarschst, dann, Baumann, gnade dir Gott. Dann schreibst du wirklich bis zum Ende deiner Tage Parksünder auf. Vorher allerdings gehen wir beide nach Hochlarmark in die Fitnessbude, genauer in den Boxring. Dafür kannst du dir schon jetzt einen Krankenschein nehmen. Und jetzt, du Pfeife, gib mir die Nummer von dem Oberarschloch Rutter, und zwar pronto, wenn ich bitten darf.«

Fünf Minuten später hatte Brischinsky die Redaktion der *Bildzeitung* Essen am Telefon. »Ich möchte bitte Herrn Rutter sprechen.«

»Tut mir Leid, Herr Rutter ist in einer Besprechung«, säuselte eine weibliche Stimme ins Telefon. »Bitte versuchen Sie es doch in zwei Stunden noch einmal.«

»Hören Sie, junge Frau. Sie schaffen mir jetzt sofort Rutter an die Strippe.« Brischinskys Stimme ließ keine Widerspruch zu. »Hier ist die Kripo Recklinghausen. Oder ich befürchte, dass sich nicht nur Rutter, sondern auch Sie sich morgen einen neuen Job suchen können. Habe ich mich klar und unmissverständlich ausgedrückt?«

Brischinsky hatte. Und Rutter war nach dreißig Sekunden am Telefon.

»Mit wem spreche ich bitte?«

»Sie sprechen mit Brischinsky. Hauptkommissar Rüdiger Brischinsky. Kripo Recklinghausen.«

»Ach, Herr ...«

»Sie halten die Klappe, Rutter. Ich rede, Sie hören zu. Wenn Sie noch einmal versuchen sollten, ich wiederhole das für Sie zum Mitschreiben, noch einmal versuchen sollten, meinen Mitarbeiter unter Druck zu setzen, lernen Sie mich kennen. Und dann, Rutter, bin ich Ihr schlimmster Alptraum, das können Sie mir glauben.«

Rutter machte den Versuch eines Gegenangriffs. »Ich verkörpere die freie Presse, Brischinsky, so können Sie nicht ...«

»Was kann ich nicht?« Der Hauptkommissar senkte seine Stimme so weit, dass er gerade noch zu verstehen war. »Sie glauben gar nicht, was ich alles kann. Schon mal nach einer Feier am nächsten Morgen mit Restalkohol am Steuer gesessen, Rutter, ja? Schon mal vergessen, rechtzeitig zum TÜV zu fahren? Schon mal Polizeifunk abgehört? Die falschen Informanten ausgepresst? Sie werden darum beten, mir nie begegnet zu sein.« Brischinsky schrie in das Telefon. »Rutter, Sie sind das Eitergeschwür der freien Presse. Und ich werde Sie ausquetschen wie einen Pickel, wenn Sie sich meinem Mitarbeiter noch einmal nähern, haben Sie mich verstanden?« Er knallte den Hörer auf das Gehäuse und lehnte sich befriedigt zurück.

Kurze Zeit später kehrte sein Kollege Edding in das Büro zurück. »Alles geklärt, Herr Kollege?«, fragte er Brischinsky.

»Ja, alles geklärt. Hoffe ich zumindest. Es gibt Neuigkeiten.« Brischinsky informierte Eddding über die Identität eines der Täter.

»Securitate? Ist ja interessant«, bemerkte der Berliner Kripo-Mann. »Einer der brutalsten und verhasstesten Geheimdienste in Osteuropa. Die haben früher in ewiger Waffenbrüderschaft als Schwert und Schild ihrer Staatspartei mit unseren Jungs vom VEB Horch und Greif zusammengearbeitet, wenn Sie verstehen, was ich meine.«

»Wenn ich ehrlich bin, verstehe ich Sie nicht so ganz. VEB Horch und Greif?«

»Volksmund für die Stasi.«

»Ach so. Ich habe das dumme Gefühl, wir haben da mitten in ein Wespennest gestochen. KoKo, Stasi und jetzt auch noch die Securitate. Aber irgendwie passt das alles zusammen. Die Tatwaffe, die Professionalität, das viele Geld.« Brischinsky zögerte. »Ich komme nur beim besten Willen nicht dahinter, was der Esch mit der Sache zu tun hat. Was, zum Teufel, suchen die Täter? Dass Esch uns die Wahrheit gesagt hat, bezweifle ich mittlerweile nicht mehr. Mit Geheimdiensten hat der nichts zu tun, da bin ich sicher. Aber was wollen die Kerle von ihm?« Brischinsky legte seine Stirn in Falten.

Sein Kollege dachte einen Moment nach und schlug dann vor: »Wir sollten uns auf die Fahndung nach Heinrich Glauhupf alias Dimitri Porfireanu konzentrieren. Haben wir ihn, haben wir wahrscheinlich auch den anderen. Und dann können wir sie einfach fragen, was sie von Esch wollen.«

»Ich bin mir nur nicht sicher, ob sie uns das sagen werden«, erwiderte Brischinsky.

Edding schwieg zunächst, antwortete aber dann doch. »Neben der Kleinigkeit, dass wir die beiden erst noch schnappen müssen, ist das bedauerlicherweise die zweite Schwachstelle meiner Überlegungen, wenn Sie verstehen, was ich meine.«

32

Am Montag um fünfzehn Uhr ging Rainer Esch in die Telefonzelle, die gegenüber der EXIMCO GmbH stand, und wählte Carolas Nummer.

»Firma EXIMCO, Hankel, Guten Tag«, meldete sie sich.

»Ich bin's, Rainer. Ist Lopitz da?«

»Ja, eben gekommen. Du hättest ihn draußen sehen müssen.«

»Kann sein. Wie ist er angezogen?«

»Blauer Zweireiher, heller Trenchcoat. Schlank. Dunkle Haare. Ziemlich elegant. Sieht unverschämt gut aus. Aber Rallinski und Lopitz bleiben nicht lange hier.«

»Woher weißt du das?«

»Rallinski hat mich gebeten, ein Taxi zu rufen. Das war, sofort nachdem Lopitz angekommen ist. Was machst du jetzt?«

Esch überlegte kurz. »Ruf mir auch ein Taxi. Ich warte vor dem Haupteingang.«

»Ist gut.« Carola machte eine Pause. »Rainer, ich muss Schluss machen. Ich glaube, Lopitz und Rallinski kommen in mein Büro. Nein, einen Herrn Müller gibt es bei uns nicht. Nein, da haben Sie sich verwählt. Danke, Ihnen auch. Auf Wiederhören.« Esch hörte das Klicken, das anzeigt, dass ein Gespräch unterbrochen wird.

Er verließ die Telefonzelle, wechselte auf die andere Straßenseite und postierte sich direkt neben dem Haupteingang, so dass er jede Person, die das Gebäude verließ, gut erkennen konnte. Nach einigen Minuten hielt ein Taxi. Der Fahrer stieg aus und betrat das Foyer. Esch konnte durch das Fenster erkennen, dass er mit dem Pförtner sprach. Der uniformierte Angestellte zeigte auf die Treppe im Rücken des Taxifahrers, über die zwei Männer herunter kamen, auf die Carolas Beschreibung zutraf. Der Taxifahrer verließ das Foyer, setzte sich in seinen Wagen und wartete. Die beiden Männer sprachen miteinander und traten gemeinsam auf die Straße.

Esch schaute sich um. Von seinem Taxi war weit und breit nichts zu sehen. Er fluchte leise. Die zwei verabschiedeten sich. Der gut aussehende jüngere Mann, vermutlich Lopitz, setzte sich in das Taxi, das sofort anfuhr.

Esch blickte erneut suchend um sich. Immer noch keine Spur von einer Droschke. Der andere Mann trug eine Schirmmütze, einen schlecht sitzenden, hellbeigen Sommeranzug, der Rainer an die bevorzugte Bekleidung von Erich Honecker erinnerte, und einen schwarzen Kunststoffaktenkoffer. Esch vermutete deshalb, Rallinski vor sich zu sehen, und beschloss, bis zum Beweis des Gegenteils dieser Annahme zu folgen.

Ohne von ihm Notiz zu nehmen, ging Rallinski an Rainer vorbei Richtung Chausseestraße. Esch folgte ihm in einigem Abstand. An der Kreuzung wandte sich Rallinski nach rechts. Nach einigen hundert Metern erkannte Esch an einem Straßenschild, dass die Chausseestraße mittlerweile in die Friedrichstraße übergegangen war. Wenig später überquerten sie die Spree. Im Geländer der Weidendammerbrücke war ein stilisierter Adler eingeschmiedet. Einen Moment lang überlegte Esch, wo er diesen Vogel schon mal gesehen hatte. Dann fiel es ihm wieder ein: Als *Preußischer Ikarus* von Wolf Biermann besungen, schmückte er die Innenseite der Umschlaghülle seiner Platte *Trotz alledem*. Esch summte leise die Melodie.

An diesem Montagnachmittag waren sehr viele Menschen unterwegs, so dass Esch sich keine große Mühe geben musste, nicht aufzufallen. Dutzende Fußgänger näherten sich wie Rallinski und er dem S- und U-Bahnhof Friedrichstraße, der zu DDR-Zeiten das Tor zum Westen gewesen war. Rallinski hatte es ziemlich eilig, so dass Rainer sich etwas anstrengen musste, um ihm zu folgen. Zielstrebig betrat der EXIMCO-Geschäftsführer durch einen Seiteneingang die Bahnstation und steuerte schnellen Schrittes das hintere Ende der Bahnhofshalle an. Dort verschwand er hinter einer Tür, die laut Aufschrift zur Herrentoilette führte. Rainer Esch wartete einen Moment und betrat dann ebenfalls den Waschraum.

Ihm schlug der typische Geruch eines schlecht gereinigten Bahnhofsklos entgegen. Es stank nach Urin, Desinfektionsmitteln und Billigseife. Der zur Verrichtung dringender menschlicher Bedürfnisse vorgesehene Raum war vom Vorraum mit den Waschbecken und den mit Papierhandtüchern überquellenden Abfalleimern durch eine Klapptür getrennt. Esch stieß mit dem linken Fuß die Klapptür auf.

Rallinski war allein im Raum. Er wippte vor einem Pissoir auf und ab und nestelte hektisch an seiner Hose. Seinen Aktenkoffer hatte er neben sich auf den Boden gestellt. Nach einigen Sekunden hörte Esch ein leises Plätschern. Er musterte Rallinski. Der stand da, den Oberkörper etwas nach vorne gebeugt, die Beine leicht gespreizt, die linke Hand verhinderte, dass die Unterhose dem Strahl in die Quere kam, die rechte erfüllte die Funktion der Führungshand; Rallinski erledigte sein Geschäft mit halb geschlossenen Augen und einem leicht debilen Lächeln. Er würdigte Esch keines Blickes.

Esch betrachtete den Aktenkoffer. Ihm fielen Carolas Worte wieder ein: »Und dann der Tick vom Rallinski mit seinen Akten. Der packt abends immer Akten in die Tasche und bringt sie morgens wieder mit.«

Rainer fixierte erneut den Aktenkoffer. Den glückselig pinkelnden Rallinski. Und dann machte der Recklinghäuser etwas, worüber er sich noch später wundern sollte. Er näherte sich dem Pissoir neben Rallinski und schnappte sich die Aktentasche. Ehe Rallinski realisierte, was geschehen war, stürmte Esch schon durch die Klapptür hinaus.

»Heh, Sie, bleiben Sie stehen, sofort«, empörte sich Rallinski nach einer Schrecksekunde. Und nur Momente später schrie er: »Hilfe, Diebe. Haltet den Dieb. Hilfe, Hilfe.«

Intuitiv versuchte er, Esch zu folgen. Hätte er nur etwas nachgedacht, wäre ihm klar geworden, dass das im wahrsten Sinne des Wortes gründlich in die Hose gehen musste. Zwar war sein Wille, die Aktentasche wiederzubekommen sehr ausgeprägt, doch nicht ausgeprägt genung, um die Bereiche seines Gehirnes, welche die körpereigenen Funktionen kontrollierten, zu steuern. Was wiederum dazu führte, dass er, trotz rascher Drehbewegung und einiger Schritte in Richtung Klapptür, weiter urinierte und zunächst seinen rechten Schuh, dann das untere Ende seines linken Hosenbeins durchnässte. Schimpfend und um Hilfe brüllend, wandte Rallinskis ich wieder dem Pissoir zu, das er nun nicht mehr brauchte. Als es ihm endlich gelungen war, alles ordnungsgemäß zu verpacken, hatte Esch bereits den Vorraum der Toilette verlassen.

Rainer stürmte die Treppe hoch Richtung S-Bahn, ohne sich vorher zu orientieren. Und er hatte Glück. Auf dem Bahnsteig stand wartend eine Bahn, die sich, unmittelbar nachdem er einen Waggon betreten hatte, in Bewegung setzte. Gehetzt sah er aus dem Fenster, konnte aber weder Rallinski noch andere Verfolger erkennen. Wie es aussah, hatte er zum ersten Mal in seinem Leben erfolgreich einen Diebstahl durchgeführt, wenn man von den Indianerfiguren bei Karstadt vor fünfundzwanzig Jahren absah. Ganz wohl fühlte er sich trotzdem nicht in seiner Haut. Diebstahl blieb Diebstahl.

Schwer atmend lehnte sich Esch zurück. Er hatte die Tasche geklaut, ohne zu wissen, warum. Er war einem Impuls gefolgt, planlos und spontan. Eigentlich gar nicht sein Ding.

Nach einigen Minuten erreichte der Zug die übernächste Station: Alexanderplatz. Rainer beschloss auszusteigen. Er hatte keinen Fahrschein und seiner Meinung nach das Glück für einen Tag schon genug herausgefordert.

Er nahm ein Taxi, um zu seiner Pension zu fahren. Er widerstand der Versuchung, schon im Wagen einen Blick in die Tasche zu werfen.

In seinem Zimmer versuchte Rainer vergeblich, die Klappschlösser des Samsonitekoffers zu öffnen. Esch fiel ein, dass die Erzeugerfirma früher damit geworben hatte, dass ihre Produkte jedem unrechtmäßigen Zugriff standhalten würden. Ein Koffer konnte als Schlitten benutzt, von Elefanten als Sitzkissen missbraucht oder als Amboss eingesetzt werden, ohne Schlüssel war er jedoch nicht zu öffnen. Behauptete die Werbung. Eschs sportlicher Ehrgeiz war geweckt. Zwischen Werbeaussage und Realität, davon war er ohnehin überzeugt, klafften Welten. Er oder der Koffer ...

Anfangs noch recht gelassen, suchte er nach Dingen, die als Dietrich in Frage kamen. Die Nagelfeile passte nicht in das kleine Schloss. Der Korkenzieher vom Schweizermesser brach beim ersten Versuch ab. Die anderen diversen Werkzeuge dieses ansonsten recht praktischen Utensils waren ebenfalls unbrauchbar. Der Versuch, aus dem Haken eines Kleiderbügels ein geeignetes Hilfsmittel zu biegen, scheiterte kläglich. Einen anderen Draht fand Rainer trotz intensiver Suche nicht in seinem Zimmer. Ratlos rüttelte er an den Schlössern, die seinen amateurhaften Aufbruchversuchen mühelos widerstanden. Seine Karriere als Dieb schien daran zu scheitern, dass er unfähig war, das Objekt seiner Begierde zu öffnen.

Fast war er geneigt, Werbefilme künftig mit anderen Augen zu sehen, als ihm seine Nagelschere einfiel. Leicht an der Spitze gebogen, ließ sie sich unkompliziert in das Schloss einführen. Esch stocherte und rührte etwas lustlos herum. Plötzlich spürte er einen leichten Druck. Er drehte die Schere ein klein wenig nach rechts und mit einem knackenden Geräusch öffnete sich die erste Verriegelung. Ein paar Sekunden später hatte auch Nummer zwei verloren. Gespannt öffnete Esch den Aktenkoffer und sah hinein.

Er war sich nicht ganz sicher, was er nach den Erzählungen Carolas vom Inhalt des Koffers erwartet hatte, aber das, was er auf den ersten Blick sah, hatte er nicht erwartet. Der Koffer war leer, wenn man von einer Butterbrotdose, einem Terminkalender und einer Packung *fischermens friend* mal absah.

Enttäuscht machte sich Esch daran, die Innentaschen des Koffers zu inspizieren. Nichts. Er öffnete die Dose und stellte fest, dass der angebissene Rest des Brotes mit Nutella bestrichen war. Rainer schüttelte sich. Er hasste

Nutella. Wie, so fragte er sich, konnte ein erwachsener Mann einen solchen Brotaufstrich essen?

Er nahm den in schwarzem Leder gebundenen Terminkalender zur Hand und blätterte ihn durch. Auf den ersten Blick erschienen die Eintragungen so, wie Eintragungen in einem Terminplaner eben aussehen. Die Seiten waren voll mit Daten, Kurznotizen und Ähnlichem. Unter dem Datum des 3. Januar stand: *16.00 Besprechung mit Grohlers,* am 7. März war der Eintragung zu Folge Rallinski morgens um sieben nach Hannover gefahren, anschließend nach Düsseldorf. Esch blätterte weiter. Unter dem 17. Juli war notiert: *GF-Sitzung 14.00,* am 18. August: *8.00 Gespräch Grohlers, L. informieren,* einen Tag später: *9.00 L. in D.* und am 20. August: *Grohlers in M., L. 20.00 Lager Saganer Str.!!!!.*

Esch stutzte. Am 20. August hatte er, wenn ihn seine Erinnerung nicht täuschte, Grohlers zum Hauptbahnhof Recklinghausen gefahren. Warum aber stand dann da, Grohlers sei in M.? Was hieß überhaupt M.? Er dachte nach. Wer oder was war L.? Konnte das Lopitz bedeuten? Und was war das Lager Saganer Str.?

Ihm kam ein Gedanke. Er schnappte sich seinen Stadtplan von Berlin und schlug im alphabetischen Straßenverzeichnis nach. Nach kurzem Suchen hatte er die Saganer Straße gefunden. Sie lag im Stadtteil Lichtenberg im Osten. Esch kam zu der Überzeugung, dass er seine Recherchen in dieser Straße fortsetzen sollte. Vorher hielt er es aber für erforderlich, den Aktenkoffer verschwinden zu lassen.

Esch steckte den Kalender in seine Reisetasche, die Packung *fischermens friend* fand in einer Hosentasche Platz, der Butterbrotrest und die Dose wurden wieder im Aktenkoffer verstaut, der wiederum im Müllcontainer in der übernächsten Hauseinfahrt landete, um so entweder in der Verbrennungsanlage sein Ende zu finden oder in den Besitz eines Kids auf Trebe oder eines Berbers überzugehen.

Rainer schaute auf seine Uhr. Schon fast fünf. In etwa drei, vier Stunden würde es dunkel. Dann könnte er der

Saganer Straße seinen Besuch abstatten. Und die Zeit bis dahin ließe sich durch einen Besuch in einem griechischen Restaurant trefflich überbrücken.

Unvermittelt fiel ihm das heutige Datum ein: Montag. Und der 16. September. Mist! Heute Morgen hätte er eigentlich schon wieder seinen Dienst bei Krawiecke antreten müssen. Seine kleine Affäre mit Carola und seine kriminalistischen Ambitionen hatten ihn so beschäftigt, dass er diesen Termin völlig verdrängt hatte. Er griff zum Hörer und wählte Krawieckes Nummer.

»Esch«, sagte er, nachdem sich der Firmeninhaber gemeldet hatte.

»Esch, du Arschloch. Wo steckst du? Heute Morgen um acht war Dienstbeginn für dich. Und wo warst du? Nicht da warst du«, brüllte Krawiecke so laut in den Hörer, dass Esch ihn zehn Zentimeter vom Ohr entfernt halten musste. »Morgen früh bist du hier. Um acht. Oder du brauchst erst gar nicht mehr hier anzutreten. Was meinst du, wer du bist, was?«

Esch konnte sich Krawieckes rot angelaufenes Gesicht lebhaft vorstellen. »Hör mal, Hans, morgen geht wirklich nicht. Ich muss ...«

»Gar nichts musst du. Hier sein musst du«, schrie Krawiecke.

»Hans, lass dir doch erklären ...«

»Du musst mir morgen was erklären. Und zwar die Tatsache, warum du heute nicht hier warst. Kalle musste zwei Schichten fahren, weil ich so schnell keinen Ersatz bekommen habe. Morgen um acht, du Penner!«

»Hans, so kannst du nicht ...«

»Was ich kann oder nicht kann, ist meine Sache, verstehst du. Du Arsch bist morgen hier, sonst hast du ein Problem ...«

Jetzt war es an Esch, wütend zu werden. »Weißt du was, Krawiecke?«, sagte er kalt. »Jetzt kannst du mich mal ... und zwar kreuzweise.« Und damit war ihr Gespräch beendet.

33

Es war fast dunkel, als Rainer Esch nach einigem Suchen die Saganer Straße erreichte. Im Norden der Straße lag der Rangierbahnhof Rummelsburg; westlich befand sich das Kraftwerk Klingenberg, das älteste Kraftwerk Berlins. Die Köpenicker Chaussee und die Spree im Westen trennten das Industriegebiet vom Vergnügungspark in Treptow.

Esch ging auf der Suche nach dem Lager – vermutlich der Firma EXIMCO – langsam die Straße entlang in nördlicher Richtung. Kleinere Industriebrachen, halb verfallene Gebäude und leer stehende Baracken prägten das Bild der anliegenden Grundstücke. Nur vereinzelt sah er Licht in den Gebäuden. Die vorhandene Straßenbeleuchtung spärlich zu nennen, wäre geschmeichelt. Zwar standen die Laternenmasten im Abstand von hundert Metern, da aber nur jede dritte Lampe brannte, hätte die Szenerie als Kulisse jedes düsteren Kriminalfilms dienen können. Hier, dachte Esch, wollte er lieber nicht tot überm Zaun hängen. Von dem EXIMCO-Lager fand er jedoch noch keine Spur.

Plötzlich hörte er Motorengeräusche, wenig später konnte er den Lichtschein eines Fahrzeuges entdecken, das in etwa zweihundert Meter Entfernung vor ihm um eine Kurve kam und direkt auf ihn zufuhr. Esch drückte sich in eine Mauernische, die ihm nur unvollkommen Deckung bog. Als der Wagen in eine Einfahrt bog, streifte ihn kurz das Scheinwerferlicht. Esch quetschte sich enger an die Mauer. Einen Moment später war das Licht nicht mehr zu sehen. Dann erstarb das Motorengeräusch. Er hörte das Schlagen von Wagentüren und die Geräusche mehrerer Stimmen. Mit einem scheppernden Knall schloss sich anscheinend eine Tür. Dann war es wieder ruhig.

Esch zündete sich eine Reval an, die er mit tiefen Zügen rauchte. Dann ging er weiter in Richtung der Einfahrt, in die der Wagen verschwunden war. Dort sah er sich um. Das Einfahrttor war nicht ganz geschlossen, sondern nur angelehnt. An der oberen rechten Ecke des Tores war ein Holzschild angebracht, dessen Aufschrift Rainer im schummerigen Licht der Straßenbeleuchtung nicht entziffern konnte. Er trat näher an das Schild heran und zündete sein Feuerzeug an. Dabei bemühte er sich, den Lichtschein mit der Hand nur in Richtung der Aufschrift zu lenken. *EXIMCO* stand da, *VEB*. Esch lachte leise. Die abblätternde Farbe des Schildes dokumentierte überdeutlich den Zustand des ehemals volkseigenen Betriebes.

Vorsichtig drückte er sich gegen das Tor, das mit einem leichten Quietschen nachgab. Als der Spalt groß genug war, steckte Esch den Kopf durch die Öffnung und versuchte vergeblich, in der Dunkelheit etwas zu erkennen. Kurz entschlossen machte er das Tor so weit auf, dass er das dahinter liegende Grundstück betreten konnte. Er schlüpfte durch den Zugang und lehnte den Torflügel wieder an. Bewegungslos blieb er stehen, bis sich seine Augen etwas besser an die Dunkelheit gewöhnt hatten. Er musste erneut grinsen. Seine kriminelle Karriere machte große Fortschritte. Erst Dieb, dann Einbrecher, und alles an nur einem Tag. Wirklich nicht schlecht.

Langsam ging er weiter, bemüht, so wenig Geräusche wie möglich zu verursachen. Nach einigen Minuten fand er sich in der Dunkelheit besser zurecht. So weit er erkennen konnte, stand vor ihm ein Wagen. Rechts lag allerlei Gerümpel auf einer Art Lagerplatz. Anhand der schemenhaften Umrisse, die er weiter vorne auf dem Gelände ausmachen konnte, schien sich dort ein Gebäude zu befinden. Esch beschloss nachzusehen. Die Insassen des Fahrzeuges mussten ja schließlich irgendwo geblieben sein. Als er den Wagen erreichte, erkannte er, dass es sich um einen dunklen Mercedes SLK handelte. Prüfend legte er seine Hand auf die Motorhaube. Sie war noch warm. Das musste der Wagen sein, den er eben gesehen hatte.

Angestrengt blickte Esch in die Dunkelheit. Seine Vermutung war richtig gewesen. Etwa fünfzig Meter vor ihm stand ein Gebäude, eine gemauerte Baracke. Behutsam näherte er sich. Die Fenster an der Seitenwand waren dunkel. Er bemühte sich, die Deckung der Barackenwand nicht zu verlassen, immer bereit, beim ersten Anschein des Entdecktwerdens Fersengeld zu geben. Als er die Gebäudeecke fast erreicht hatte, ging vor ihm plötzlich ein Licht an. Esch erstarrte vor Schreck. Unfähig, sich zu bewegen, starrte er in den Lichtschein und erwartete sein Ende. Als er nach langen, regungslosen Minuten immer noch lebte, wurde ihm klar, was geschehen war. In einem der Räume, dessen Fenster an der Vorderfront des Hauses lagen, war lediglich die Beleuchtung eingeschaltet worden.

Rainer atmete tief durch und ging in die Knie. Vorsichtig schaute er um die Ecke. Zwei Fenster des Gebäudes waren erleuchtet, ebenso eine Lampe über der Eingangstür. Er hörte gemurmelte Gespräche. Esch schob sich Zentimeter für Zentimeter um die Ecke und verharrte schließlich regungslos am Rand des ersten Fensters. Sein Herz schlug bis zum Hals und so heftig, dass er das Gefühl hatte, jeder Mensch im Umkreis von einem Kilometer Entfernung müsste darauf aufmerksam werden.

Sehr behutsam versuchte Rainer, einen Blick in das Innere des Raumes zu werfen. Fensterläden aus Holz erschwerten den Einblick, gaben ihm aber auch Schutz vor Entdeckung.

Im Zimmer befanden sich, so weit er erkennen konnte, zahlreiche raumhohe Stahlschränke. An der linken Wand war eine Art Werkbank, auf der verschiedene, Rainer unbekannte elektrische Geräte standen. Das Stimmengemurmel wurde lauter, blieb aber unverständlich. Plötzlich tauchte unmittelbar vor ihm im Zimmer ein Schatten auf. Esch war wie gelähmt. Irgendetwas war mit seinen körpereigenen Hormonen nicht in Ordnung. Sein Fluchtinstinkt schrie: ›Wegrennen!‹ und pumpte literweise Adrenalin in seine gemarterten Venen, aber seine Beine schienen nicht reagieren zu wollen. Sie waren wie festgenagelt.

Direkt vor dem Fenster stand, mit dem Rücken zu Esch, ein Mann, der sich unvermittelt umdrehte und mit einer Handbewegung das Fenster in Kippstellung brachte. Dann verschwand er wieder aus Rainers Gesichtsfeld. Der Typ hatte ihn nicht gesehen. Esch zitterte wie Espenlaub. Nur langsam beruhigte er sich wieder.

»Was wollte die Kripo bei dir?«, fragte eine männliche Stimme, die Esch noch nie gehört hatte.

»Ach, alles nur Bluff. Die haben keine Ahnung, glaub mir.« Auch diese Stimme war dem Lauscher unbekannt.

»Lass das mal meine Sorge sein. Zumindest wissen sie von EXIMCO und den alten Ermittlungen. Und die haben mit Sicherheit ihre Vermutungen, davon versteh ich mehr als du. Das solltest du mir glauben. Was ist mit dem Taxifahrer, habt ihr endlich 'ne Ahnung, wo der Kerl sich versteckt? Wir brauchen die Daten, und zwar schnell. Ist das klar?«

»Ja, Chef, ist klar.«

Esch zuckte zusammen. Diese Stimme kannte er. Mykonos, Paradise Beach. Der Leberfleckige. Und der Taxifahrer, damit konnte nur er selbst gemeint sein. Aber er wusste sich nicht den geringsten Reim darauf zu machen, um welche Daten es sich handeln könnte.

»Das kann nicht mehr lange dauern. Wir haben ja seine Adresse. Wenn ihn die Bullen nicht haben ...«

»Nein«, unterbrach die erste Stimme, »haben sie nicht. Jedenfalls nicht, dass ich wüsste. Und ich glaube, dass ich das wüsste. Das auf Mykonos war ja nun auch keine Glanztat. Das Phantombild von dir ist wirklich nicht schlecht. Nur eine Frage der Zeit, bis sie deinen Namen haben. Ihr seid Idioten! Wenn ihr das schon anpackt, dann macht es auch richtig. Haben sie euch so was eigentlich früher nicht beigebracht? Wie blutige Amateure.«

Esch hörte ein Geräusch, als ob ein Stuhl beiseite geschoben würde. Dann konnte er einen Mann erkennen. Irgendwie kam der ihm bekannt vor. Als der Mann weiter redete, drehte er seinen Kopf in Richtung Fenster. Nun erkannte Esch den Begleiter Rallinskis vom Nachmittag: Lopitz.

»Das nächste Mal will ich die Daten haben. Wie ihr das macht, ist mir egal. Und was ihr mit dem Taxifahrer macht, ist mir auch egal. Habe ich mich klar und unmissverständlich ausgedrückt?«, fragte Lopitz.

Leberfleck bejahte. Und Esch erschrak.

»Und jetzt zu dir. Was hast du den Bullen erzählt?«

»Wie ich dir schon sagte, nichts«, antwortete mit einem ängstlichen Ton die zweite Stimme.

»Wer hat dir deine Aktentasche geklaut?«

Rainer war überrascht. Woher wussten die von seinem Raubzug? Dann zählte er eins und eins zusammen. Der andere Mann musste Rallinski sein.

»Ich hab's dir doch schon gesagt. Ich habe keine Ahnung, vermutlich irgend so 'n Junkie, ich hab den doch kaum gesehen.«

»Das ist schon das zweite Mal, dass dir etwas abhanden kommt: Erst die Unterlagen, die dir Grohlers geklaut hat, und jetzt deine Aktentasche. Und da war wirklich nichts drin, was uns irgendwie gefährden könnte? Du weißt, ein Fehler ist schon einer zu viel.«

»Nein, nichts. Wirklich, absolut nichts!«

»Gut. Ich glaube dir. Aber denk daran, du bist die einzige Verbindung zwischen Grohlers und uns.« Lopitz ging zu einem der Schränke, öffnete ihn und holte eine Flasche Schnaps heraus. »Gib mir mal die Gläser.«

Esch sah, wie eine Hand Lopitz erst zwei Gläser reichte und dann eines gefüllt wieder an sich nahm.

»Prost«, sagte Lopitz.

»Prost«, sagte die zweite Stimme.

Lopitz nickte. Dann hörte Esch ein Geräusch, das auch beim Öffnen einer Sektflasche entsteht. Erst als mit einem Poltern ein menschlicher Körper mit einem Schnapsglas in der Hand vor Lopitz auf den Boden fiel, wurde Rainer klar, dass er soeben Zeuge eines Mordes geworden war. Rainer nahm seinen ganzen Mut zusammen und schob seinen Kopf weiter nach vorne, um besser sehen zu können. Der Tote lag auf der Seite, so dass Esch sein Gesicht erkennen konnte: Rallinski.

Blind vor Angst stolperte Esch vom Fenster zurück und trat dabei gegen einen alten Kanister, der mit einem blechernem Geräusch umfiel.

»Was war das?«, schrie Lopitz. »Sieh nach, ob da jemand ist!«

Plötzlich funktionierten Eschs Instinkte wieder. Ohne nachzudenken, rannte er los, nur um nach wenigen Metern festzustellen, dass er die falsche Richtung eingeschlagen hatte. Das Tor zur Straße lag hinter ihm. Vor ihm befand sich eine Mauer. Er sprang die Wand an, klammerte sich mit seinen Händen an der Oberkante fest, zog sich mit einem Ruck hoch und ließ sich seitwärts über die Mauerkante fallen.

Federnd landete er auf der anderen Seite und hörte im Weiterlaufen den Leberfleckigen rufen: »Ich kann nichts erkennen, Chef. Warte mal, möglicherweise läuft da jemand. Ich glaub, ich hör da was.«

34

Esch rannte um sein Leben. Zweige peitschten ihm ins Gesicht. Er registrierte, dass ein Automotor gestartet wurde. Der Mercedes, durchzuckte es ihn. Auf die Straße konnte er nicht zurück. Dort war die Gefahr, geschnappt zu werden, eindeutig zu groß.

Vor ihm tauchte ein gut einundeinhalb Meter hoher Zaun auf. Mit einem Hechtsprung versuchte Esch, das Hindernis zu überwinden. Sein Oberkörper hatte den Zaun schon hinter sich gelassen, als er einen stechenden Schmerz am linken Unterschenkel spürte. Er rollte sich auf der anderen Seite ab und rannte, den Schmerz ignorierend, weiter.

Rainer passierte eine breite Straße. Er sah in Panik nach rechts und links. Kein Mercedes. Hastig spurtete er über die Straße. Einige hundert Meter vor sich entdeckte er Lichter. So schnell er konnte, lief er in diese Richtung, um kurz darauf festzustellen, dass sich zwischen ihm und den Lichtern ein Spreearm befand.

Esch war zu keinem klaren Gedanken mehr fähig. Die in der evolutionären Entwicklung zur hoch technisierten Zivilisation schon fast wegsozialisierten Urtriebe brachen wieder durch. Flucht, schrien diese Triebe, Flucht. Und da der Rest seines Körpers derselben Ansicht war, sprang Rainer Esch in die Spree.

Die mit Wasser vollgesogene Kleidung behinderte ihn erheblich bei dem Versuch, das gegenüberliegende Ufer zu erreichen. Rainer hatte das Gefühl, schon stundenlang zu schwimmen, als seine Hände plötzlich gegen ein Hindernis stießen. Geschafft, dachte er. Dann stutzte er. Das waren keine Befestigungssteine oder ein normales Ufer. Das war Metall.

Er tastete nach links und rechts, dann nach oben, überall das Gleiche. Spundwände. Esch geriet leicht in Panik. Da war er Lebergesicht und Lopitz knapp entkommen, hatte die Spree durchschwommen und musste nun feststellen, dass er zwar am anderen Ufer angekommen war, aber das Wasser nicht verlassen konnte. Scheiße, so wollte er nicht abtreten.

Tastend schwamm er an den Spundwänden entlang. Seine Kräfte ließen nach, ihm wurde schwindelig. Da spürte er eine Art Nische in der Wand. Er suchte mit den Händen umher und ergriff unvermittelt eine runde Stange. Ein Notausstieg!

Mit letzter Kraft kletterte Esch etwa drei Meter über eine Leiter nach oben und ließ sich völlig erschöpft fallen. Er fühlte sich, als ob er soeben am Ironman-Wettbewerb auf Hawaii teilgenommen hätte.

Sein Herz versuchte verzweifelt, Blut und damit Sauerstoff in die letzten Verästelungen seiner Äderchen zu pumpen. Er hechelte und jeder Atemzug schmerzte. Sein Brustkorb hob und senkte sich wie ein Blasebalg. Er sah Sterne, und wenn er die Augen schloss, begann sich alles um ihn herum zu drehen. Er war noch nie in seinem Leben so am Ende gewesen. Sollte er diesen Abend lebend überstehen, so schwor er sich, würde er mit dem Rauchen aufhören. Endgültig. Und für den nächsten Volkslauf trainieren.

Nach zwanzigminütiger Erholungspause ging es ihm schon etwas besser. Er wog seine Chancen ab. Bliebe er in den nassen Klamotten hier liegen, war eine Lungenentzündung gewiss. Andererseits war ihm hier zumindest zurzeit kein Lebergesicht und kein Lopitz auf der Spur.

Da Rainer aber nicht wusste, wie lange das andauern würde, entschloss er sich, das Weite zu suchen. Dies war eine der wirklich existentiellen Entscheidungen, die man von Zeit zu Zeit in seinem Leben treffen musste. Dreimal hatte er schon in seinem kurzem Leben vor solchen Problemen gestanden. Beim ersten Mal musste er zwischen den Rolling Stones und den Beatles wählen, eine Entscheidung, die ihn einen Großteil seiner damaligen Freunde kostete. Danach hatte er die Alternative zwischen Schalke 04 und Borussia Dortmund gehabt, was ihm etwa ebenso viele Bekanntschaften genommen wie beschert hatte. Je rund 80.000. Und schließlich die Krönung: Bestellte man zum Fischessen Riesling oder Chardonnay?

Esch schlug sich durch das Unterholz eine kleine Steigung hinauf und erreichte nach einigen Metern eine asphaltierte Straße. Links erkannte er beleuchtete Häuser. Wo Häuser waren, schloss er messerscharf, waren Telefone. Dort würde er die Polizei verständigen können. Denn, und das war der zweite Schwur an diesem Abend, seine privaten Ermittlungen in Sachen EXIMCO in Berlin waren beendet. Und zwar sofort.

Geduckt lief Rainer am Straßenrand entlang, immer bereit, sich sofort wieder in die Büsche zu schlagen. Er bog um eine Kurve, als ihn völlig unvermittelt ein helles Licht blendete.

Scheiße, dachte er, heilige Scheiße. Er hechtete in den Straßengraben, aber es war zu spät.

Autotüren schlugen und jemand rief etwas.

Esch, der nicht gewillt war, sich seinen Gegnern so einfach auszuliefern, versuchte, sich aufzurichten, da vernahm er ein Knurren und spürte den heißen Atem eines dann laut bellenden Hundes. Das Tier baute sich über Esch auf und quittierte jede Bewegung mit einem bösartigen Zähnefletschen.

Resigniert ergab sich Rainer in sein Schicksal.

»Hasso, hier, hier Hasso, aus«, rief jemand.

Der Kegel einer Taschenlampe leuchtete auf Rainers Gesicht.

»Wen haben wir denn da?«, fragte eine andere Stimme. Und sagte dann: »Polizei. Stehen Sie langsam auf und halten Sie Ihre Hände so, dass wir Sie sehen können.«

»Polizei, Gott sei Dank.«

Esch begann, sich aufzurichten, ohne die Warnung zu berücksichtigen. Der Hund knurrte.

Einer der Polizisten schrie: »Hinlegen. Und Hände auf den Rücken.«

Als Esch bemerkte, dass zwei Pistolen auf ihn gerichtet waren, ließ er sich zurück in den Graben fallen und legte seine Hände auf den Rücken. Sofort spürte er ein Knie auf seiner Wirbelsäule, eine Hand presste seinen Kopf nach unten in den Schlamm, so dass er kaum noch atmen konnte. Zwei andere Hände rissen seine Arme nach hinten und er bemerkte, wie sich Handschellen um seine Gelenke legten. Dann wurde er unsanft angehoben. Schöne Grüße aus dem deutschen Herbst, dachte er. Esch spuckte das aus, was er in den Mund bekommen hatte, und hoffte inständigst, dass es sich lediglich um Schlamm handelte. Allerdings roch es etwas anders.

»Wer sind Sie?«, blaffte ihn ein Polizist an.

»Esch. Mein Name ist Rainer Esch. Ich war Zeuge eines Mordes. Ich möchte ...«

»War icke ooch. Jeden Abend beim Krimi. So, Männeken, und jetzt wirste uns abba ma janz schnell erzählen, was du hier um diese Zeit und in diesem Aufzug so vorhast, wa. Oder wo de herkommst.«

»Ich sagte Ihnen doch, ich war Zeuge eines ...«

»... Mordes. Wissen wir. Wissen wir schon. So wie du aussiehst, wa, hast du schon eher selbst einen um die Ecke gebracht, wa. Abba das werden wir noch rauskriegen, wa?«

»Also«, fragte der zweite Streifenbeamte, »wie heißen Sie und was haben Sie hier verloren?«

»Sagte ich doch schon. Ich heiße Rainer Esch. Ich war auf der anderen Seite des Flusses in der Saganer Straße und habe dort einen Mord ...«

»Jetzt langt es aber! Wenn Sie Zeuge eines Mordes waren, warum sind Sie dann weggelaufen, als Sie uns sahen?«

»Erstens habe ich nicht Sie gesehen, sondern nur die Lichter Ihres Fahrzeugs, und zweitens hatte ich Angst, dass die Mörder hinter mir her waren.«

»Ausweisen können Sie sich wahrscheinlich nicht, oder?«, wollte derselbe Beamte wissen.

»Natürlich kann ich mich ausweisen.« Esch zeigte mit einer Bewegung seines Kopfes auf die Seitentasche seiner triefenden und völlig ruinierten Lederjacke. »Hier drin ist meine Brieftasche.«

Der jüngere begann, ihn zu durchsuchen. Der Beamte förderte seine Geldbörse, sein Feuerzeug, seinen Zimmerschlüssel und seine Zigaretten zu Tage, jedoch keine Brieftasche.

»Und icke sach noch. Auf der Flucht verloren, wa. Keine Brieftasche, kein Ausweis. Tja, Männeken, Pech jehabt, wa?«

Der andere Polizist war mittlerweile zum Wagen gegangen und hantierte mit dem Funkgerät. »Wie, sagten Sie, ist Ihr Name?«, rief er herüber.

»Rainer Esch«, schrie der zurück.

»Na los, Männeken, können wir jetzt ma?«, fragte sein Bewacher und zerrte Rainer in Richtung Streifenwagen. »Bevor de dir da abba reinsetzt, machste dir erst ma 'n bisken sauber, wa.« Er löste Eschs Handschellen und warf ihm dann eine Rolle mit Papierhandtüchern zu. »Abba mach keine Fehler, wa.« Der Polizist klopfte auf sein Pistolenhalfter. »Icke kann damit umjehen, wa. Und dann is da ja och noch Hasso, wa.«

Als sein Name erwähnt wurde, wedelte der Polizeihund andeutungsweise mit dem Schwanz, was Esch aber vernünftigerweise nicht unbedingt auf seine Person bezog. Hastig begann er seine provisorische Reinigungsprozedur.

»Komm, Michael, beeil dich. Wir sollen den Vogel sofort aufs Revier bringen. Der steht in der Fahndung.« Der ältere legte den Hörer des Funkgerätes zur Seite. »Na, da bin ich ja mal gespannt, wen wir da geschnappt haben.«

Rainer, der sich einen Moment wegen Diebstahls und Einbruchs schon für Jahre hinter Knastmauern verschwinden sah, war ob der Tatsache, zur Fahndung ausgeschrieben zu sein, zu verblüfft, um zu antworten, und ließ sich ohne Widerrede erneut Handschellen anlegen und auf dem Rücksitz verstauen.

Auf der Fahrt zur Polizeiwache inspizierte Esch seine Kleidung. Hose, Hemd und Lederjacke waren völlig verschlammt. Sein linkes Hosenbein war bis zum Knie aufgerissen. Den Unterschenkel zierte eine fast ebenso lange, etwas blutende Risswunde, die höllisch wehtat. Esch verspürte den Drang nach einer Zigarette, wagte aber nicht, danach zu fragen. Außerdem hatte er ja geschworen, nicht mehr zu rauchen, sofern er diesen Abend überlebte.

Da das bis jetzt aber keinesfalls sicher war, fragte er nun doch, alle Bedenken bezüglich des vorausgegangenen Schwures außer Acht lassend: »Entschuldigung. Hätten Sie wohl eine Zigarette für mich?«

»Höflich ist er ja, das muss man ihm lassen.« Der ältere Polizist, der auf dem Beifahrersitz saß, drehte sich halb zu ihm um. »Nee, tut mir Leid. Nichtraucher. Beide. Und deine Zigaretten«, er zuckte bedauernd mit den Schultern, »sind ein Opfer unserer schönen Spree geworden. Und selbst wenn nicht, du hast ja gehört. Nichtraucher.«

Die Fahrt bis zum Polizeirevier in Treptow dauerte nur wenige Minuten. Esch wurde aus dem Auto gezogen und ins Revier gebracht.

Der Dienst habende, ranghöchste Polizeibeamte entschied nach einem Blick auf den Schlammhaufen, der sich Rainer Esch nannte, dass sich dieser zunächst einer gründlichen Reinigung unterziehen sollte, ehe er verhört wurde.

Nach einem ausgiebigen Duschbad wurde Esch in einen dunkelblauen Polizeitrainingsanzug gesteckt, an dem ihm zwar das Wappen auf der Brusttasche missfiel, der aber wenigstens warm und trocken war. Der Riss in seinem Unterschenkel wurde mit Jod und einer Mullbinde aus der Notfallapotheke verarztet und nach einer heißen Tasse Kaffee und einer Zigarette, die ihm ein mitleidiger und rauchender Polizist zukommen ließ, kehrten Eschs Lebensgeister und sein angeborener Hang zur Aufsässigkeit zurück.

»Ich will meinen Anwalt sprechen, sonst sage ich gar nichts«, protestierte Esch, als ihn ein Polizist, der so aussah, als ob er kurz vor der Pensionierung stünde, aus der Arrestzelle ins Verhörzimmer führen wollte. »Außerdem ist das Freiheitsberaubung. Mindestens.«

Der Berliner Beamte, der schon Jungs anderen Kalibers vor sich gehabt hatte, sagte kein Wort, sondern griff nur nach Eschs rechtem Arm. Als dieser Anstalten machte, sich zu wehren, meinte er: »Mein Junge, wenn ich so wäre, wie du denkst, dass ich wäre, würde dir jetzt schon einiges sehr wehtun. Also, mach keinen Mist und komm mit.«

Esch, der zwar von Natur aus Probleme mit staatlichen und familiären Autoritäten hatte, aber nicht dumm war, folgte dem Beamten in den Flur. Dabei stolperte er in den drei Nummern zu großen Turnschuhen. »Könnte ich nicht wenigstens ein paar Schnürsenkel ...«

»Is nicht, mein Junge. Weißt schon, warum. Wir wollen doch keinen von euch verlieren, oder?«

Der Uniformierte führte Esch zum Verhörzimmer und öffnete die Tür: »Mach's dir schon mal bequem. Die Herren kommen gleich.« Dann schloss er die Tür ab.

Nach einigen Minuten hörte Esch, wie sich erneut im Schloss ein Schlüssel drehte und die Tür sich öffnete.

»'n Abend, Herr Esch. Jeden hätte ich hier vermutet, nur nicht Sie.«

Rainer drehte sich um und erkannte den Besucher. »Guten Abend. Sie hätte ich hier aber auch nicht erwartet, Herr Brischinsky.«

35

»Und Sie können nicht genau sagen, wer geschossen hat?«, fragte Hauptkommissar Brischinsky. »Dass aber einer von den Anwesenden dieser Mann hier war«, er zeigte das Foto, welches der Polizeicomputer unter dem Stichwort Dimitri Porfireanu ausgespuckt hatte, »wissen Sie wirklich genau?«

»Natürlich weiß ich das. Ich habe den Kerl doch schon auf Mykonos getroffen. Kein Zweifel, der war im EXIMCO-Lager dabei. Den anderen habe ich nicht gesehen. Ich vermute aber, das da noch jemand in der Baracke war.«

»Und der Tote ist Rallinski?«

»Wenn der Mann, der mit Lopitz heute Nachmittag das EXIMCO-Gebäude in der Innenstadt verlassen hat, Rallinski war, dann ja.«

»Und Lopitz?«, fragte Brischinsky.

»Das Gleiche. Wenn ich heute Nachmittag Lopitz und Rallinski zusammen gesehen habe, war das heute Abend auch Lopitz.«

»Herr Esch«, hakte Brischinsky nach, »was mir noch nicht ganz klar ist. Wie sind Sie eigentlich darauf gekommen, in dieser Straße ...«

»Saganer Straße«, half ihm Esch.

»Ja, wie sind Sie eigentlich darauf gekommen, dort zu nachtschlafender Zeit rumzuschnüffeln?«

»Tja, ich weiß nicht genau, wie ich es Ihnen erklären soll, also das war so ...«

Esch berichtete von seinem Besuch bei EXIMCO und seinen Gesprächen mit Carola Hankel. Dann versuchte er dem Kripobeamten plausibel zu machen, warum er Rallinski den Aktenkoffer geklaut hatte. Und da er selbst so seine Zweifel hatte, war seine Darstellung alles andere als überzeugend.

»Und diese Carola Hankel hat Ihnen den Tipp gegeben, dass Lopitz heute zu Rallinski kommen wollte?«

»Ja, hat sie.«

»Hat sie diesen Lopitz schon öfter gesehen?«

»Das weiß ich nicht genau. Ich glaube schon. Herr Kommissar, können Sie Carola da nicht raushalten? Ich meine, sie hat mir doch nur geholfen. Und jetzt, wo Ralinski tot ist, vielleicht wird ja da die Firma weitergeführt. Aber wenn ihre Kollegen erfahren, dass sie ...«

»Dass sie was?«

»Na ja, dass sie, also ich meine ...«

»Sie meinen, dass sie Aussagen bei der Polizei gemacht hat?«

»Genau.«

»Sie befürchten, dass ihre Kollegen sie dann links liegen lassen, verstehe ich Sie da richtig?«

»Ja.«

»Herr Esch, ich glaube, Sie missverstehen da irgendwo sehr gründlich die Funktion der Polizei. Aber lassen wir das. Kommen wir noch mal auf den Aktenkoffer zurück. Sie wollen mir also erzählen, dass Sie spontan, quasi aus einer inneren Eingebung heraus, die Tasche haben mitgehen lassen?«, wunderte sich Brischinsky. »So 'ne Art höherer Wille, oder?«

»Ja, genau. Wenn Sie das so nennen wollen.«

»Sie sind sich hoffentlich darüber im Klaren, dass das Diebstahl war?«

»Ja, sicher weiß ich das«, antwortete Esch zerknirscht.

»Eigentlich müsste ich Sie anzeigen. Aber da der Geschädigte zum einen vermutlich tot ist, wenn Ihre Geschichte stimmt, ich dem aber zum anderen nicht den posthumen Triumph gönne, Sie vor einen Richter zu schleifen, vergesse ich die Angelegenheit. Aber nur unter der Bedingung, dass Sie mir die Wahrheit gesagt haben und ich den Terminkalender von Ihnen so schnell wie möglich bekomme, klar?«

»Klar.«

»Dann müssen Sie jetzt nur noch nach Hause ...« Das Klingeln seines Handys unterbrach den Hauptkommissar.

»Brischinsky.« – »Ja, Herr Edding?« – »Ich verstehe.« – »Klar, ich bin hier fertig. Ich lasse mich bringen.« –

»Esch? Nein, den schaffen wir in seine Pension.« – »Gut. Bis gleich.«

Brischinsky, der Eschs fragenden Blick richtig interpretierte, berichtete kurz: »Mein Kollege Edding ist mit mehreren Streifenwagenbesatzungen in die Saganer Straße gefahren. Allerdings haben wir dort keine Leiche gefunden.«

»Nein?« Esch war verblüfft.

»Nein. Natürlich nicht. Ihrer Aussage nach hat der Mord gegen zehn Uhr heute Abend«, der Hauptkommissar schaute auf seine Uhr, »entschuldigung, gestern Abend stattgefunden. Das war vor mehr als drei Stunden. Würden Sie eine Leiche drei Stunden am Tatort rumliegen lassen, vor allem wenn Sie das Gefühl hätten, beobachtet worden zu sein?«

Esch schüttelte den Kopf.

»Sehen Sie. Und in drei Stunden können Sie eine Leiche verdammt weit weg bringen. Was Sie aber nicht können, ist, in drei Stunden alle Spuren so zu verwischen, dass wir keine mehr finden.« Brischinsky machte eine Kunstpause. »Und das ist den Kerlen auch nicht geglückt. Wir haben Spuren von Blut gefunden, an der Stelle, an der Rallinski Ihrer Aussage nach gelegen haben muss. Reste von Kleidungsfasern und zahlreiche Fingerabdrücke. Draußen waren auch Reifenspuren. Da war noch so einiges, was Sie jetzt nicht weiter zu interessieren braucht. Also, ich lasse Sie jetzt zu Ihrer Pension bringen. Dem Beamten, der Sie dort absetzt, händigen Sie bitte den Terminkalender von Rallinski aus. Morgen früh werden Sie ins Büro des Kollegen Edding gebracht. Ihre Aussage muss noch protokolliert werden. Außerdem brauchen wir wieder einmal eine Täterbeschreibung von Ihnen. Diesmal von Lopitz.«

»Aber ich hab den doch nur aus der Ferne gesehen. Das wird garantiert nichts«, warf Rainer ein.

»Versuch macht klug. Morgen um acht. Und dann ab zurück in die Heimat, verstanden?« Brischinsky ging zur Tür und instruierte einen dort wartenden Polizeibeamten. »Der Kollege wird Sie in Ihre Pension bringen.«

Esch schlurfte zu Tür.

»Herr Esch«, rief ihn Brischinsky zurück. »Ich habe hier noch was für Sie.« Er streckte seine geballte Faust hin.

Rainer sah ihn neugierig an. »Was ist das?«, fragte er.

»Schnürsenkel«, teilte Brischinsky lakonisch mit und ließ sie in Eschs Handfläche fallen. »Und, Esch ...«

»Was denn noch?«

»Vergessen Sie nicht, den Trainingsanzug morgen wieder mitzubringen. Staatseigentum, klar?«

Grußlos und ohne sich noch einmal umzusehen, verließ Rainer den Raum. So entging ihm das süffisante Grinsen des Hauptkommissars.

36

Schon aus der Ferne erkannte Brischinsky am Blitzen der Blaulichter Einfahrt und Grundstück der Firma EXIMCO. Das Gelände war durch zahlreiche Halogenscheinwerfer in gleißende Helligkeit getaucht.

Brischinsky ließ den Fahrer seines Wagens durch das Tor bis zum Ende der Einfahrt fahren. Als er ausstieg, entdeckte er Edding in ein Gespräch mit mehreren Beamten vor dem Eingang der Baracke vertieft.

»'n Abend, die Herren.« Brischinsky deutete mit Zeige- und Mittelfinger eine Art militärischen Gruß an eine fiktive Schirmmütze an. »Irgendwas Neues?«, wollte er wissen.

»Das kann man wohl sagen. Kommen Sie mal mit.« Edding betrat vor ihm das Gebäude. »Hier«, er zeigte in das erste Zimmer, »hat, wenn Ihr Esch Recht hat, der Mord stattgefunden. Sehen Sie«, der Berliner machte Brischinsky auf einen Fleck am Boden aufmerksam, »Blut. Und Fasern ohne Ende. Müssen aber noch untersucht werden. Ebenso wie die Fingerabdrücke. Würde mich wundern, wenn die unseres Freundes Dimitri Porfireanu nicht dabei wären ...«

»... den Esch auf dem Fahndungsphoto einwandfrei identifiziert hat«, fiel ihm Brischinsky ins Wort.

»Umso besser. Aber sehen Sie mal hier ...« Edding lenkte Brischinskys Aufmerksamkeit auf einige elektronische Geräte, die auf einem Tisch rechts neben der Zimmertür standen.

»Und?« Die Begeisterung des Recklinghäuser Kollegen hielt sich in Grenzen.

»Ach ja. Ich vergaß. Sie sind ja 'n Wessi. Obwohl, merkt man eigentlich kaum.«

»Was hat das denn damit zu tun«, brauste Brischinsky auf.

»'tschuldigung, 'tschuldigung. War nicht persönlich gemeint. Wirklich nicht. Aber wir Kriminalpolizisten im ersten Arbeiter- und Bauernstaat auf deutschen Boden mussten schon sehr früh lernen, etwas außerhalb der Legalität zu arbeiten. Das sind Empfänger. Defekte zwar, aber egal.« Der Berliner sah Brischinsky intensiv an. »Empfänger, wenn Sie verstehen, was ich meine.«

»Wie so oft eigentlich nicht, verdammt noch mal«, antwortete sein Kollege leicht verstimmt. »Was empfangen die denn?«

»Radiowellen. Im kurzwelligen Bereich, genau genommen. Von Kleinsendern und Kleinstsendern. Von Wanzen. Und anderen Abhöreinrichtungen. Kommen Sie mal mit.«

Edding ging vor, und Brischinsky folgte ihm in das gegenüberliegende Zimmer. Dort standen ähnliche Stahlschränke an der Wand, wie in dem Raum, den sie eben verlassen hatten. Es gab nur einen wesentlichen Unterschied: In diesem Raum waren die Türen sämtlicher Schränke aufgebrochen.

»Wir konnten so schnell die Schlüssel nicht finden, leider.« Edding zuckte bedauernd mit den Schultern, als er den skeptischen Blick seines Kollegen registrierte. »Gefahr im Verzug, wenn Sie verstehen ...«

Das verstand Brischinsky .

»Hier, sehen Sie mal.« Der Berliner öffnete eine Schranktür und zeigte hinein. »Kassetten. Etwa einhundert. Säuberlich durchnummeriert. Mit Datum und allem. Entweder wussten Lopitz und sein oder seine Begleiter, Rallinski natürlich ausgenommen, nicht, was hier so rumliegt, oder sie meinten zu Recht, nicht genug Zeit zu haben, die Sachen in Sicherheit bringen zu können. Ich hab einen Kassettenrekorder besorgen lassen. Hier, interessant, was?«

Edding hielt Brischinsky eine Kassette mit der Aufschrift: *Grohlers. 14.8.97, 15.00 Uhr* unter die Nase. »Typisch deutsch. Sehr gründlich. Fehlt nur noch ein Verzeichnis.« Er lachte. »Aber vielleicht finden wir das ja auch noch.«

Der Berliner Kommissar legte das Band in den Rekorder und drückte die Starttaste. Nach dem Wählton und dem durchgehenden Ruf erkannte Brischinsky Stallers Stimme.

»Ja?«

»Grohlers hier.«

»Sie sollten mich doch nicht anrufen. Das ist nicht sicher.«

»Staller, ich glaube, Rallinski weiß, dass wir in Kontakt stehen.«

»Nun machen Sie sich mal nicht verrückt. Sie wollen doch die Belohnung, oder?«

»Natürlich, aber ...«

»Kein Aber. Es bleibt bei unserer Abmachung. Sie liefern, wir zahlen. Und beschützen Sie. Neues Gesicht, neue Identität. Was wollen Sie noch mehr?«

»Gut. Dann bleibt es bei Mittwoch in Münster?«

»Ja. Rufen Sie mich aber vorher wie besprochen an. Und bringen Sie unbedingt die Unterlagen mit. Kann ich mich darauf verlassen?«

»Ja, können Sie. Und kann ich mich auf Ihr Wort verlassen?«

»Was glauben Sie denn?«

»Dann bis Mittwoch.«

»Bis Mittwoch.« Das Gespräch endete.

»Das haben wir gesucht«, triumphierte Edding. »Rallinski hat Grohlers abgehört. Er kannte den Deal von Grohlers mit dem BKA. Damit ist doch alles klar. Rallinski, beziehungsweise Lopitz, haben Dimitri Porfireanu und seinem Kumpan den Auftrag gegeben, Grohlers zu ermorden. Und Rallinski wurde umgebracht, weil wir ihm auf der Spur waren. Ist doch logisch, oder?« Edding sah Brischinsky erwartungsvoll an.

»Ja«, sagte dieser nachdenklich, »so könnte es gewesen sein. So oder so ähnlich.«

»Sag ich doch, sag ich doch. Wir lassen die Bänder abschreiben. Alle. Hier, sehen Sie, da sind welche, die Gespräche zwischen Grohlers und Rallinski enthalten. Der hat alles aufgenommen. Auch da habe ich schon reingehört. War leider nicht so ergiebig. Aber hier, mit irgendwelchen Leute aus Rumänien. Leider auf Rumänisch.« Edding wirkte betrübt. Doch Momente später kehrte sein Optimismus zurück. »Müssen wir übersetzen lassen. Und dann ...« Der Berliner hüpfte fast vor Genugtuung von einem Bein auf das andere. »Es geht doch nichts darüber, einen Fall aufzuklären. Das ist für mich fast so wie ein ..., wie ein ..., Sie wissen schon, was ich meine.«

Bevor Brischinsky antworten konnte, betrat ein Streifenpolizist den Raum.

»Herr Edding, wir haben zweihundert Meter entfernt von hier in der Spree eine Leiche gefunden. Kann noch nicht lange tot sein.«

Rallinski lag mit dem Kopf und Oberkörper halb im Wasser auf den Steinen der Uferbefestigung.

»Da hat es aber jemand verdammt eilig gehabt, von hier wegzukommen«, meinte Brischinsky und zeigte auf Schleifspuren in der feuchten Erde, zwei Meter vom Ufer entfernt. »Hier haben sie den Toten zum Wasser gezogen. Und dann versucht, die Leiche mit Schwung ins Wasser zu bugsieren. Hat nur nicht ganz geklappt. Sonst würde der nicht so da liegen. Sicher sind die Täter gestört worden.«

»Sehe ich auch so. Wenn es ihnen gelungen wäre, den Toten in die Spree zu werfen, hätten wir die Leiche nicht so schnell gefunden. Morgen früh suchen wir die Strecke von hier bis zum Lager der EXIMCO ab. Wahrscheinlich stoßen wir auf weitere Spuren.« Edding sprach den neben ihm stehenden Polizisten an. »Wurde die Gerichtsmedizin schon verständigt?«

»Ja, ist unterwegs.«

»Gut. Wenn die Spurensicherung hier fertig ist, sollen sie mich morgen früh sofort verständigen.«

»Geht klar, Herr Hauptkommissar.«

»Danke. Und gute Nacht.«

37

Hans Krawiecke war wütend, sehr wütend sogar. Dieser Zustand hielt seit gestern Nachmittag an, seit seinem Gespräch mit Rainer Esch. Noch nie war einer seiner Fahrer so mit ihm umgesprungen. Legt dieser Mistkerl einfach den Hörer auf. Einfach so.

Hans Krawiecke stand da mit seiner Wut und konnte sie Esch nicht ins Gesicht, ersatzweise in einen Telefonhörer schreien. Seine anderen Mitarbeiter waren als Ventil nur ein unvollkommener Ersatz. Esch musste her, und zwar plötzlich.

Und nun hatte sein dienstältester und, wie Krawiecke trotz seines Zorns leider einräumen musste, auch ertragreichster Fahrer nicht nur seine gestrige Schicht geschlabbert, sondern erdreistete sich, auch heute Morgen nicht zu erscheinen. Das hatte Krawiecke wiederum einige Telefonate und hundert Mark Antrittsprämie für einen Aushilfsfahrer gekostet, da es leider nicht möglich war, Kalle auch noch die dritte Zwölfstundenschicht in Folge fahren zu lassen. Schon nach den nur vierundzwanzig Stunden hinterm Steuer fing Kalle an, etwas von nachzuholendem Schlaf zu jammern, er hatte es sogar gewagt, Hans Krawiecke mit dem Hinweis auf das Gesetz über den Transport und die Beförderung von Personen zu kommen.

Wenn Esch sich trauen sollte, ihm jemals wieder unter die Augen zu treten, würde Krawiecke diesen Laumalocher in Grund und Boden schreien. Leider konnte er ihn nicht hinauswerfen, obwohl ihm das den größten Spaß bereiten würde. Esch kannte zu viele der dunklen Flekken auf seiner weißen Weste. Das ärgerte den Taxiunternehmer am meisten. Er war der Chef und hatte sich trotzdem in Abhängigkeit von einem Fahrer begeben. Aber das Leben konnte er ihm schon schwer machen, hoffte Krawiecke zumindest.

Gerade als er anfing, über einen Racheplan nachzusinnen, schellte das Telefon.

»Krawiecke«, sagte er knapp.

»Rutter hier. Tach, Herr Krawiecke.«

»Kenn keinen Rutter. Was wollen Sie?«

»Rutter. Von der *Bild*. Klar kennen wir uns. Wir haben uns doch kürzlich sehr freundschaftlich unterhalten.«

»Ach, Sie sind das. Lassen Sie mich bloß in Ruhe. Wegen Ihnen und Ihren anderen Kollegen hab ich stundenlang auf'm Polizeipräsidium gehockt, während hier alles drunter und drüber ging.«

»Was wollte denn die Polizei von Ihnen?«, erkundigte sich Rutter neugierig.

»'ne Aussage, was denn sonst. Sicher keinen exklusiven Beförderungsvertrag mit mir abschließen.«

»Kann ich mir denken. Und um was ging es?«

»Um Esch. Um Ihren Besuch und den Ihrer Kollegen.«

»Herr Krawiecke, darüber hätte ich mich gerne noch einmal mit Ihnen unterhalten. Wäre das möglich?«

»Möglich ist alles. Was wäre da für mich drin? Und kommen Sie mir nicht mit Peanuts.«

»Was verstehen Sie unter Peanuts?«

»Natürlich nicht das Gleiche wie der Kopper von der Deutschen Bank. Aber mehr als das letzte Mal.«

»Wären fünfhundert genug?«

»Was heißt schon genug? Ist aber ein Anfang.«

»Gut. Fünfhundert also. Dafür brauche ich aber schon jetzt 'ne Auskunft. Wo steckt Ihr Fahrer, der Rainer Esch? Sie sagten doch, dass der heute aus dem Urlaub kommt?«

»Gestern. Gestern war seine erste Schicht. Sollte sie eigentlich sein. Aber er hat mich angerufen, dass er nicht kommt, dieser Penner. Kommt einfach nicht, das müssen Sie sich mal vorstellen!«

»Und wo steckt Esch jetzt?«

»Woher soll ich denn das wissen? Mir jedenfalls hat er nichts gesagt.«

»Keine Andeutung, kein Hinweis? Wer könnte denn wissen, wo er ist?«

»Herr Rutter, hören Sie mir mal zu! Ich hab Ihnen alles gesagt, was ich über den Aufenthaltsort von Esch weiß: nämlich nichts. Und ob andere mehr wissen, weiß ich auch nicht. Was wollen Sie noch hören?«

»Herr Krawiecke, ich komme bei Ihnen vorbei. Passt Ihnen das in zwei Stunden?«

»Meinetwegen«, brummte der Taxiunternehmer, »aber vergessen Sie die Knete nicht.«

»Ich denk dran. Bis dann.«

»Hmm«, sagte Krawiecke und legte grußlos auf. Das Verschwinden von Esch ließe sich unterm Strich ja doch noch Gewinn bringend verwerten. Sofern es nicht zu lange dauerte.

Zwei Minuten später stand Hans Krawiecke in der Funkzentrale.

»Sag mal, Renate«, säuselte er, »du hast dich doch immer mit dem Rainer recht gut verstanden. Hat er dir gesagt, wo er nach seinem Urlaub auf Mykonos noch hin wollte?«

»Nee, keine Ahnung. Warum willst du das wissen?«

»Na ja, mal bei ihm nachfragen, wann er gedenkt, hier wieder aufzutauchen. Ich brauch den doch als Fahrer. Mit Aushilfskräften, das ist nichts. Sagst du mir bitte Bescheid, wenn er sich bei dir meldet?«

»Mach ich.«

Ein eingehender Kundenanruf unterbrach ihre Unterhaltung. Krawiecke sah auf den Hof und erkannte das Taxi Nummer vier, den Wagen von Esch und Kalle. Er stürmte nach draußen.

»Was soll das denn?«, brüllte er schon von weitem den aussteigenden Aushilfsfahrer an. »Es ist noch eine halbe Stunde bis Schichtwechsel. Was machst du schon hier?«

»Hab ich doch heute Morgen gesagt, dat ich noch wat vor hab. War sowieso tote Hose. Kaum Trinkgeld. Dat war heute quasi für Nüsse. Nich mein Ding. Können wir jetzt abrechnen?«

»Kannst du morgen noch mal fahren?«

»Können schon, aber wollen nicht. Jedenfalls nicht für 'n schlappen Hunni. Musste noch wat drauf packen. Als Garantiesumme gewissermaßen. Und die halbe Stunde heute geht natürlich auch auf dich, klar?«

Krawiecke kochte innerlich. »Gut. Einhundertfünfzig?«

»Gebongt. Un jetzt mach ma voran. Ich will weg.«

In diesem Moment kam Kalle, die Ablösung, auf das Gelände der Taxifirma.

»Hör mal, Kalle«, blaffte ihn Krawiecke in seiner Wut an. »Du hast ja noch was Zeit. Mach mal den Wagen gründlich sauber, der hat's nötig.«

»Aber Hans«, versuchte Kalle zu protestieren. »Das ist doch immer Sache des übergebenden, nicht die des übernehmenden Fahrers.«

»Der hat keine Zeit mehr. Mach mal, wirst dir schon keinen Zacken aus der Krone brechen. Und denk dran«, erinnerte ihn sein Chef, »keine der üblichen Schnellreinigungen. Auch unter den Polstern. Das ist schon lange überfällig.«

»Ja, ist gut.«

Seufzend machte sich Kalle an die Arbeit. Er leerte den Aschenbecher, schlug die Fußmatten aus und fuhr den Wagen dann zur Garage, um den Staubsauger anzuschließen. Zuerst reinigte er die Vordersitze, dann den Fußraum unter dem Fahrer- und Beifahrersitz. Schließlich saugte er die Polster der Rückbank und die Spalte zwischen Rückenlehne und Sitzfläche ab. Plötzlich machte der Staubsauger ein Geräusch, als ob ihm die Luft abgedreht würde.

Kalle stutzte, schaltete den Sauger aus und suchte mit der Hand in der Ritze. Er fühlte eine schmale, rechteckige Kunststoffhülse, die sich, nachdem er sie aus den Polstern befreit hatte, als Computerdiskette entpuppte.

Interessiert las Kalle das aufgeklebte Etikett. *Fa. EXIMCO GmbH* stand da in Druckbuchstaben. Einfach nur *Fa. EXIMCO GmbH*. Einem ersten Impuls folgend, wollte Kalle die Diskette zu Krawiecke ins Büro bringen, zögerte dann aber. EXIMCO, fiel ihm ein, hieß die Firma, bei der der ermordete Fahrgast von Rainer als Geschäftsführer angestellt gewesen war. Eine Diskette in dem Wagen, in dem der Tote zuletzt gesessen hatte, war doch sicherlich für die Polizei interessant. Oder für Rainer. Den würde er zuerst fragen. Und bis er das tun könnte, würde er über die Diskette kein Sterbenswörtchen verlieren, vor allem nicht gegenüber seinem Chef.

Kalle schleppte den Staubsauger an seinen Platz zurück und fuhr mit Taxi Nummer vier und einer Diskette in der Jackentasche zehn Minuten vor seinem regulären Schichtbeginn vom Hof. An der ersten Telefonzelle hielt er an, betrat die Zelle und wählte Rainers Nummer. Als Rainers Stimme auf dem Anrufbeantworter ihn aufforderte, nach dem Piepton zu sprechen, sagte er: »Hallo, Rainer, Kalle hier. Ich hab da in unserem Taxi eine Diskette gefunden. Steht EXIMCO drauf. Ich dachte, das interessiert dich. Außer uns beiden weiß keiner von dem Ding.« Ihm kam ein Gedanke. »Ich bring sie zu Stefanie. Wenn sie nicht da ist, werf ich sie bei ihr in den Briefkasten. Bis dann. Tschüs.«

Zufrieden mit seinem Einfall machte er sich auf den Weg zur Rainer Eschs Exfreundin.

38

»Hier, lesen Sie mal.« Hauptkommissar Edding hielt seinem Kollegen aus dem Ruhrgebiet die aktuelle Ausgabe der *Bildzeitung* unter die Nase. »Ihr Freund Rutter hat mal wieder zugeschlagen.«

Brischinsky nahm die Zeitung und verzog das Gesicht. »So was von Halbwahrheiten. Und die Leute glauben das. Alles ist erlaubt, was die Auflage steigert. ›Immer noch keine Spur vom verschwundenen Taxifahrer. Sein Chef, der erfolgreiche Taxiunternehmer Hans Krawiecke (45), ist verzweifelt. Er ist mein bester Fahrer, Montag war sein Urlaub zu Ende. Rainer, wir brauchen dich.‹ So 'n Quatsch. Krawiecke sieht den Esch am liebsten von hinten. Und hier, ich glaub, ich spinne. ›Schläft unsere Polizei? Der Leiter der Ermittlungen, Hauptkommissar Brischinsky von der Kripo Recklinghausen, ist seit einigen Tagen nicht zu sprechen. Zufall? Da laufen Mörder frei herum und die Kripo glänzt durch Abwesenheit. Skandalös! Für was, fragen wir uns, zahlen wir eigentlich immer mehr Steuern? Wer hat hier eigentlich was zu verbergen?‹ Da kann einem ja übel werden.« Brischinsky warf die Zeitung in den Papierkorb.

Sein Kollege grinste. »Dann schauen Sie mal lieber hier rein. Zum Abregen.«

Mit einem Stirnrunzeln blätterte Hauptkommissar Brischinsky in der schriftlichen Aussage von Rainer Esch, der ein Phantombild beigelegt war, das der Polizeizeichner nach seinen Aussagen angefertigt hatte.

Dann knallte Brischinsky die Unterlagen auf Eddings Schreibtisch und stöhnte: »Das kann doch wohl nicht wahr sein. So 'ne Scheiße gibt's doch gar nicht, das gibt's doch wohl gar nicht.«

Edding sah ihn erstaunt an. »Irgendwas nicht in Ordnung, Herr Brischinsky?«

»Nee, also, ich weiß nicht.« Brischinsky stockte. »Da läuft so 'n blutiger Amateur durch die Gegend, liefert uns 'ne Leiche und die mutmaßlichen Täter zweier Morde quasi auf dem Silbertablett und im Grunde tappen wir immer noch im Dunkeln. Mir gefällt das alles nicht, gefällt mir ganz und gar nicht.«

Der Recklinghäuser griff spontan zum Telefonhörer und wählte, besann sich aber dann doch noch. »Ich darf doch, oder?«

»Tun Sie sich keinen Zwang an.«

»Brischinsky. Baumann, hör mir mal ganz genau zu, ich sag dir das wirklich nur einmal. Ab sofort werden keine Informationen mehr von dir im Fall Grohlers weitergegeben. Vor allem nicht an die Presse. Unter keinen Umständen, klar? Denk dran, eine weitere Chance hast du nicht. Ich hoffe, dass du das weißt. Natürlich auch nichts ans BKA. Vor allem nichts an den Karrieristen

Staller. Kapiert? Läuft alles über mich.« – »Dann ist's ja gut. Das war's für heute. Morgen komme ich zurück. Kannst mich ja am Flughafen in Düsseldorf abholen. Bin gegen drei da.« – »Gut. Danke.«

Der Hauptkommissar aus dem Ruhrgebiet stützte seinen Kopf in beide Hände.

Edding sah seinen Kollegen besorgt an. »Ist was, Herr Brischinsky? Kann ich Ihnen helfen?«

»Helfen? Ob Sie mir helfen können?« Brischinsky schüttelte leicht den Kopf. Doch dann, als hätte er sich zu einer Entscheidung durchgerungen, sagte er: »Doch, ich glaube schon. Ja, Herr Edding, Sie können mir helfen. Kommen Sie, gehen wir spazieren. Ich brauche dringend etwas frische Luft. Dabei können wir uns ja weiter unterhalten.«

Zwei Stunden später kehrten die beiden Beamten in Eddings Büro zurück. Auf dem Schreibtisch lag der Obduktionsbericht.

Edding blätterte in dem Ordner und sagte dann zu Brischinsky: »Rallinski wurde von hinten erschossen. Unterhalb des linken Schulterblattes ist die Kugel eingedrungen und hat vermutlich die rechte Herzkammer zertrümmert. Rallinski war sofort tot. Die Tatwaffe ist eine Tokarew 32 mit Schalldämpfer, Kaliber 7,62.«

»Wie bei Grohlers. Vermutlich identisch. Haben Sie das Geschoss?«

»Haben wir. Wenn unsere Ballistiker damit fertig sind, können wir die Kugeln vergleichen. Dann wissen wir sicher, ob mit dieser Waffe beide Opfer erschossen wurden.«

Gedankenverloren blätterte Brischinsky in dem Terminkalender, den Rainer Esch den Kripobeamten ausgehändigt hatte.

»Haben Sie das schon gesehen«, fragte er Edding, »die Eintragung vom 20. August? Grohlers in M., steht da. Das war doch der Tag seiner Ermordung, oder? Staller hat uns berichtet, dass Grohlers und er für diesen Tag in Münster verabredet waren. M wie Münster. Grohlers wollte dem BKA dort die Unterlagen übergeben. Und für den selben Tag hat Rallinski notiert: ›L. 20.00 Lager Saganer Straße.‹ L. für Lopitz? Was meinen Sie?«

»Wahrscheinlich ...«

»Dann war der ominöse L. am 20. August also abends in Berlin und nicht in der Nähe des Tatortes in Recklinghausen.«

»Wenn die Eintragung stimmt.«

»Wenn sie stimmt ...«

Brischinsky sichtete weiter den Kalender. Nach einigen Minuten legte er den Terminplaner zur Seite und sagte: »Viel mehr gibt das Ding nicht her. Rallinski wusste also von dem Termin, wahrscheinlich, weil er die Telefonate von Grohlers abgehört hat.«

»Sicher können wir uns erst sein, wenn die wichtigsten Kassetten abgeschrieben sind. Wir werden darauf allerdings noch etwas warten müssen.«

»Leider. Ich frage mich nur, warum Lopitz und seine Kumpane die Bänder in den Schränken liegen gelassen haben. Sie mussten doch damit rechnen, dass wir die finden.«

»Klar. Wenn sie überhaupt Kenntnis davon hatten, dass dort Tonbänder liegen.«

»Oder sie hatten, wie Sie gestern Abend schon vermuteten, keine Zeit mehr, die Bänder einzupacken oder zu vernichten.«

»Das glaube ich eigentlich nicht mehr. Ein Kanister Benzin und die Baracke hätte gebrannt wie Zunder. Nein, die hatten von den Kassetten keine Ahnung.«

»Aber sie hätten doch mit einem Brand auch die Spuren der Tat vernichten können ...«

»Das schon. Aber anderseits auch ein wahrhaft flammendes Signal gegeben. Sie konnten sich ja nicht sicher sein, ob Esch ...«

»Glauben Sie tatsächlich, dass Esch erkannt wurde?«, warf Brischinsky ein. »Ich nicht. Ich vermute eher, dass die Täter nicht wissen, ob und wenn von wem sie beobachtet wurden.«

»Genau das wollte ich sagen. Sie konnten sich ja nicht wirklich sicher sein, ob Esch oder jemand anderes überhaupt etwas gesehen hat. Ein Brand aber wäre sehr schnell aufgefallen. Dieses Aufsehen wollten sie wahrscheinlich vermeiden. Dass wir den toten Rallinski so schnell entdeckt haben, lag doch nur daran, dass wir darüber informiert waren, dass irgendwo eine Leiche sein musste, wenn Sie verstehen, was ich meine. Aber lassen Sie uns weiter spekulieren. Warum wurde Rallinski umgebracht?«

»Wenn Esch alles richtig verstanden hat, ging es den Tätern darum, die Verbindung von Grohlers über Rallinski zu ihnen zu unterbrechen.«

»Das macht keinen Sinn. Esch hat die Mörder von Grohlers doch auf Mykonos gesehen.«

»Sagt er. Wir glauben ihm ja auch. Aber haben wir was außer der Aussage von Esch? Zwei Tote, möglicherweise eine identische Tatwaffe. Das ist aber schon alles.« Brischinsky schüttelte bedauernd den Kopf. »Nein, das reicht nicht. Ein Strafverteidiger, der was von seinem Job versteht, boxt Porfireanu und seine unbekannten Kumpane da mit Leichtigkeit raus. Uns fehlen wirkliche Beweise. Indizien haben wir, schön. Aber keine wirklich überzeugenden.«

»Da haben Sie leider Recht. Also doch der Versuch, einen Mitwisser auszuschalten?«

»Sehe ich so. Und vielleicht auch einen, mit dem man teilen müsste.«

»Womit wir bei einem weiteren Problem wären. Was soll geteilt werden?«

Das Schrillen des Telefons unterbrach ihre Unterhaltung. Edding nahm den Hörer ab und meldete sich.

»Für Sie«, sagte er dann. »Aus Recklinghausen. Ihr Mitstreiter Baumann.« Er schob den Telefonhalter über den Schreibtisch.

»Brischinsky. Ja, Heiner, was gibt's?« – »Ist ja interessant. Seid ihr sicher?« – »Gute Arbeit. Was ist?« – »Ja, Esch haben wir heute Morgen nach Recklinghausen bringen lassen. Du musst veranlassen, dass seine Wohnung bewacht wird.« – »Natürlich rund um die Uhr. Macht bloß keinen Fehler, der ist wirklich gefährdet. Mir reichen zwei Tote vollkommen.« – »Gut. Bis morgen dann.« Er legte auf.

»Baumann glaubt, anhand des Phantombildes den zweiten Täter identifiziert zu haben. Es soll sich um einen gewissen Peter Thassau handeln. Der Thassau war früher quasi ein Kollege von Ihnen. Leutnant bei der Stasi ...«

»Mit der Stasi hatten wir nichts zu tun«, brauste Edding auf.

»Das sollte ein Scherz sein, Herr Edding. Ich wollte Ihnen wirklich nicht zu nahe treten. Also, der Thassau war zuletzt in Berlin gemeldet. Marzahn. Allee der Kosmonauten Nummer 83. War bis zur Wende in der Abteilung Aufklärung.«

»Wo hat Ihr Kollege Baumann denn das ausgegraben?«, wollte der Berliner wissen.

»Kommissar Zufall. Wie bei Porfireanu. Nur war es diesmal kein Nachbar, sondern eine ehemalige Schreibkraft, die als kleine Agentin im Bundesfinanzministerium arbeitete, nach der Wende aufgeflogen ist und ihren früheren Führungsoffizier Thassau erst geliebt und dann gehasst hat. Wundert mich nicht, die hat für ihre Tätigkeit als Spionin aus Liebe ja auch drei Jahre gesessen. Was Thassau nach der Wende gemacht hat, steht allerdings nicht in unseren Akten. Vielleicht sollten Sie ...«

»Bereits passiert.« Edding hatte den Hörer schon in der Hand und schickte einen Streifenwagen nach Marzahn.

»Noch mal zurück zu unserem Brainstorming. Was, meinen Sie, soll geteilt werden?«, fragte Edding.

»Die beiseite geschafften Gewinne aus dem Umrubeln, vermute ich«, antwortete Brischinsky. »Was sonst?«

»Wahrscheinlich. Aber da geht es doch um Millionen. Wo, frage ich mich, versteckt man Millionen? Im Wandschrank doch wohl nicht.«

»Nein, sicher nicht. Grohlers und Rallinski waren zwar kriminell, aber eben auch Geschäftsleute. Die haben ihre Beute nicht vergraben. Nein, das Geld ist irgendwo geparkt. Unverdächtig als Firmengeld oder so was getarnt, vermute ich.«

»Und die Unterlagen darüber hatte Grohlers.«

»Exakt.«

»Und die vermuten die Täter jetzt bei Esch«, stellte Edding fest.

»So isses. Deshalb war Rallinski entbehrlich. Aber da Esch behauptet, diese Unterlagen nicht zu haben, bleibt nur das Problem ...«

»... wer die Unterlagen dann hat«, ergänzte Edding.

»Und wie wir Lopitz, Porfireanu und Thassau kriegen.«

Brischinsky musterte Edding schweigend.

Der erwiderte seinen Blick und sagte dann schließlich: »Meinen Sie das, was ich meine?«

»Wenn Sie Esch meinen, dann ja.«

»Jetzt verstehen Sie ja endlich, was ich meine«, entgegnete Edding ernst. Er sah auf seine Armbanduhr. »Wie wäre es mit Mittagessen?«

»Einverstanden.«

»Unsere Kantine oder Italiener?«

»Für einen erfolgreichen Kriminalbeamten eine ziemlich blöde Frage, Herr Kollege«, lachte Brischinsky.

Als die beiden Hauptkommissare in Eddings Büro zurückkehrten, informierte sie ein Mitarbeiter darüber, dass Peter Thassau vor über einem Jahr aus der Allee der Kosmonauten 83 ausgezogen war. Keiner der Nachbarn wusste wohin. Beim örtlichen Einwohnermeldeamt ging man, da keine Abmeldebescheinigung eingegangen war, immer noch davon aus, dass der Gesuchte seinen Wohnsitz in Marzahn hatte.

Außerdem lag der ballistische Vergleichstest der Kugeln vor, die in den Körpern der Toten Grohlers und Rallinski gefunden worden waren. Beide Geschosse stammten aus derselben Waffe, einer Tokarev 32.

»So langsam«, bemerkte Brischinsky lakonisch, »schließt sich die Indizienkette. Was meinen Sie?«

»Dasselbe wie Sie. Leider nur Indizien. Aber wir haben ja den Esch.«

»Ja«, antwortete der Hauptkommissar aus Recklinghausen, »wir haben ja den Esch. Leider nur den.«

39

Nach achtstündiger Zugfahrt erreichte Rainer Esch am späten Dienstagnachmittag den Hauptbahnhof in Recklinghausen. Er wurde schon von einem Kripobeamten erwartet und zu seiner Wohnung gebracht. An der gegenüberliegenden Straßenseite stand im absoluten Halteverbot mit demonstrativer Auffälligkeit ein Streifenwagen der Polizei, besetzt mit zwei Beamten, die ihn sorgfältig musterten.

Die sechs Tage Abwesenheit hatten seinen Briefkasten mit Werbung aller Art überfluten lassen. Einen Teil der Reklameprospekte und die Tageszeitungen hatten vermutlich seine Nachbarn vor seiner Wohnungstür deponiert. Nach einer groben Sichtung des Papierstapels entschied Esch, dass nichts dabei war, was sofortige Entscheidungen erforderlich machte. Also landete der ganze Berg zunächst ungeöffnet auf dem Küchentisch.

Esch fischte seine kaum getrockneten, schlammigen Klamotten vom Vortag aus den Plastiktüten und warf sie zu der Urlaubswäsche in die Badewanne. Dann inspizierte er seine Lederjacke, die ziemlich stark ramponiert war. Einen Moment erwog er, sich endgültig von dem guten Stück zu trennen. Dann entschied er sich dafür, einen Reinigungsversuch zu unternehmen. Es gibt zwei Dinge, dachte Esch, die ein Mann nie verleihen sollte: Sein Auto und seine Lederjacke.

Um den Reinigungsprozess zu vereinfachen, zog Esch sich vollständig aus und stieg, nur mit der Lederjacke bekleidet, unter die Dusche, wo er sich und die Jacke einseifte und gründlich abgespülte. Danach landete die Jacke auf einem Bügel und fand über der Badewanne einen Platz zum Trocken. Esch hoffte, dass sich mit Lederwachs und Geduld der ursprüngliche Zustand seines liebsten Kleidungsstückes wieder herstellen lassen würde.

Nur mit dem Bademantel bekleidet brühte er einen Espresso auf und machte es sich mit Kaffee und Zigarette am Küchentisch bequem, um seine Post durchzusehen. Er hatte gerade den ersten Schluck des heißen Getränks intus, als das Telefon klingelte. Fluchend stand er auf. Bevor er jedoch den Apparat im Flur erreichte, hörte er, wie sich der Anrufbeantworter einschaltete. Als Rainer den Hörer abnahm und damit den Ansagetext unterbrach, vernahm er nur noch das Knacken am anderen Ende der Leitung, das unzweifelhaft anzeigte, dass der andere Teilnehmer nicht gewillt war, mit einer Maschine zu kommunizieren.

Verärgert knallte Esch den Hörer auf das Gerät. Auch er selbst hasste Anrufbeantworter, noch mehr hasste er jedoch Menschen, die keine Nachricht auf dem Band hinterließen. Esch war schon auf dem Weg zurück in die Küche, als ihm einfiel, die Maschine auf vorher eingegangene Anrufe abzuhören. Er drückte die Wiedergabetaste und wartete.

»Krawiecke. Esch, hast du verschlafen, oder was? Heute ist Montag, kurz nach acht. Hier wartet ein Taxi auf dich. Beweg deinen Arsch hierher, aber schnell. Und lass das Saufen sein, wenn du am nächsten Morgen Schicht hast.« Piep.

»Noch mal Krawiecke. Los, du Penner, nimm ab. Liegst im Bett und lässt es dir gut gehen. Was meinst du, wer du bist, was? Du erscheinst jetzt sofort hier auf'm Hof, sonst brauchst du morgen erst gar nicht anzutreten, hast du mich verstanden?« Piep.

»Guten Tag, Herr Esch.«

Esch zuckte zusammen. Die Stimme von Leberfleck alias Glauhupf alias Porfireanu.

»Wir wissen im Moment nicht, wo Sie sind, aber glauben Sie mir, ewig können Sie sich nicht verstecken. Wir werden Sie finden. Und dann, Herr Esch, haben Sie ein Problem. Ein mächtiges Problem sogar. Herr Esch, Sie haben noch immer etwas, was uns gehört und das wir wieder haben möchten. Sie sollten uns unser Eigentum zurückgeben. In Ihrem Interesse.« Porfireanus Stimme wurde sehr leise und drohend. »Und natürlich, das vergaß ich zu erwähnen, im Interesse Ihrer Angehörigen und Freunde. Sonst könnte es sein, dass wir uns länger mit Ihrer Freundin Stefanie Westhoff, sagen wir mal, unterhalten müssen. Ich kann Ihnen versichern, nicht jeder empfindet eine Unterhaltung mit uns als angenehm, im Gegenteil. Wenn Sie gesprächsbereit sind, was wir im Interesse Ihrer Freundin doch stark hoffen wollen, sollten Sie uns anrufen. Sie erreichen uns rund um die Uhr unter der Nummer 0172-39080809. Heute ist der 16. September. Sie haben noch maximal sieben Tage Zeit. Dann bekommt Ihre Stefanie Besuch, Herr Esch.« Piep.

Rainer zitterte am ganzen Körper. Ehe er einen klaren Gedanken fassen konnte, hörte er Kalle, der ihm vom Fund der Diskette berichtete.

Dann erklang Stefanies Stimme: »Hallo, Rainer. Dein Kumpel Kalle hat bei mir eine Diskette in den Briefkasten geworfen. Anscheinend für dich. Das Ding hat was mit deinem bekloppten Ausflug nach Berlin zu tun. Glaube ich zumindest. Also, hol dir die Diskette bei mir ab, wenn du wieder zurück bist. Und sag deinem komischen Freund Kalle, er soll mich nicht immer so anglotzen. Wahrscheinlich ist das der Grund, warum er nicht gleich dich mit dem Ding beglückt hat. Ach so, hättest dich ja auch mal aus Berlin melden können. Ich hab mir nämlich Sorgen gemacht, du Mistkerl. Bis dann.« Piep.

Esch griff zum Telefonhörer und wählte Stefanies Nummer.

»Westhoff«, meldete sie sich.

»Gott sei Dank, Stefanie. Du bist zu Hause.«

»Wo soll ich denn um diese Zeit sonst sein? Guten Tag, Rainer.«

»Tag. Du glaubst gar nicht, wie ich mich freue, deine Stimme zu hören.«

»Sehr schön. Warum hast du mich nicht mal aus Berlin angerufen, wenn dir daran so gelegen ist? Oder Cengiz? Kannst du dir eigentlich vorstellen, dass du uns nicht so gleichgültig bist, dass wir uns keine Sorgen machen würden?«, warf ihm Stefanie wütend an den Kopf.

»Ja, stimmt. Aber da ist so viel passiert, das muss ich euch in Ruhe erzählen. Ich hatte einfach keine ...«

»Du hattest keine Zeit?«, unterbrach sie seine Entschuldigung. »Ich hör wohl nicht recht. Keine Zeit für einen kurzen Anruf? Rainer, bitte erzähl nicht so 'n Scheiß.«

»Stefanie, müssen wir uns eigentlich immer wieder streiten?«

»Ich streite mich ja nicht. Ich rege mich nur über deine ständigen Ausflüchte auf. Deine Unzuverlässigkeit ist der Hauptgrund, warum ich mich von dir getrennt habe. Du solltest das eigentlich wissen. Wann holst du diese Diskette hier ab?«

Esch überlegte, ob er Stefanie von der Drohung Dimitri Porfireanus erzählen sollte, entschied sich dann aber dagegen. Bis zum 23. September waren noch sechs Tage Zeit und er glaubte nicht wirklich daran, dass die Gangster ihre Drohung wahr machen würden. Sie blufften. Außerdem nahm er an, dass die Diskette die Informationen enthielt, die die Gangster unbedingt haben wollten. Und genau diese Informationen interessierten auch ihn gewaltig.

»Ich komme, wenn es dir recht ist, gleich vorbei, ja?«

»Ist gut. Aber stolpere auf dem Weg hier her nicht über den nächsten Kneipeneingang.« Sie legte auf.

Als Rainer das Haus verließ, stand das Polizeifahrzeug noch immer vor seiner Tür, allerdings hatte er den Eindruck, dass die Streifenwagenbesatzung gewechselt hatte. Möglicherweise war es auch ein anderer Wagen. Er startete seinen in der Nähe stehenden Golf, der zu seiner Überraschung anstandslos ansprang, und fuhr zur Wohnung von Stefanie. Das Polizeifahrzeug folgte ihm.

Dreißig Minuten später saß Esch mit der Diskette in der Tasche wieder in seinem Wagen. Sein Besuch bei Stefanie war nur kurz gewesen, da sie nicht gewillt war, seine Entschuldigungen zu akzeptieren.

Er konnte sich selbst irgendwo hinbeißen. Eigentlich wollte er nichts lieber, als seine Zeit mit Stefanie verbringen. Waren sie jedoch länger als zwei Minuten zusammen, kam es unweigerlich zu einer Konfrontation, deren Ursache zumindest Rainer sich in aller Regel nicht erklären konnte.

Esch sah auf die Diskette. *Fa. EXIMCO GmbH* stand auf dem Aufkleber. Nach kurzem Nachdenken machte er sich auf den Weg zu seinem Büro in der Uferstraße.

Auf der Fahrt achtete er sorgfältig darauf, dass ihm außer dem Streifenwagen niemand folgte. Allerdings machte er sich auch keine Illusionen. Er hatte in zu vielen Kriminalfilmen gesehen, wie Profis Autos verfolgen, ohne dass die verfolgten Fahrer etwas davon bemerkten. Und Lopitz und die anderen waren Profis, daran hatte Rainer keinen Zweifel.

Sicherheitshalber parkte er seinen Wagen nicht direkt in der Uferstraße, sondern stellte ihn einige Straßen entfernt ab und ging die restlichen Meter zu Fuß.

In seinem Büro lag die Luftmatratze noch immer vor dem Schreibtisch, darauf das Handy. Er steckte das Gerät in die Jackentasche und ging in die Küche, um einen Kaffee aufzugießen. Mit der Tasse in der Hand und einer Reval im Mundwinkel schaltete er seinen Computer ein und wechselte, nachdem die Eingabeaufforderung von MS-DOS auf dem Bildschirm zu sehen war, mit nicht sehr souveränen Tastaturbefehlen auf das Laufwerk, in dem die Diskette steckte. Es passierte nichts.

Ratlos suchte er in der Schreibtischschublade, bis er ein altes Handbuch fand, dessen oberflächliche Lektüre ihn in seiner Auffassung bestätigte, dass nicht mehr der Wolf, sondern die Computertechnik der natürliche Feind des homo sapiens war. Nachdem auch das weitere, entschlossen ausgeführte Drücken der Enter-Taste nur zu einer Reproduktion der Zeichen A:> auf dem Bildschirm führte, musste Rainer sich eingestehen, dass es an der Zeit war, einen grundlegenden Paradigmenwechsel einzuleiten.

Also griff er zum Telefonhörer und rief Cengiz Kaya an, der glücklicherweise Frühschicht hatte und deshalb zu Hause war.

»Seit wann bist du wieder zurück?«, wollte Cengiz wissen.

»Seit eben. Hör mal ...«

»Und wie war's?«

»Das erzähle ich dir später. Cengiz, ich habe hier ein ...«

»Nun sag doch mal: Hast du was über die Firma, wie hieß die gleich ...«

»EXIMCO heißt die. Pass auf, wenn man eine Diskette in ein Laufwerk ...«

»Genau, EXIMCO. Was ist denn das für ein Laden, hast du da was rausgekriegt?«

Er bekam keine Antwort. »Rainer? Bist du noch da?«, fragte Kaya überrascht.

»Ja«, schrie Esch in den Hörer. »Ich bin noch da. Hörst du mir jetzt bitte einen Moment zu? Ich habe hier ein Problem, ein dringendes Problem. Ich habe eine Diskette in das Laufwerk meines Computers geschoben und möchte wissen, was da drauf ist. Kannst du mir da helfen?«

»Was regst du dich so auf? Warum sagst du das denn nicht gleich?«

»Oh Mann! Bei deiner Einbürgerung muss den Beamten bei der Prüfung der Deutschkenntnisse ein Fehler unterlaufen sein, weißt du das eigentlich? Also, was muss ich machen?«

»Was sind denn das für Dateien, die du lesen willst?«

»Woher soll ich das denn wissen? Deshalb rufe ich dich doch an.«

»Ich liebe Ferndiagnosen über Computer am Telefon. Das ist wie 'ne Blinddarmentfernung übers Internet.«

»Was?«

»Vergiss es. Hast du es schon mit dem Befehl ›dir‹ versucht?«

»Nee, was ist das?«

»Ein DOS-Befehl. Der zeigt dir an, welche Dateien auf dem Datenträger sind.«

»Prima. Wie komme ich an den Befehl ran?«

»Den musst du eingeben, du Nuss. Tippe hinter das Prompt d, i, r ein und drücke Enter.«

»Gut. Mach ich. Was ist ein Prompt?«

»Rainer, es tut mir Leid, dir sagen zu müssen, dass ich soeben beschlossen habe, dich umzubringen. Was siehst du auf dem Bildschirm, du Computer-Legastheniker?«

»Ein A, einen Doppelpunkt, eine Art Pfeil und einen blinkenden Strich.«

»Gut. Das ist das Prompt. Jetzt gib d, i, r ein und Enter.«

»Mach ich. Is ja stark. Funktioniert.«

»Und was siehst du jetzt?«

»Da steht Konten.«

»Sonst nichts? Ist ja eigenartig«, wunderte sich sein Freund.

»Doch. Dann kommt ein Punkt und dann xls.«

»Warum sagst du das nicht gleich?«

»Wußte ich's denn? Also, was soll das?«

»Das ist vermutlich eine Excel-Datei. Du musst das Programm laden und dann die Datei öffnen.«

»Excel kenne ich. Habe ich drauf.«

»Ja, hast du. Ich hab's dir ja selbst auf deine alte Möhre, die du Computer nennst, aufgespielt. Also lade Excel.«

»Erst Windows, stimmt's?«

»Stimmt, du Genie.«

Kaya hörte das Klappern der Computertastatur.

Dann sagte Rainer: »Was ist das denn?« Und: »Scheiße. Cengiz, bist du da?«

»Wo soll ich denn sonst sein? Was ist los?«

»Hier ist eine Meldung am Bildschirm. Da steht, dass das Programm die Datei konten.xls ohne Eingabe eines Passwortes nicht öffnen kann.«

»Da hast du wirklich ein Problem. Dafür fehlen dir die Programme. Und selbst wenn du sie hättest«, meinte Kaya, »könntest du nicht damit umgehen. Schmeiß die Diskette weg und geh was trinken.«

»Cengiz, könntest du vielleicht ...?«

»Ich? Nee, Rainer, das geht wirklich zu weit. Ich wollte gerade ein Bad nehmen und mir dann den Spielfilm im Fernsehen angucken.«

»Cengiz, bitte. Es geht auch um Stefanie.«

»Wieso? Was hat denn Stefanie damit zu tun?«

»Die Kerle erpressen mich, Cengiz. Wenn ich ihnen die Diskette nicht gebe, wollen sie Stefanie was antun.«

»Rainer, du hast doch wohl Stefanie da nicht mit reingezogen? Wenn du das gemacht hast, schwör ich dir

Blutrache, wie das unter meinen Vorfahren noch üblich war, da kannst du dich drauf verlassen.«

»Ich hab keine Ahnung, wie die auf sie gekommen sind. Aber ich muss wissen, was auf der Diskette ist. Dann gehe ich sofort zu den Bullen, bitte, glaub mir.«

»Gut. Dann setz dich in deine Karre und komm. Aber sofort.«

»Danke. Nur«, Esch zögerte, »Cengiz, mein Wagen steht etwas weiter entfernt.«

»Na und?«

»Na ja, das dauert ein bisschen, bis ich bei dir sein kann. Wenn du mich jedoch abholen würdest ...«

Das monotone Tuten des Telefons zeigte ihm, dass sein Freund aufgelegt hatte.

»Setz dich irgendwohin und halt die Klappe.«

Cengiz Kaya nahm Rainer Esch die Diskette aus der Hand und setzte sich vor seinen Computer. Esch blätterte derweil in der neuesten Ausgabe des *Spiegel*.

»Cengiz, warum funktionierte das eigentlich bei meinem Computer ...«

»Schnauze.« Kaya sah konzentriert auf seinen Computerbildschirm.

Nach zehn Minuten hörte Esch, wie der Drucker seine Arbeit aufnahm.

»Hier, das ist das erste Blatt von ›Konten.xls‹.« Cengiz reichte ein bedrucktes DIN-A4-Blatt.

Esch las:

Züricher Vereinsbank
122 334 776 *3.000.987,86 DM* *Liebknecht*
Bankhaus Gürtli, Bern
988.455.113 *25.899.686,10 DM* *Kapital*
Bankhaus Gürtli, Bern
988.466.387 *12.450.444,65 DM* *Rote Armee*
Freie Bank, Zürich
433.911.009 *9.955.005,99 DM* *Wladimir*

»Mann. Das sind ja fünfzig Millionen. Ich werd verrückt. Was soll denn das realsozialistische Vokabular hinter den Beträgen?«, wunderte sich Rainer.

»Ich vermute, das sind Nummernkonten. Und bei den Namen handelt es sich wohl um Passwörter. Nur mit denen kommst du an die Konten ran«, antwortete Kaya. »Da könnte man schwach werden. Stell dir vor, fünfzig Millionen!«

»Und neben den Bullen die ganze Mafia am Hals. Vier Wochen, dann bist du entweder tot oder im Knast. Nee, danke. Ich geh zu den Bullen mit dem Kram. Das wird mir zu heiß. Ist es eigentlich jetzt schon. Darf ich mal dein Telefon ...?«

»Du wohnst doch ohnehin schon fast hier. Nur zu.«

Esch fingerte eine Visitenkarte aus seiner Geldbörse und wählte.

»Esch hier. Tag, Herr Baumann. Ist Hauptkommissar Brischinsky noch in Berlin? Schon wieder zurück? Könnte ich ihn bitte ... Hallo, Herr Brischinsky. Ich glaube, ich habe die Unterlagen, die die Kerle von mir haben wollen. Ja, seit heute Nachmittag. Das erzähle ich Ihnen alles am besten persönlich. Heute noch? Gut, wenn Sie meinen. Ja, ich komme sofort. Bis gleich.«

Rainer sah Cengiz ernst an. »Jetzt kommt das alles wieder in Ordnung, hoffe ich.«

»Ich auch. In erster Linie für Stefanie.«

40

Fünfundvierzig Minuten später saß Rainer Esch Hauptkommissar Brischinsky und Kommissar Baumann gegenüber und beobachtete schmunzelnd, wie sich Baumann bemühte, einen Kassettenrekorder dazu zu bringen, die Kassette aus Eschs Anrufbeantworter abzuspielen.

Schließlich gelang es ihm. Die beiden Beamten lauschten stirnrunzelnd der Drohung von Porfireanu.

»Baumann«, sagte Brischinsky schließlich, »frag mal bei D2 nach und lass den Anschluss checken. Mach es aber eilig, ich will das Ergebnis noch heute haben.«

»Ist gut, Rüdiger.« Baumann verließ das Büro.

»Und die Diskette hat Ihr Kollege Kalle also bei Ihrer Freundin Stefanie Westhoff in den Briefkasten gesteckt?«, wollte Brischinsky wissen.

»Ja, heute Morgen.«

»Warum hat Kalle sich nicht direkt an Sie gewandt?«

Esch schluckte, da er befürchtete, dass Stefanie mit ihrer Vermutung über Kalles sexuelle Neigung Recht hatte. »Dazu möchte ich lieber nichts sagen, Herr Kommissar. Das ist sozusagen privat.«

»Sozusagen. Na gut. Wie ist denn Kalle zu der Diskette gekommen?«

»Das weiß ich nicht genau, aber ich vermute, Krawiekke hatte mal wieder einen seiner cholerischen Anfälle. Dann lässt er seine Fahrer die Taxen reinigen, unabhängig davon, ob die Karren überhaupt gesäubert werden müssen. So war es wahrscheinlich.«

»Herr Esch, warum haben Sie uns das Ding nicht sofort gebracht?«, fragte Brischinsky ernst. »Sie wollten mal wieder selbst Detektiv spielen, was? Mittlerweile hätten Sie eigentlich merken müssen, dass das hier kein Scotland Yard-Spiel ist. Hier hat es schon zwei Tote gegeben, ich möchte nicht, dass es noch mehr werden. Habe ich mich klar genug ausgedrückt? Was meinen Sie eigentlich, warum ein Streifenwagen bei Ihnen Tag und Nacht vor der Tür steht? Weil wir sonst nichts Besseres zu tun haben? Ich sollte Sie eigentlich für ein paar Tage außer Verkehr ziehen, wissen Sie das?«

»Das können Sie doch nicht machen. Ich habe doch nichts getan!«

»Nichts getan? Dann fang ich mal an aufzuzählen: Diebstahl eines Aktenkoffers, Hausfriedensbruch im Lager der EXIMCO, versuchte Vernichtung von Beweismaterial, versuchte Strafvereitelung, versuchte Unterschlagung ...«

»Unterschlagung?«, protestierte Esch.

»Ja, versuchte. So kann man doch das Knacken der Diskette durch Ihren Freund Kaya auch deuten, oder? Sie wollten sich das Geld unter den Nagel reißen ...«

»Wollten wir nicht.« Rainer war ehrlich empört.

»Mein ja nur. Das würde für einige Tage U-Haft reichen ...«

Baumann betrat das Büro. »Die versuchen, was sie können. Kann aber, ein, zwei Stunden dauern.«

»Danke.« Brischinsky dachte kurz nach. »Baumann, sieh mal nach, ob der Staller noch im Haus ist. Der wollte doch heute hier sein. Wenn er noch da ist, dann bitte ihn zu mir, ja?«

»Geht seinen Gang.« Baumann verschwand.

»Der sieht auch zu viele Krimis vom Ostdeutschen Rundfunk. Der redet schon wie 'n Ossi.« Brischinsky lachte. »War nicht so gemeint.«

Dann wurde der Hauptkommissar wieder ernst. Von Eschs Zustimmung würde es abhängen, seinen mit Edding besprochenen Plan zu realisieren. »Herr Esch, ich brauche Sie. Ich mache Ihnen jetzt einen Vorschlag, den Sie selbstverständlich auch ablehnen können. Ich hätte dafür wirklich Verständnis.« Er wartete eine halbe Minute und fuhr dann fort: »Ich möchte, dass Sie sich zum Schein auf das Angebot der Gangster einlassen und die Diskette übergeben. Natürlich sind wir in der Nähe und beobachten Sie ständig. Nach menschlichem Ermessen kann Ihnen dabei nichts passieren. Aber wenn die Gangster ihre Drohung wahr machen, dann ...« Er zuckte mit den Schultern. »Wir können Sie und Ihre Freunde nicht ewig bewachen oder so lange wegschließen, bis wir die Täter haben. Das kann noch Tage dauern. Was sagen Sie dazu?«

Esch überlegte. Dann sagte er: »Geht klar.« Mehr nicht. Tief im Inneren hoffte er, dass er diese Entscheidung nicht noch bedauern würde.

»Ich danke Ihnen. So, jetzt gehen wir beide telefonieren. In eine Telefonzelle.«

»Eine Zelle? Warum benutzen wir denn nicht Ihr Telefon?«

»Sicher ist sicher, glauben Sie mir.«

Brischinsky quetschte sich mit Rainer in den kleinen Raum: »Und nun rufen Sie die angegebene Nummer an.

Vereinbaren Sie als Übergabeort das Parkhaus am Löhrhoffcenter, auf dem Parkdeck mit den Frauenparkplätzen, Parkplatz 89. Übermorgen um Punkt Zwölf. Einen Tag benötigen wir zur Vorbereitung. Und bitte, Herr Esch, kein Wort zu jemanden außer zu Baumann und mir. Haben Sie mich verstanden?« Brischinsky fixierte Rainer mit einem tiefen Blick.

»Ja, natürlich. Was habe ich denn genau zu tun?«

»Erkläre ich Ihnen gleich. Jetzt rufen Sie erst mal die Nummer an.«

Der Hauptkommissar reichte Rainer den Hörer und warf Geld in den Münzschlitz. Esch wählte die Nummer, die ihm Porfireanu gegeben hatte.

»Ja«, meldete sich eine Stimme mit ausländischem Akzent.

»Esch hier. Ich hätte gerne ...«

»Einen Moment.« Esch registrierte ein Knacken und hörte kurze Zeit später leise Stimmen.

»Guten Tag, Herr Esch. Ich wusste, dass Sie sich melden würden. Was haben Sie mir zu sagen?«, fragte Porfireanu.

»Ich tue, was Sie wollen. Sie bekommen Ihre Unterlagen.«

»Na bitte. Aber warum hat das so lange gedauert? Wo und wann?«

»Übermorgen. Im Parkhaus am Löhrhoffcenter in Recklinghausen. Um zwölf. Auf den Frauenparkplätzen, Parkplatz 89.«

Porfireanu schwieg. Dann fragte er: »Warum erst übermorgen? Warum nicht morgen? Das gefällt mir nicht, gefällt mir überhaupt nicht.«

Esch sah fragend zu dem Hauptkommissar hinüber. Der hielt seine linke Hand an eine Backe und verzog das Gesicht.

»Ich habe rasende Zahnschmerzen. Morgen habe ich einen Termin beim Zahnarzt.«

Brischinsky nickte anerkennend.

»Na gut. Aber warum ein Parkhaus?«

»Ich kenne mich da aus. Ich möchte sicher gehen, dass

Sie mich nicht behandeln wie Grohlers. Da sind viele Menschen.«

Porfireanu lachte leise. »Einverstanden, Herr Esch. Haben Sie der Polizei von unserem Anruf erzählt?«

Der Hauptkommissar nickte.

»Ja, das habe ich.«

»Und von den Unterlagen?«, fragte Porfireanu.

Brischinsky schüttelte den Kopf.

»Die glauben mir ja sowieso nicht. Die habe ich wirklich erst heute gefunden. Die Polizei weiß nichts davon. Das kann sich aber ändern.«

»Wollen Sie mir drohen, Herr Esch? Lassen Sie das! Sicherlich verstehen Sie mich. Wenn Sie auch nur ein Sterbenswort von unserer Verabredung der Polizei erzählen, ist Ihre Freundin tot!«, sagte Porfireanu gleichmütig. »Aber vorher haben wir noch etwas Spaß miteinander, klar?«

»Klar. Völlig klar.«

Es knackte. Die Verbindung war unterbrochen.

»Das haben Sie ausgezeichnet gemacht, Herr Esch. Sozusagen professionell«, lobte ihn der Hauptkommissar.

Sie kehrten in das Büro zurück. Kurz danach erschien Baumann. »Staller kommt gleich, Chef. Der wollte wissen, was du willst. Ich habe ihm gesagt, dass Esch, Entschuldigung, Herr Esch, bei uns ist. Das hat ihn interessiert. Er möchte ihn kennen lernen.«

»Und Herr Esch Staller«, bemerkte Brischinsky leise.

Das Telefon schellte. Baumann nahm ab. Er hörte mit einem überraschten Gesichtsausdruck zu, ohne ein Wort zu sagen. Dann legte er auf.

»Chef, Fehlanzeige. Die von D2 haben das Handy mit der Nummer 0172-39080809 ermittelt. Es gehört Rallinski. Nur ... das Signal, zu dem die Nummer gehört, wird im Moment aus Rumänien gesendet. Aus Konstanza.«

»In Rumänien?«, fragte Brischinsky verblüfft.

»Aber ich habe doch eben ...« warf Esch ein.

»Sie haben mir eben zugesagt, fürs Erste die Klappe zu halten, Herr Esch.«

Esch schwieg beleidigt.

»Irrtum ausgeschlossen?«

»Irrtum ausgeschlossen«, bekräftigte Baumann.

»Den Ort kenn ich.«

»Den kennst du?«

»Also, nicht richtig. Den Namen Konstanza hat Rallinski erwähnt. Da sind Geschäftspartner der Firma EXIMCO ansässig. Komischer Zufall ... Wie kommen die Kerle so schnell von Berlin nach Rumänien? Da stimmt doch was nicht. Die wollen doch an die Unterlagen ran. So schnell wie möglich. Und das war sicher der Portefineau, Herr Esch?«

Esch bejahte.

»Warum dann Rumänien? Die mussten doch damit rechnen, dass die Übergabe schon morgen früh stattfindet ...«

Brischinsky stockte. Dann sagte er zu Baumann: »Heiner, gib mir mal dein Handy.« Als er den verwunderten Blick seines Mitarbeiters sah, meinte er: »Frag nicht, tu es einfach. Danke. Und jetzt geh mal nach nebenan und ruf dein Handy an.«

Baumann, der so aussah, als ob er am Verstand seines Vorgesetzten zweifeln würde, verließ kopfschüttelnd das Büro.

Brischinsky wartete. Nach wenigen Sekunden klingelte Baumanns Gerät. Brischinsky nahm den Anruf entgegen und sagte: »Jetzt bleib mal dran.« Er legte Baumanns Apparat seitwärts auf den Schreibtisch. Nun nahm er sein Handy und wählte. Sein stationäres Telefon schellte. Er nahm ab und legte sein Handy so vor Baumanns Telefon, dass sich jeweils Mikrophon und Ohrmuschel direkt gegenüberlagen. Dann nahm er den Hörer des Büroapparates. »Baumann, kannst du mich hören? Ja? Ich dich auch. Komm wieder rüber, ist alles klar.«

Baumann stürmte ins Büro. »Also, Herr Hauptkommissar, bist du jetzt völlig ...«

Sein Blick fiel auf das Telefonensemble auf dem Schreibtisch. Es dauerte einen Moment, dann sagte er: »Clever, wirklich clever. Der Anruf geht nach Rumänien. Dort ist ein Mittelsmann, der den Anruf entgegennimmt und mit einem zweiten Gerät eine andere Nummer wählt. Dann stellt er die Telefone so wie du hin und ... Bingo.«

»Und dabei könnte der Angerufene im Zimmer nebenan sitzen und wir würden das nie erfahren. Die haben eben überall alte Genossen«, ergänzte Brischinsky. »So umgehen sie die Ortung und sind trotzdem erreichbar. Und bis wir über Interpol in Rumänien zuschlagen können, vergehen Tage, wenn nicht Wochen. Nicht schlecht, meine Herren, nicht schlecht. Aber ich bin ja auch noch da. Wer zuletzt lacht ...«

Esch hatte Brischinskys Versuch mit offenem Mund verfolgt. Der Hauptkommissar stieg gewaltig in seinem Ansehen. Darauf wäre er nie gekommen.

Die beiden Beamten steckten ihre Handys wieder ein.

Es klopfte. Hauptkommissar Staller betrat das Zimmer.

»Ahh, guten Abend, Herr Staller. Das ist Rainer Esch«, stellte Brischinsky vor. »Herr Esch hat heute Mittag eine Nachricht auf seinem Anrufbeantworter gefunden. Die Täter drohen ihm mit der Ermordung seiner Freundin. Sie haben eine D2-Nummer für einen Rückruf hinterlassen. Leider hilft die uns auch nicht viel weiter. Das Handy ist in Rumänien geortet worden. In der Hafenstadt Konstanza. Anscheinend ein Trick.«

Esch hatte zuerst Staller, dann Brischinsky angesehen.

Staller reichte ihm die Hand.

»Na, Herr Esch, da halten Sie uns aber ganz schön in Trab, was?«

Esch wusste nicht, was er sagen sollte. Dann stieß er mit gepresster Stimme hervor: »Das kann schon sein.« Und, zum Hauptkommissar aus Recklinghausen gewandt: »Herr Brischinsky, ich muss Ihnen noch was sagen. Aber bitte unter vier Augen.«

41

Rainer Esch war reichlich mulmig zumute, als er am Donnerstag um kurz vor zwölf auf dem dritten Parkdeck des Löhrhoffcenters stand. Die Diskette steckte in seiner rechten Jackentasche, unter seiner Jacke war ein Mikrophon befestigt. Deshalb durfte er den Kragen nicht hochschlagen, obwohl ihn trotz einer Temperatur von zweiundzwanzig Grad fröstelte.

»Wir müssen doch immer über das informiert sein, was bei Ihnen gerade passiert«, hatte ihm Brischinsky erklärt, als der Polizeitechniker ihm den Sender wie bei den Fernsehstars auf dem Rücken befestigte.

Als Esch klar wurde, dass er gleich mindestens zweifachen Mördern gegenüber stehen würde, wurde ihm schlecht. Er spielte mit dem Gedanken, die ganze Sache abzublasen. Das wäre ganz einfach. Er müsste nur laut rufend in Richtung Fahrstuhl gehen und ›Hey Jungs, war alles nur ein Irrtum‹ rufen, ›ich seh nicht so aus wie James Bond und bin es auch nicht‹, und die ganze Sache wäre gelaufen. Allerdings hätte er dann mit absoluter Sicherheit für den Rest seines Lebens Probleme beim morgendlichen Rasieren. ›Du‹, würde das Gesicht, das ihm aus dem Spiegel entgegen blickte, sagen, ›warst du das nicht, der, als es darauf ankam, die Hosen voll hatte? Der die Leute, die auf ihn gesetzt haben, enttäuscht hat? Das warst doch du, oder?‹

Scheiße, da musste er jetzt durch. Und außerdem hatte ihm Brischinsky versichert, dass das halbe Parkhaus mit Polizeibeamten bevölkert war, der Hauptkommissar und Baumann selbst nur einige Meter entfernt schon seit Stunden im Kassenhäuschen des Parkhauses ausharrten, um eventuellen Beobachtern keinen Verdachtsmoment zu liefern. Der Kassierer war natürlich auch im Staatsdienst, das junge Ehepaar, welches sich schon seit Minuten bemühte, eine große Pappkiste in seinem VW-Golf zu verstauen, vermutlich ebenfalls. Auch die Lagerarbeiter, die gerade eine neue Lieferung für den Mediamarkt aus einem LKW räumten, waren wahrscheinlich Polizisten. Was sollte er sich also Sorgen machen?

Um sich zu beruhigen, summte er leise *Sympathy for the devil* vor sich hin. Beim Refrain *Please to meet you* blieb er stehen und hielt die Luft an. Ein schwarzer Mercedes SLK überquerte die Brücke über den Wall, die das eigentliche Parkhaus von den Parkdecks des Löhrhoffcenters trennt. Der Wagen fuhr langsam an ihm vorbei. Da die Scheiben dunkel getönt waren, konnte Esch die Insassen nicht erkennen. Der Mercedes bog um die Kurve und nahm die Auffahrt zum obersten Parkdeck. Rat suchend schaute Rainer zum Kassenhäuschen hinüber. Der Kassierer würdigte ihn keines Blickes. Unruhig stampfte Esch hin und her.

Einige Minuten später kam der Wagen die Ausfahrt wieder herunter. Er fuhr fast bis zur Brücke, genau so weit, dass die Insassen nicht nur die gegenüberliegende Auffahrt, sondern auch das Kassenhäuschen und den sich dahinter befindenden Eingangsbereich zum Fahrstuhl im Blickwinkel behalten konnten. Die Fahrer- und die Beifahrertür öffneten sich.

Esch stockte der Atem. Sein Herz donnerte und seine Kniekehlen wurden weich. Aus dem Wagen stiegen tatsächlich Dimitri Porfireanu und der andere von Mykonos. Rainer schluckte. Sein Instinkt riet ihm wegzurennen. Da er aber nicht wusste, wohin, blieb er stehen.

Die beiden Gangster näherten sich zielstrebig, ihre rechten Hände in den Jackentaschen. Das war's. Esch schloss mit dem Leben ab. Er sah sich schon von Pistolenkugeln durchlöchert am Boden liegen, als ihn die beiden erreichten.

»Guten Tag, Herr Esch«, sagte Porfireanu leise. »Haben Sie unser Eigentum dabei?«

»Jjj...aa«, stotterte Esch. »Natürlich. Aber woher weiß ich, dass Sie mich und meine Freunde künftig tatsächlich in Ruhe lassen?«

»Wenn du uns nicht bescheißt, gibt's 'ne gewisse Chance«, antwortete der andere mit dem Siegelring, »ansonsten ...« Er zuckte mit den Achseln.

»Genug gequatscht. Her mit den Unterlagen.« Porfireanu streckte seine linke Hand aus.

Esch zögerte. Der Ringträger zuckte mit den Mundwinkeln. Rainer holte die Diskette aus der Tasche und trat einen Schritt zurück.

»Her damit, aber schnell«, bellte Porfireanu.

Esch warf die Diskette auf den Boden des Parkdecks. Der Ringträger hastete vorwärts und wollte danach greifen. Porfireanu zog seine Waffe und schoss seinem Kumpan in den Rücken, noch bevor dieser die Diskette erreichte. Mit einem ungläubigen Gesichtsausdruck brach der Ringträger unmittelbar vor Esch zusammen.

Aus den Augenwinkeln beobachtete Esch, wie Brischinsky und Baumann aus dem Kassenhäuschen stürmten. Das Ehepaar mit der Kiste ließ alles fallen und ging, mit zwei Pistolen bewaffnet, hinter einem Auto in Deckung. Der Kassierer verschwand hinter seinen Schreibtisch, wohl doch kein Polizist. Aber die Lagerarbeiter rannten mit Maschinenpistolen bewaffnet um die Ecke und liefen auf Esch und Porfireanu zu.

»Halt! Polizei! Lassen Sie die Waffe fallen«, rief jemand.

Porfireanu dachte nicht daran. Er bückte sich nach der Diskette und richtete dabei seine Waffe auf Esch.

Der tat das Einzige, was ihm einfiel. Er rannte weg, kam aber nicht weit. Irgendein Wagen musste Öl verloren haben. Esch rutschte auf der Lache aus und kam ins Straucheln. Das rettete ihm vermutlich das Leben. Er hörte erst das Vorbeisirren der Kugel an seinem Kopf, dann den Knall. Im Hinfallen registrierte er, dass Porfireanu die Waffe wie ein Combat-Schütze mit beiden Händen hielt, erneut auf ihn zielte und dabei federnd die Knie beugte.

Schon erstaunlich, welche Wahrnehmungen man so hat, bevor man umgebracht wird, schoss es Rainer durch den Kopf. Dann knallte es noch mehrere Male. Er verspürte einen stechenden Schmerz im rechten Oberschenkel und etwas Warmes, Feuchtes floss an seinem Bein herunter.

Porfireanu rührte sich nicht mehr. Mehrere Polizeibeamte mit kugelsicheren Westen, die Esch vorher nicht aufgefallen waren, standen mit Pistolen im Anschlag um die regungslosen Körper von Porfireanu und dem Ringträger. Irgendjemand schrie nach einem Krankenwagen.

Brischinsky lief zu Rainer und rief immer nur: »Scheiße, Junge, tut mir Leid, Junge, Scheiße.« Und als er bemerkte, dass Esch ihn, wenn auch aus leicht glasigen Augen, ansah, fragte er: »Wo hat es dich erwischt?«

»Am Bein, irgendwo hier.« Rainer versuchte, auf das schmerzende Bein zu zeigen, die dafür erforderliche Drehbewegung löste jedoch solche Schmerzwellen in seinem Oberschenkel aus, dass er es sein ließ. »Irgendwo da unten«, versuchte er ein Grinsen. »Aber ich lebe noch.«

Die Rettungssanitäter stillten zuerst die Blutung und verbanden die Wunde, bevor sie Esch auf die Trage hievten. »Nicht schlimm«, meinte der Notarzt, »glatter Durchschuss. Zwei Wochen, und Sie erzählen Ihren Kindern beim Waldlauf davon.«

»Mache keinen Waldlauf«, murmelte Esch, der leicht schläfrig wurde. »Hab auch keine Kinder.«

»Was nicht ist, kann ja werden. Die dafür erforderlichen Teile sind jedenfalls nicht in Mitleidenschaft gezogen worden«, scherzte der Arzt.

»Na toll«, erwiderte der Verletzte mit schwacher Stimme.

Esch war schon halb im Rettungswagen, als plötzlich ein knallroter Mazda MX 5 mit offenem Verdeck ins Parkhaus raste. In ihm saß Staller. Der Mazda bremste direkt neben dem Rettungswagen.

»Warum haben Sie mich nicht informiert, Herr Brischinsky?«, brauste Staller auf. »Das wird ein Nachspiel haben! Was ist mit den beiden?« Er zeigte auf die leblosen Körper von Porfireanu und Thassau.

»Thassau ist tot, Porfireanu verletzt. Er hat Thassau erschossen, meine Leute haben auf Porfireanu gefeuert, als der versuchte, Esch abzuknallen.«

»Und? Haben sie noch was gesagt?«

»Nein, gar nichts. Beruhigt Sie das, Herr Staller?« Brischinsky wartete einen Moment, als ob er seinen unmittelbar bevorstehenden Erfolg noch etwas auskosten wollte. »Oder sollte ich besser Lopitz sagen?«

Staller zuckte zusammen und wurde blass. Dann sagte er leise: »Na gut, dann eben so.« Er griff in seine Jackentasche, zog seine Dienstwaffe und richtete sie auf Brischinsky.

»Wir beide gehen jetzt langsam zu meinem Wagen, Brischinsky. Ganz langsam. Und keinen Mucks.«

»Geben Sie auf, Staller! Sie sind doch selbst Polizist. Sie wissen doch, dass Sie nicht die geringste Chance haben.«

»Was sich zeigen wird. Los jetzt, zum Wagen.« Er stieß dem Hauptkommissar die Pistole in die Seite und zeigte in Richtung des roten Mazdas.

Brischinsky bewegte sich langsam in die geforderte Richtung, Staller folgte ihm mit nur wenigen Zentimetern Abstand. Sie passierten gerade einen der breiten Stützpfeiler, als unvermittelt Baumann hinter dem Pfeiler auftauchte und Staller seinerseits seine Waffe an den Kopf hielt. Baumann sagte ruhig: »Das würde ich an Ihrer Stelle lieber bleiben lassen, Herr Staller.«

Staller alias Lopitz erstarrte zur Salzsäule.

»Lassen Sie die Waffe fallen und keine falsche Bewegung, sonst knallt's. Und machen Sie sich keine Illusionen. Bei Ihnen habe ich nicht den geringsten Skrupel abzudrücken.«

Stallers Kanone polterte zu Boden.

»Und nun hoch die Hände. Höher, wenn ich bitten darf.«

Staller streckte seine Arme in den Betonhimmel.

»So ist es richtig. Ach übrigens, ich hab da noch was für Sie.«

Baumann griff in seine Tasche und ließ ein Zweimarkstück in Stallers Brusttasche gleiten. »Sie waren zu dem Kaffee eingeladen, Herr Kollege, entschuldigen Sie, Ex-Kollege muss es wohl richtiger heißen. Und jetzt«, rief er zwei uniformierten Beamten zu, »abführen.«

42

Ein ziemlich grelles Licht blendete Esch. Er hörte Geräusche, die ihn an Stimmen erinnerten. Dann merkte er, dass irgendetwas sein rechtes Bein festhielt.

Eine Stimme sagte: »Ich glaube, jetzt kommt er zu sich.«

Esch öffnete erst das linke, dann das rechte Auge und blinzelte in die Helligkeit.

»Willkommen unter den Lebenden, du Held.« Cengiz Kaya wedelte mit der *Westdeutschen Allgemeinen Zeitung*. »Spätestens jetzt bist du bekannt wie ein bunter Hund.«

Esch versuchte, sich aufzurichten. Er schaute sich um. Krankenzimmer, eindeutig. Rechts neben ihm saß Cengiz, der ihn anlachte. Links vom Bett hockte Stefanie, die sich verstohlen einige Tränen aus den Augenwinkeln wischte.

»Hallo, Rainer«, sagte sie, »schön, dass dir nicht mehr passiert ist.« Sie beugte sich über ihn und gab ihm einen Kuss.

»Mehr«, bat der Verletzte.

»Kaum wach und schon wieder maßlos«, ulkte Cengiz.

»Was ist mit meinem Bein?« Leicht panisch versuchte Rainer, einen Blick unter die Bettdecke zu werfen. »Noch alles dran, ja?« Bittend blickte er seine Freunde an.

»Mach dir keine Sorgen, Kumpel«, beruhigte ihn Cengiz. »Du wirst wieder völlig okay. Glatter Durchschuss, meint der Doc. Knapp 'ne Woche, dann biste wieder draußen. Du musst dich aber jetzt noch schonen. Schließlich warst du undicht.«

Esch blickte entsetzt von einem zur anderen. »Undicht? Ich habe mir doch wohl nicht ... Oh nein, nur das nicht auch noch.«

»Keine Panik. Nicht das, was du denkst. Du hattest ein Loch im Bein. Da ist Blut rausgelaufen, wenn du mir so weit noch folgen kannst. Blut, das ist dieser rote Saft ...«

»Cengiz«, schaltete sich Stefanie ein, »halt die Klappe. Rainer, du hast relativ viel Blut verloren. Die mussten eine Transfusion machen. Das meinte Cengiz.«

»Transfusion? Um Gottes willen. Jetzt hab ich Aids!«

»Spinner.«

»Aber warum kann ich mein Bein nicht bewegen?«

»Fixiert. Für die nächsten Tage«, antwortete Stefanie. »Sagt die Krankenschwester.«

Es klopfte und eine Schwester kam herein.

»Wenn man vom Teufel spricht«, murmelte Cengiz.

»Was sagten Sie gerade?«, wollte die Pflegerin wissen.

»Ähm, eigentlich nichts.«

»Dann ist es ja gut. Wir haben nämlich alle hier ein verdammt gutes Gehör. Herr Esch, ich habe ein Telegramm für Sie.« Sie gab ihm einen Umschlag.

Rainer öffnete das Telegramm. Es war von Carola aus Berlin:

Hallo, mein Detektiv.

Schön, dass du alles gut überstanden hast. War nett mit dir die paar Tage. Wenn du mal wieder in Berlin bist, ruf mich an.

Alles Liebe, Carola.

Esch lächelte und legte das Telegramm auf den Nachttisch.

»Wer schickt dir denn ein Telegramm?«, fragte Cengiz, und ehe Rainer das verhindern konnte, griff sein Freund nach dem Umschlag.

»Sieh mal an. Ich dachte, du wärst nach Berlin gefahren, um zu arbeiten. Nee, das war falsch. Das zu tun, was du arbeiten nennst. Und dann vergnügst du dich anscheinend nur mit einer gewissen Carola.«

»Cengiz!« Erneut rief ihn Stefanie zu Ordnung. »Das geht dich einen Dreck an, ist das klar? Aber mich«, wandte sie sich mit einem süffisanten Lächeln an ihren Ex, »würde schon interessieren, wer Carola ist.«

Zu Eschs tiefster Erleichterung klopfte es in diesem Moment erneut und Hauptkommissar Brischinsky und sein Kollege, Kommissar Baumann, betraten das Krankenzimmer.

»Na, Herr Esch, geht doch schon ganz gut, oder?«

»Na ja, geht so. Danke der Nachfrage. Sagen Sie, hat Staller schon ausgesagt?«

»Nein, noch nicht. Der wurde heute Morgen erst dem Haftrichter vorgeführt. Die Verhöre gehen später weiter. Wir wollten uns aber auf jeden Fall erkundigen, wie es unserem wichtigsten Zeugen denn so geht.«

»Sehen Sie ja.«

»Sagen Sie, Herr Brischinsky, Sie haben uns gestern Abend zwar kurz erklärt, was da im Löhrhoffcenter passiert ist, aber so ganz habe ich das nicht kapiert. Der Staller, der war doch beim BKA und mit der Ermittlung im Fall EXIMCO betraut. Woher wussten Sie denn, dass der einer der Hintermänner war?« Stefanie Westhoff sah den Hauptkommissar erwartungsvoll an.

»Den ersten Verdacht gegen Staller alias Lopitz hatte ich, als ich in Berlin das Phantombild sah, dass nach Ihren Angaben angefertigt wurde, Herr Esch. Natürlich war ich mir nicht sicher. Ich habe deshalb meinen Kollegen Edding eingeweiht und ihn gebeten, das Bild nicht zur Fahndung freizugeben. Zum einen wäre Staller sofort gewarnt gewesen und abgetaucht, zum anderen hätte er gewusst, dass Sie ihn erkannt haben. Dann hätte er sich nie auf die Übergabe eingelassen. Wirklich sicher war ich mir jedoch natürlich erst, als Sie ihn abends im Präsidium identifiziert haben. Sie dürfen nicht vergessen, Staller war BKA-Beamter. Und einen Kollegen zu verdächtigen, ist auch für mich nicht so einfach, das können Sie mir glauben. Die eigentliche Unbekannte in diesem Spiel war aber Ihre Reaktion bei der für Sie unvorhersehbaren Gegenüberstellung. Sie hätten ja auch die Nerven verlieren können. Aber Respekt, Sie haben sehr besonnen reagiert.«

»Aber wieso ist er überhaupt ins Parkhaus gekommen?«, fragte Kaya. »Wusste er nichts von der Falle, die Sie ihm stellen wollten?«

»Nein, eben nicht.« Brischinsky grinste. »Ich habe neben Edding natürlich nur Ihren Freund eingeweiht. Baumann habe ich noch von Berlin aus zu absolutem Stillschweigen verpflichtet . Gegenüber jedem, auch dem BKA. Und da mein Kollege hier«, er sah feixend zu dem Kommissar hinüber, »einiges gut zu machen hatte, hielt er sich an die Weisung. Die anderen Beamten sind alle erst unmittelbar vor dem Einsatz angewiesen worden. Zu spät, als dass noch etwas hätte durchsickern können. Vom doppelten Spiel, das Staller getrieben hatte, wussten sie selbstverständlich nichts. Und da Staller von uns nichts erfahren hatte, ist er bis zum Schluss davon ausgegangen, dass Sie wirklich im Besitz der Diskette waren und ein Stück vom großen Kuchen abhaben wollten. Wobei er mit ersterem ja gar nicht so falsch lag.«

»Aber«, wollte Esch wissen, »warum sind denn nun Grohlers und Rallinski umgebracht worden?«

»Aus den von Rallinski abgehörten Telefongesprächen wissen wir, dass Grohlers vor etwa einem Monat Kontakt zum BKA aufgenommen hat. Grohlers hat kalte Füße bekommen und seinen früheren Genossen nicht mehr getraut und nach einem Weg gesucht, Rallinski auszubooten. Er wollte an das große Geld, aber gleichzeitig von den Justizbehörden unbehelligt bleiben. Da hat er die Idee gehabt, gegen eine hohe Belohnung auszupacken. Bedenken Sie, Grohlers war schwer krank und hätte nicht mehr lange gelebt. Da reichte ihm die ausgeschriebene Belohnung von bis zu fünf Millionen. Staller wusste so sehr schnell, dass es bei den Gewinnen der Firma EXIMCO aus den Transferrubelgeschäften um Millionenbeträge ging. Gelder, von denen er nur nicht wusste, wo sie sich befanden. Als Gegenleistung für Grohlers Kooperationsbereitschaft hat Staller ihm nicht nur die Belohnung und eine neue Identität, sondern auch die Festnahme von Rallinski, Thassau und Porfireanu versprochen. So hätte Grohlers ohne Angst vor Entdeckung den Rest seines Lebens genießen können. Grohlers als Partner war Staller allerdings zu unsicher. Schließlich war der ja schon einmal bereit gewesen, seine Kumpane ans Messer zu liefern. Und außerdem wäre Grohlers ja nie in den Genuss der Belohnung gekommen. Deshalb musste Grohlers sterben. Und dafür brauchte Staller Rallinski und dessen alte Genossen. Er wollte sich selbst nicht die Hände schmutzig machen. Über Grohlers wusste er von Rallinskis Kontakten aus alten KoKo-Zeiten zur Stasi und zu Thassau. Und Thassau kannte Porfireanu. Beide waren durch die Ereignisse in ihren Ländern entwurzelt und perspektivlos, bereit, für Geld alles zu machen, was von ihnen verlangt wurde. Möglicherweise hatte Staller auch schon damals den Plan, Rallinski später als Mitwisser auszuschalten. Und wer weiß, vielleicht hätten Staller,

Porfireanu und Thassau später versucht, sich noch gegenseitig aus dem Weg zu räumen. Porfireanu hat ja dann auch gestern Thassau im Parkhaus umgelegt. Und Staller konnte immer noch hoffen, mit dem Mord an Grohlers nicht in Verbindung gebracht zu werden.«

»Warum hat denn Rallinski mitgespielt? Er hätte doch Grohlers umbringen und das Geschäft allein machen können?«, wunderte sich Rainer.

»Dafür gab es zwei Gründe. Erstens: Staller hat Rallinski schlicht erpresst. Zusammenarbeit oder Anzeige. Zweitens: Grohlers war der Bankfachmann. Zuständig für die Abwicklung aller Transaktionen. Deshalb hatte er als Geschäftsführer der EXIMCO auch Zugang zum Safe. Kurz vor seiner Ermordung hat er die Kontendaten mitgehen lassen. Wir vermuten, dass die Diskette in einem Versteck in Grohlers Wohnung lag, das die Kripo Berlin auch erst bei der zweiten Durchsuchung entdeckte. Rallinskis einzige Chance, wieder an die Unterlagen zu kommen war, also, mit Staller zusammenzuarbeiten. Möglicherweise hat auch Rallinski den Plan gehabt, seinen Partner Staller später zu ermorden, und der ist ihm nur zuvorgekommen.«

»Was wäre denn gewesen, wenn die Aktion im Parkhaus schief gegangen wäre? Die hätten doch mit der Diskette abhauen können. Ein Laptop, ein Handy und die Daten wären in Sekundenschnelle in der Schweiz gewesen. Da hätten dann doch Helfer in aller Ruhe die Konten leer räumen können, oder?«, bemerkte Cengiz.

»Zu viel hätte und könnte, Herr Kaya. Glauben Sie im Ernst, wir haben Herrn Esch mit den Daten los geschickt? Bei der Diskette handelte es sich zwar um das Original, aber da war nichts mehr drauf. Die war frisch formatiert. Wir sind zwar manchmal etwas blöd, aber fast immer gerissen.«

»Was?«, regte sich der Verletzte auf. »Sie haben mich mit einer leeren Diskette quasi in den Tod geschickt?«

»Nun regen Sie sich mal nicht auf. Wir hatten die Sache immer unter völliger Kontrolle. Und so ganz gestorben sind Sie ja nun nicht«, beschwichtigte Brischinsky.

»Letzteres stimmt. Aber das mit der Kontrolle, na ja. Davon habe ich nicht so viel gemerkt, sonst würde ich ja jetzt auch nicht hier mit 'nem Loch im Bein liegen.«

»Na gut«, gab Brischinsky zu, »das war ein kleiner Schönheitsfehler. Aber Sie wären nicht so souverän aufgetreten, wenn Sie gewusst hätten, dass wir die Daten vorher kopiert und dann gelöscht haben.«

»Schönheitsfehler nennen Sie das? Ich weiß nicht.« Mit gespielter Empörung drehte Esch seinen Kopf zur Seite. »Mich hat gewundert, dass Staller überhaupt im Parkhaus aufgetaucht ist. Der hätte doch abhauen können? Und warum haben Sie Staller gesagt, dass Porfireanu noch lebte? Der war doch schon tot, oder?«

»Ja, war er. Aber das wusste Staller nicht. So musste er damit rechnen, dass sein Kumpan später auspacken würde. Er konnte ja nicht wissen, dass wir Ihre Aussage hatten. Das allein wäre nur leider etwas wenig gewesen. Da war ich mir mit meinem Berliner Kollegen völlig einig. Ich wollte Staller zu einer Reaktion verleiten. Die ist ja dann auch erfolgt. Und warum er gekommen ist? Da werden wir ihn wohl noch fragen müssen«, erläuterte Brischinsky.

»Was ist mit der Diskette aus meinem Taxi? Warum hat Grohlers sie da versteckt?«

Brischinsky zögerte. »Das weiß ich nicht sicher. Ich vermute, Grohlers hat im letzten Moment Verdacht geschöpft. Oder die ihn verfolgenden Porfireanu und Thassau entdeckt. Dafür spricht, dass er im Taxi so nervös war, wie Sie ja erzählt haben. Wahrscheinlich wollte er sich erneut absichern, das werden wir nie mit letzter Sicherheit erfahren.«

»Und wie haben die Killer Grohlers in Recklinghausen gefunden?«, erkundigte sich Esch neugierig.

»Können wir auch nur vermuten. Seit zwei Tagen wissen wir anhand der abgehörten Tonbandkassetten, dass Grohlers Staller eine Handy-Nummer gegeben hatte, unter der er immer erreichbar war. Der Anschluss war aber bei der Telefongesellschaft nicht unter Grohlers Namen, sondern unter einem Tarnnamen angemeldet worden. Doch mittels der Nummer und den abgehörten Gesprächen konnten wir feststellen, dass Grohlers aus der Telefonzelle am Recklinghäuser Hauptbahnhof Staller angerufen hat. Möglicherweise haben sich die beiden dann in Recklinghausen verabredet. Gekommen sind aber Grohlers Mörder.«

»Und der Staller war nicht dabei?«, wunderte sich Rainer Esch.

»Nein, wir haben das überprüft. Der ist wirklich nachmittags von Düsseldorf nach Berlin geflogen. Wollte sich wohl sicherheitshalber ein Alibi verschaffen. Wenn Herr Esch den Koffer von Rallinski nicht, sagen wir mal, gefunden hätte, wäre uns nie klar geworden, dass Rallinski von dem geplanten Treffen Grohlers mit Staller Kenntnis hatte. Und ob wir dann so schnell weiter gekommen wären ...?« Brischinsky sah ehrlich betrübt aus. »Deshalb, Herr Esch, habe ich auch noch etwas für Sie. Ich gebe gerne zu, wenn es nach mir gegangen wäre, hätte ich Ihnen das nicht mitgebracht. Ich halte es nun mal nicht für richtig, dass Amateure in Kriminalfällen ermitteln. Und auch nicht für befähigt, um an der Lösung mitzuwirken. Ich habe Ihnen das schon mal gesagt, wenn Sie sich erinnern. Sogar öffentlich. Aber Sie mussten ja wieder Detektiv spielen.«

»Bin ich ja«, protestierte Rainer.

»Ist er wirklich«, bestätigte Stefanie.

»Allerdings«, schränkte Kaya sofort ein, »eher ohne eigenes Dazutun.«

»Jedenfalls habe ich hier ein Schreiben des Polizeipräsidenten mit der Ankündigung, dass Sie 5.000 Mark Belohnung erhalten. Und natürlich auch von mir ein Danke.« Der Hauptkommissar wedelte mit einem Briefumschlag. »Hier. Und noch eins. Auf die Wiederbeschaffung von Geldern, die eigentlich der Bundesrepublik Deutschland zustehen, ist ebenfalls eine Belohnung ausgesetzt. Das liegt aber nicht in der Hand der Kripo Recklinghausen, ob Sie die kriegen. Das macht das Innenministerium. Wenn Sie das Geld allerdings erhalten sollten, können Sie sich mit Sicherheit mindestens ein besseres

Büro einrichten. Ihre Freunde haben uns Ihren Unterschlupf gestern gezeigt. Und es wird ein schöner Batzen übrig bleiben. Nur«, Brischinsky drohte scherzhaft mit dem Finger, »keine Alleingänge mehr. Bleiben Sie bei entflogenen Vögeln und Seitensprüngen, das ist gesünder.«

»Einen neuen Computer könntest du dir dann auch leisten«, ulkte Cengiz. »Was meinst du, Rainer? Würde dich das freuen?«

Als er sah, dass sein Freund das Gesicht verzog, meinte er: »Vergiss es. Ich habe völlig verdrängt, dass du zu den Analphabeten des kommenden Jahrtausends zählen wirst. Aber was soll's, hast ja mich.«

Esch knurrte etwas Unverständliches. Und ehe er sich von seinem Krankenlager aufrichten konnte, um die Ehrung in Empfang zu nehmen, hatte sich Cegiz Kaya den Briefumschlag aus der Hand des Hauptkommissars geschnappt und in seiner Jackentasche verstaut. »Erst Schulden und Zinsen bezahlen, verstehste.«

»Wieso Zinsen? Das hatten wir nicht vereinbart«, protestierte Esch.

»Das ist bei Risikokapital international so übrig. Sind ja nur schlappe vierzehn Prozent.«

Alle lachten.

»Tja«, sagte Brischinsky, »So ist das nun mal. Es geht eben nichts über alte«, er räusperte sich, »ähh, Freunde.«

Jan Zweyer

Glück auf, Glück ab
203 Seiten, DM 14,80
ISBN 3-89425-212-X
2. Auflage

»Der Fahrsteiger Klaus Westhoff wird tot aufgefunden. Selbstmord, sagt die Polizei. Doch warum? Die Schwester des Toten, Stefanie, will es wissen und sucht gemeinsam mit ihren Freunden, dem Langzeitstudenten Rainer Esch und dem jungen Bergmann Cengiz Kaya, nach Gründen. Dabei stoßen sie auf die dubiose Investmentfirma ›Take off‹, deren Betreiber es nicht nur auf das mühsam Ersparte der Bergleute abgesehen haben.« (Holzarbeiter-Zeitung)

»Dem Autor gelingt es, seine Figuren nicht zu Superhelden aufzublasen. … der Roman [ist] schlüssig aufgebaut und spannend erzählt.« (Gießener Anzeiger)

grafit

Krimis von Theo Pointner

Einer nach dem andern

ISBN 3-89425-204-9 DM 16,80

Vor den Augen der Kriminalbeamtin Katharina Thalbach und ihres Freundes Uli Zander schmeißt sich eine junge Frau vor einen Zug. Noch ehe die beiden den Schock verdaut haben, wird die Kommissarin zum nächsten Tatort gerufen: In einem Schrebergartenhäuschen liegt die Leiche des Versicherungskaufmanns Klaus Krömer. Der Tote wurde bestialisch zugerichtet, alles deutet auf einen Psychopathen hin. Thalbachs Kollege Berthold Hofmann befürchtet den Beginn einer Serie - und er soll recht behalten, wenige Tage später wird der Supermarktangestellte Ulf Gäbler ermordet. Der Zustand der Leiche beweist: Es war wieder der gleiche Täter...

Scheinheilige Samariter

2. Auflage ISBN 3-89425-043-0 DM 14,80

»Ulli Zanders Welt gerät aus den Fugen: Warum erscheint seine Freundin und Kollegin nicht zum Dienst im Krankenhaus? Wer versucht, in ihre Wohnung einzubrechen? Die Ereignisse überstürzen sich. Schließlich wird der Sozialarbeiter nicht nur des Mordes verdächtigt, sondern muß auch noch um sein eigenes Leben fürchten.«
(Bernburger Zeitung)

»Ein hinreißend spannender Krankenhaus-Krimi, in dem der Täter am Ende durch einen Computer-Bastler enttarnt wird, der sich per Datenleitung in den Heim-Computer eine Arztes einschaltet und dort die Beweise für Mord und Drogenhandel findet ... Ein toller Krimi mit Herz und Schmerz, immer hart an der Kitsch-Grenze, aber gerade Grenzgänge sind es ja, die oft künstlerische Qualität ausmachen.«
(Radio Ruhrgebiet, WDR 5)

Tore, Punkte, Doppelmord

4. Auflage ISBN 3-89425-031-3 DM 15,80

»Spieler, die den Verein wechseln wollen, werden unter Druck gesetzt und auf Biegen und Brechen gehalten. Auch innerhalb der Mannschaft gibt es diverse Abhängigkeitsverhältnisse, aus denen sich die Beamten erst mal einen Reim machen müssen.« (WAZ)

»Kripo-Kommissar Wielert und sein Kumpan Bach decken 20 Jahre nach Gregorio Canellas' Enthüllungen einen neuerlichen Kicker-Skandal auf, der sich gewaschen hat. Bis es soweit ist, wird ordentlich betrogen und gelogen, werden Spieler verkauft und Schiedsrichter gekauft ... beachtliches Krimi-Debut ...« (Unicum)

»Die Handlung wird atmosphärisch dicht und fesselnd vermittelt; auch die Dialoge sind von treibender Kraft.«
(Der evangelische Buchberater)

grafit

aztheo.0598.cdr5